# HUNDE, BERGE, HIMMELREICH

W0218804

Dieses Buch ist ein Roman. Handlungen und Personen sind frei erfunden. Ähnlichkeiten mit lebenden oder toten Personen sind nicht gewollt und rein zufällig.

HANNSDIETER LOY

# HUNDE, BERGE, HIMMELREICH

URLAUBSKRIMI

emons:

**Bibliografische Information der Deutschen Nationalbibliothek**
Die Deutsche Nationalbibliothek verzeichnet diese Publikation in der Deutschen Nationalbibliografie; detaillierte bibliografische Daten sind im Internet über http://dnb.d-nb.de abrufbar.

MIX
Papier aus verantwortungsvollen Quellen
FSC® C083411

© Emons Verlag GmbH
Alle Rechte vorbehalten
Umschlagmotiv vorn: photocase.com/matteaser
Umschlagmotiv hinten: fotolia.com/dispicture
Umschlaggestaltung: Franziska Emons/Tobias Doetsch
Gestaltung Innenteil: César Satz & Grafik GmbH, Köln
Fotografie Seite 5/Klappe: Th. Toepfer
Druck und Bindung: CPI – Clausen & Bosse, Leck
Printed in Germany 2014
ISBN 978-3-95451-280-5
Urlaubskrimi
Originalausgabe

Unser Newsletter informiert Sie
regelmäßig über Neues von emons:
Kostenlos bestellen unter
www.emons-verlag.de

Ein Hund tut dir nur einmal im Leben weh – wenn er stirbt.

Für Max alias Herr Huber † 2008

# Vorwort

Dieser Roman wäre ohne meinen Max nicht entstanden. Max war mein Begleiter, mein Freund auf allen Wegen. Vierundzwanzig Stunden lang, dreihundertfünfundsechzig Tage im Jahr, vierzehn Jahre lang.

Als Schriftsteller sitze ich den ganzen Tag mit meinem Schreibgerät allein zu Hause. Da hilft es, wenn jemand da ist, der Leben vermittelt. Den man atmen hört, der sich meldet, wenn jemand an der Haustür ist, der einen zwischendurch besuchen kommt, wenn man vor einem leeren Blatt am Stehpult steht. Im Sommer trieb sich Max im Garten herum und lag bauchoben in der Sonne. Er zählte die Blumen, beäugte die Vögel und sah den ziehenden Wolken nach. Bis es ihm zu heiß wurde, dann kam er hechelnd wieder rein, trank ein Fass Wasser leer und schmiegte sich an mich. Immer mit diesem freundlich-zärtlichen Ausdruck in den Augen: He, Alter, ich mag dich. Schön, bei dir zu sein, Kumpel.

Max hatte immer Hunger. Die Verbindung Auge/Nase – Hirn – Magen funktionierte perfekt. Aus hundert Metern Entfernung roch er die Frittentüte, die zwischen den Brennnesseln lag. Und hob vorwurfsvoll den Blick, wenn sie leer war.

Max hatte ein sensationelles Gehör. Selbst im Tiefschlaf hielt er in jeder Minute ein Ohr senkrecht aufgestellt. Wenn ein Floh im Schlafzimmer hustete oder draußen der Marder auf ein Zweiglein trat, weckte er das ganze Haus, um die Bewohner vor dem sicheren Untergang zu retten.

Max mochte Musik. Am liebsten klassische Musik, bei Bayern 3 verkroch er sich. Egal wo er sich aufhielt, wenn er einen Walzer hörte, wurde er ganz high. Sie werden's nicht glauben: Mein Max fing an zu tanzen, er bewegte sich im Walzertakt, verdrehte die Augen und war glücklich.

Max hatte Humor, da bin ich sicher. Er wusste, dass ich in Panik geriet, wenn er länger als fünf Minuten nicht sicht- oder hörbar war. So wie umgekehrt Hunde in Panik geraten, wenn wir uns beim Spaziergang hinter der dicken Eiche verstecken. Der Typ fand es irgendwie schick, vorbeikommende Kinder von der Schule nach Hause zu begleiten. Für Stunden war er dann verschwunden und freute sich diebisch, wenn ich ihn hechelnd, aber froh am Eingang zum Edeka wieder abholte, wo er vor allen Kunden den Verhungernden spielte. Das war seine Art von Humor. Es hing auch damit zusammen, dass er Kinder abgöttisch liebte – in der Annahme, er gehöre selbst zu dieser Spezies.

Max war ein Herr. Er hatte etwas Aristokratisches an sich und bewahrte in jeder Situation Würde, ob er nun angegriffen wurde oder Katzen jagte. Er war ein Draufgänger und verstand es, seinen Willen durchzusetzen. Doch er tat es mit äußerster Gelassenheit. Selbst beim grimmigsten Zähnefletschen schimmerte noch immer sein unerschöpflicher Charme durch. Niemand konnte ihm böse sein, dem Herrn Max. Als Herr Huber bewegte er sich auch durch meine Romane.

Max liebte die Natur. Er war der Alpenkönig. Kein Weg war ihm zu weit, kein Berg zu steil. Kein Bach war vor ihm sicher. Er tauchte unter und zog die dicksten Steine an Land, um sie mir zu schenken. Ich hätte nachher ein Haus davon errichten können. Zu seinem Ende hin wurden die Steine immer kleiner.

Bis zum dreizehneinhalbten Lebensjahr sah er aus wie acht und verhielt sich wie ein Sechsjähriger. Fröhlich, lebenslustig, hungrig, treu. Doch dann ging es rapide. Krebs. Die Krankheit zehrte ihn aus.

Drei Tage und drei Nächte rollte er sich auf seinem Lager zusammen, fraß nichts und wollte niemanden sehen. Drei Tage und drei Nächte wollte ich ihn aufmuntern, stand nachts auf, strich ihm über den Kopf und redete mit ihm. Sein Ohr war aufgestellt, doch ich glaube, er hörte mich nicht mehr. Hallo, Mäxlein, guter Hund, hallo, mein Prinz. Max, wo bist du? Er muckste sich nicht. Er sah mich aus milchigen Augen an und steckte seinen Kopf noch tiefer in die Höhle zwischen Pfote und Bauch.

Max starb am 25. November. Es war sein Geburtstag. Ich habe zwei volle Jahre um ihn getrauert, und wenn ich heute die Wege gehe oder kreuze, die wir zusammen gingen, denke ich an ihn. Ich rede sogar mit ihm. Mit meinem Herrn Max.

Keine Angst! Ich will keine traurige Geschichte schreiben, davon gibt es schon genug. Drei der Protagonisten in meiner Erzählung sind die Hunde Caruso, Bellheim und Bessy. Sie haben zahlreiche Eigenschaften und Verhaltensweisen von Max übernommen. Nicht jeder alle, aber alle einzelne. So wandert mein Max durch den ganzen Roman. Lassen Sie sich überraschen.

# 1

»VORSICHT vor dem bisschen Hund!«

Ein armlanges ovales Schild aus Holz, in das die Buchstaben schwarz glühend eingebrannt waren, hängt über dem Schlafplatz des kalbsgroßen Hundes auf der Terrasse vom Berghotel Himmelreich.

Caruso heißt der Hund nach dem berühmten Operntenor, der vor ungefähr acht bis zehn Hundeleben gewirkt hat und schon lange tot ist. Der Benedikt hat ihm diesen Namen vor vier Jahren verpasst. Ohne den Herrn Karl hätte der Benedikt »Caruso« für eine italienische Motorradmarke gehalten. Doch er gab der kohlpechrabenschwarzen Handvoll Hund diesen Namen, weil der Herr Karl solch ein Opernfan war und selbst einmal Opernsänger werden wollte. Der Herr Karl ist der Besitzer und Wirt vom Berghotel Himmelreich und in die Resi verliebt. Seine Frau, die Elisabeth, ist nämlich kurz vor Carusos Geburt in einer Lawine ums Leben gekommen, und die Resi …

Mei, jetzt überfordere ich euch aber, liebe Leser m/w, gell? So fängt man doch keinen Roman an. Das verwirrt den Leser m/w, würde die Lektorin sagen. Wahnsinn!

Also gut. Hören wir eben auf Hilla. Eins nach dem anderen.

Irgendwo in den bayerischen Alpen versteckt liegt das Dörfchen Hundham in einer sanften Mulde, grüne Wiesen zu seinen Füßen und den dunklen Kiefern- und Latschenwald im Rücken. Es gilt weithin als schick, in Hundham zu leben. Neben den Bauern, dem Dorfkramer und dem Herrn Lehrer haben sich auch Reiche und Prominente angesiedelt. Die uralten lüftlbemalten Bauernhöfe, gepflegte und unkrautbewachsene, wechseln sich mit angeheirateten Landhausvillen ab. Mitten im Ort ragt der Kirchturm hoch auf, in dessen kupferroter Zwiebel sich die Sonne spiegelt. Dann ist die Kirche mit Goldfolie umsponnen wie das Geburtstagsgeschenk zum Fünfzigsten des Dorfpfarrers.

Oben auf dem Hügel, wo der Bergwald und das Dorf ineinander übergehen, wo die Wege noch nichts von Asphalt wissen und es keine Straßenlaternen gibt, liegt das Berghotel Himmelreich. Das Himmelreich ist nicht irgendein beliebiges Alpenwirtshaus. Das Gebäude ist wie eine Burg, erbaut aus dem Gestein der Gegend, das über Jahrhunderte durch Wind, Sonne, Regen und Schnee zu einer undefinierbaren Farbe zwischen Mausgrau und Maisgelb verwittert ist. Es stammt aus einer anderen Zeit und spiegelt sozusagen das Landleben im Voralpenland wider. Eine Art zu leben nämlich, die man nur genießen kann, wenn man die Seele eines Poeten, den Geist eines Philosophen, die Einstellung eines Einsiedlers, eine funktionierende Internetverbindung und ein zuverlässiges Auto besitzt.

So, und jetzt kommen wir zum Anfang zurück. Zu Caruso. Hier, in diesem einzigartigen Wirtshaus in Hundham, ist Caruso aufgewachsen. Bei seiner Geburt war er nicht komplett schwarz. Die Brust, die beiden Vorderpfoten und die Schwanzspitze waren von einem entzückenden Edel-Weiß. Niemand hätte sich je vorstellen können, dass der winzige Caruso jemals zu einem Neufundländer, groß wie ein Kalb, heranwachsen würde. So groß und stark und mächtig ist er nämlich heute.

Man stelle sich jetzt neben dem Himmelreich eine Wiese vor. Etwas westlich daneben, keine fünfzig Meter. Eine Wiese vom allerschönsten Grün, das auf des Herrgotts Farbpalette zu finden ist. Auf dieser Wiese blühten weiße Margeriten, blaue Kornblumen, roter Mohn, gelbe Arnika und büschelweise Schafgarbe. Schmetterlinge schwirrten von Blüte zu Blüte, Grashüpfer hüpften, Grillen zirpten, und mittendrin lag – kohlrabenschwarz und mächtig – Caruso. Träge blinzelte er in die Sonne.

Bis er sein linkes Ohr aufstellte. Ein fremdes Geräusch kam von Norden her auf die Berge zu. Das Geräusch wurde lauter. Carusos rechtes Ohr stellte sich auf. Ein seltsames Tschop-tschop-tschop. Der Hund wurde unruhig und legte sich in Lauerstellung. Das Geräusch kam ihm zwar bekannt vor, er hatte es schon zwei- oder dreimal gehört. Es beunruhigte ihn dennoch. Er blickte um sich. Konnte nichts Fremdartiges riechen. Tschop-tschop-tschop.

Zwei Minuten später schwebte der Hubschrauber über der

Wiese westlich vom Himmelreich. Gras und Blumen wurden durcheinandergewirbelt, Carusos Fell sträubte sich. Er überlegte, ob er angreifen oder nachgeben sollte. Er entschied sich für Letzteres. Er wich aus.

Der weiß lackierte Helikopter mit burgunderroten Streifen streckte die Beine aus und landete sanft einige Meter neben dem Neufundländer. Heraus stieg eine Frau um die sechzig, sportlich und sommerlich gekleidet, Kinn gereckt, erhobene Nase. Ein modischer Rucksack hing lässig an einem Riemen über der Schulter. Caruso wusste sofort, dass mit der nicht gut Kirschen essen war, machte ein schiefes Gesicht und knurrte vorsichtshalber. Doch Thea Sommer beachtete ihn nicht, ließ den Hund links liegen und steuerte auf den Eingang zum Himmelreich zu. Sie hatte Großes vor.

Im ganzen Haus war das Rotieren der Rotoren zu hören gewesen. Jeder empfand es anders.

Der Inhaber Herr Karl bereitete in der Küche das Mittagessen für die Vollpensionsgäste vor. Wer is 'n das schon wieder?, dachte er ungeduldig.

Resi, die Bedienung, wischte gerade die Tische auf der großen Terrasse sauber. Hört sich nach fettem Trinkgeld an, hoffte sie.

Benedikt, das Faktotum im Himmelreich, hackte Holz hinterm Haus. »Ja mei«, sagte er lapidar und halblaut vor sich hin und holte zum nächsten Schlag aus.

Maximilian, der kleine Sohn des Herrn Karl, hatte sich in einen Comic über Prinz Eisenherz aus dem Bücherschrank seines Vaters vertieft. Er schaute kurz auf, horchte hin und flüsterte anerkennend: »Echt geil, der Klang. Voll modern.«

Professor Dr. Simon Feyertag, der Gast aus Hamburg, saß in der Sonne und schlürfte um halb drei am Nachmittag seinen zweiten Gin Tonic. Ein angemessenes Transportmittel, meinte er und nickte hinüber. Hoffentlich ist eine Frau dabei.

Die Blümleins aus Nürnberg waren ratlos. Ihr Norbertle war wieder einmal verschwunden: »Firchterlich«, klagte Elfriede Blümlein. »Wenn mir des gwissd häddn mit diesem Lärm …«

Im Eingangsbereich traf die Helikopterpilotin Thea Sommer

auf die Flugbegleiterin Carmen Wiesenschön aus Freiburg. Carmen war der Typ Frau, der nahtlos von der Diva zum Spezl und zurück wechseln konnte. Heute hatte sie ihr Feiertagsdirndl an und steckte gerade frisch gepflückte Blumen in eine Vase.

»He, Sie da!«, rief die Sommer im Befehlston. »Bringen Sie mich zu Ihrem Chef!«

Die Stewardess verbrachte zwei Wochen Wanderurlaub im Himmelreich. Sie nahm auch an Kajaktouren in der Höllenschlucht und geführten Lamawanderungen im Breitenberggebiet teil. An einen Zweitjob als Hotelbedienstete hatte sie nicht gedacht. Langsam drehte sie sich um und sah Thea Sommer von oben bis unten an.

»Aber gern«, sagte sie extrem höflich mit verdrehten Augen. »Bitte folgen Sie mir.«

Sie ging mit der Hochnäsigen im Schlepptau ums Haus herum zur Südwestterrasse, wo ein einzelner Herr unter einem Schirm in der prallen Nachmittagssonne saß. Er trug ein knallrotes Polohemd, goldfarbene Bermudas, hatte die Beine weit von sich gestreckt und ein halb volles Glas neben sich.

»Bitte schön«, gurrte Carmen Wiesenschön. »Der Chef.«

Professor Simon Feyertag war Schönheitschirurg. Er betrieb eine feudale Praxis im Hamburger Treppenviertel, eine kleinere in Rüschlikon bei Zürich, und er war an einer Klinik am Starnberger See beteiligt. Sein Charme fesselte jedermann, er war ein Mann von guten Manieren und verabscheute jede Art von Gewalt. Simon hätte sich jeden noch so kostspieligen Urlaub weltweit leisten können, bevorzugte jedoch seit Jahren das Berghotel Himmelreich. Der hohen Berge, der reinen Luft und des »herrlichen Namens« wegen, wie er es nannte. »Genuss kann man nur maximieren, wenn man zu verzichten gelernt hat«, war eine seiner Devisen. »Eleganz zeigt sich vor allen Dingen darin, *wie* man etwas trägt, nicht *was* man trägt« eine andere. Deshalb trug er im Urlaub grundsätzlich kurze Hosen.

Simon war eingefleischter Junggeselle. Warum hätte er heiraten sollen, wo doch die schönsten Frauen der Welt buchstäblich unter seinen Händen dahinschmolzen?

»Ihre Nase«, sagte er freundlich und sah dabei die Frau an,

die er auf ungefähr sechzig schätzte. Sie hätte seine Mutter sein können, wenn sie sich etwas beeilt hätte.

Thea Sommer war so etwas lange nicht passiert. Wenn überhaupt jemals. Sie reiste hier persönlich mit Hubschrauber an, um Galas Hochzeit zu organisieren. Ihre Tochter hatte es sich in den Kopf gesetzt, unbedingt hier in der Pampa heiraten zu wollen. »Waldeinsamkeit« war ihr Schlagwort. Und hier saß nun der Hotelier in Freizeitklamotten und starrte Löcher in die Luft. Mit einem Gin Tonic am hellen Nachmittag. Den unverkennbaren Duft roch sie bis hierher.

»Was erlauben Sie sich?«, fragte sie ungehalten zurück. Vorsichtshalber fasste sie sich aber an die Nase und hakte leise nach. »Was ist mit meiner Nase?«

Der Mann erhob sich und deutete eine Verbeugung an. »Die Nase ist ein markantes Persönlichkeitsmerkmal des Menschen«, sagte er. »Sie trägt erheblich dazu bei, dem Gesicht eine attraktive und harmonische Wirkung zu verleihen.« Zwei Reihen perfekt geformter, strahlend weißer Zähne kamen zum Vorschein. Sie blitzten Thea Sommer verführerisch an. »Eine Nasenkorrektur könnte helfen, diesen Zustand, so er nicht vorhanden ist, herzustellen.« Er legte den Kopf schief und betrachtete das Gesicht gegenüber. »Bei Ihnen dürfte eine Begradigung der Nasenscheidewand schon eine ganze Menge ausrichten.«

Thea Sommer hatte die Schultern hochgezogen und pumpte wie ein startender Maikäfer. Sie streckte den Arm nach der Kellnerin aus, die sie hergeführt hatte. Doch die Kellnerin war verschwunden.

»Sie klingen … Sie klingen …«, sagte sie. … wie ein Schönheitschirurg, hatte sie ergänzen wollen. Doch dazu kam es nicht, weil sie einen Schritt zurück machte.

»Vorsicht, gnädige Frau«, konnte Simon gerade noch rufen, doch dann war es schon passiert.

Mit einem Aufschrei stürzte sie nach hinten. Caruso, der Neufundländer, war lautlos herangeschlichen und hatte sich interessiert hinter die Frau gestellt.

»Spinnst du, Caruso?«, rief der Herr Karl von der Terrassentür her und eilte hinzu.

Galant reichte Simon Feyertag Thea Sommer die Hand und zog sie in die Senkrechte.

Der Herr Karl wischte sich die Hände an der blütenweißen Schürze ab. Er hatte buschige Augenbrauen, eine Knollennase und eine Wampe, war aber sonst recht sympathisch. »Ich bin der Wirt«, stellte er sich vor und streckte ihr die Hand hin. »Und Sie müssen Frau Sommer sein. Wir haben telefoniert wegen der Landegenehmigung.«

»Also, das ist doch …«, sagte Thea Sommer erbost und stemmte die Arme in die Hüften. Ihre Augen wanderten vom Herrn Karl zu Simon Feyertag und wieder zurück. Schließlich sah sie den Mann im roten Hemd an und nickte mit dem Kinn zu dem in der weißen Schürze hin. »Haben Sie mit ihm auch schon wegen seiner Nase verhandelt?«

Der Herr Karl hatte Caruso am Nacken gefasst und ihn nach drinnen gezogen. Thea Sommer hatte er gebeten, nachzukommen. Caruso suchte sein Lager in der langen Diele auf, Frau Sommer und Karl trafen sich im Nebenzimmer.

»Sie wollen also eine größere Hochzeit feiern«, stellte er fest. »Drüben im Hochzeitskircherl. Am Telefon haben Sie mir gesagt, Sie wünschen eine siebenteilige Torte, einen Sektbrunnen und ein großes Blasorchester. Alles kein Problem.«

Thea Sommer stand noch immer die Zornesröte im Gesicht. Doch sie hatte sich etwas beruhigt. Die Kellnerin, nach der sie verlangt hatte, hatte sich als die Urlauberin Carmen Wiesenschön herausgestellt. »Die hat's für ewig bei mir verratzt«, verriet sie dem Herrn Karl. Bei Gelegenheit wollte sie die junge Frau zur Rede stellen. Jetzt nicht.

»Können Sie mich zu diesem Kircherl führen!« Es war keine Frage. Es klang eindeutig wie eine Anordnung.

Selbst der Herr Karl musste schlucken. Des wird a saubere Gsellschaft werden, dachte er insgeheim. »Nicht nur zum Kircherl«, bot er jedoch handzahm an. »Darf ich Ihnen das Haus, die Zimmer und das Anwesen zeigen?«

Im Haus war es kühl. Der Herr Karl war stolz auf sein Haus. Vor dem Aus- und Anbau war es nichts als ein etwas aufgeblähter Berggasthof gewesen. Erst im vergangenen Jahr waren die Zimmer, das Restaurant und alle Nebenräume von Grund auf renoviert worden. Sie erstrahlten in neuem Glanz, waren elegant, aber nicht protzig, und jodelten nicht mehr wie früher. Auch der Südflügel war dezent ausgebaut und mit vielen modernen Raffinessen ausgestattet worden.

Nach dem Rundgang durch das oberirdische Himmelreich und das Wellnesszentrum im Keller sah der Herr Karl aus, als ob er ein aufmunterndes Lächeln brauchen könnte. Thea Sommer schenkte ihm eines, und sie wurde dadurch selbst wieder fröhlicher.

»Huuuuui!« Ein kleiner Bub hatte sich in einen Hubschrauber verwandelt und fetzte mit rotierenden Armen um die Ecke. »Huuiiui!«

Der Herr Karl legte ihm zärtlich die Hand auf die Schulter. »Das ist Maximilian, mein Sohn. Kommen Sie, ich stelle Ihnen noch die Resi vor und den Benedikt. Und den Caruso natürlich. Diesmal offiziell«, fügte er schmunzelnd hinzu. »Dann haben Sie die Familie Himmelreich komplett.«

»Na gut.« Thea Sommer straffte den Rücken und fasste sich an die Nase. »Dann will ich aber auch die Tiere sehen. Aus der Luft sieht es ja aus, als hätten Sie da draußen einen kleinen Zoo. Meine Gala liebt Tiere.«

»Unsere Viecher, ja«, rief der kleine Maxi schnaufend. »Wahnsinn!«

# 2

Maximilian, der Sohn des Herrn Karl, war von Carusos Geburt an dessen bester Freund im Haus, wenn man vom alten Benedikt absieht.

Der Maxi hatte Ferien, ging in die zweite Klasse und war auf den Zentimeter so groß wie Caruso mit seinen vier Jahren. Die zwei konnten sich, wenn sie sich gegenüberstanden, genau in die Augen sehen. Der Bub hatte Augen von der Farbe eines wolkenlosen bayerischen Sommerhimmels, in Carusos Augen schimmerten beginnende Weisheit, Unternehmungslust und die ständige Angst vor dem Hungertod. Und eine nicht zu leugnende Herrschsucht. Der Maxi hatte andere Nachteile. Aber lassen wir das für den Augenblick.

Die Misere mit Caruso hatte schon in früher Kindheit begonnen. Kaum war er geboren und konnte sich auf vier Beinen bewegen, sorgten seine Zähne, die spitz und scharf waren wie die Bergkegel in der Ferne, und sein wacher Verstand rasch dafür, dass der Kleine in kürzester Zeit alles und alle fest im Griff hatte.

Zunächst war es der Beginn seiner unstillbaren Liebe zu Hühnereiern gewesen. Der halbwüchsige Caruso stellte sich breitbeinig mitten in die Hühnerschar, die hinter dem Gasthof im Sand und unter den Büschen herumscharrte. Es waren hauptsächlich weiß-schwarz gesprenkelte Hühner, einige waren rötlich mit schwarzen Punkten und sahen aus wie Fasane.

»Wehe euch«, zischte der Hund mit simuliertem Bass.

»Was, wehe uns? Was meinst du, kleiner Caruso?«, fragte Hugo, der Gockel. »Was willst du eigentlich? Scher dich vom Hühnerhof!«

Hühner sind dämlich, dachte Caruso. So viel hatte er in der kurzen Zeit bereits gelernt. Sie können nur laut gackern und picken, das ist alles. »Wehe, wenn ihr nicht tut, was ich euch sage«, brummte er. »Dann werde ich euch durch die Landschaft scheuchen, dass ihr keine Zeit mehr findet, nach Würmern zu scharren, Schnecken zu jagen und Eier zu legen.«

Er streckte seine riesige weiße Bärenpratze und rupfte dem Hahn neckisch ein paar Schwanzfedern aus. Hugo machte einen erschreckten Hupfer und huschte krächzend zur nächsten schattigen Ecke, wo er laut schimpfend mit dem Schnabel auf ein Stück Holz einschlug, das am Boden herumlag. Daraufhin hatten die depperten Hühner eine Riesenangst und spielten ohne zu murren mit: jeden Tag ein frisches Ei für Caruso. Lebenslang. Abgemacht.

Mit einem Ei umzugehen, das musste der junge Hund erst lernen. Schließlich rollte er sein tägliches Frühstück zu einem Stein, jeden Tag denselben, ließ es dagegenprallen, klemmte es zwischen die Pfoten und schlürfte es mit verdrehten Augen aus.

Wahnsinn!, dachte Caruso.

Das einzige Problem stellte Fritz, der Hauskater, dar. Gegen ihn musste er sich wehren.

Als Nächstes stattete er den zwei Dutzend gehörnten Gebirgsziegen einen Besuch ab, die hundert Meter hinter dem Wirtshaus unter leisem Glockengebimmel friedlich auf einer Koppel grasten. Aus der Milch der Ziegen wurde feinster Ziegenkäse hergestellt, eine Spezialität im Himmelreich. Etliche Gäste mochten den Käse, andere verabscheuten ihn.

Die Ziegen waren ausnahmslos kastanienbraun mit schwarzen Zeichnungen am Kopf und am Rücken, absolut zahm und nur ein bisschen scheu. Sie mochten es, von Kindern gestreichelt oder an den Hörnern gepackt zu werden.

Ihr Revier war von einem halbhohen Zaun aus quer gelegten Birkenstämmchen umgrenzt. Als Caruso zum ersten Mal bei der Herde auftauchte, krachte er beim Versuch, über den Zaun zu springen, mit seinem Stierschädel gegen das Holz.

»Mähmähmäh«, hörte er die versammelten Ziegen lachen. »Mähmähmäh.«

Tut zwar weh, dachte Caruso, aber es ist die erste Ratenzahlung für den Erfolg.

Zwei Tage später stand er inmitten der Ziegenherde.

»Wehe euch«, sagte er. »Ich werde euch hetzen, bis ihr nicht mehr laufen könnt. Wenn's ganz schlimm kommt, werde ich dafür sorgen, dass ihr zu Leder verarbeitet werdet. Wenn ihr nicht …«

Er machte dabei so ein bedrohliches Gesicht, dass Vesuvio, der Ziegenleitbock, nicht anders konnte, als sich auf ein Vergleichsangebot einzulassen.

»Okay«, sagte Vesuvio. »Wir knien uns hin, wenn du zu Besuch kommst, und blicken zu dir auf.«

»Blödsinn«, meinte der Kleine gerührt. »Noch bin ich kein Held. Diese Art Verehrung liegt mir nicht. Aber ich lass mir was einfallen.«

»He, was veranstaltest du mit meinen Ziegen?« Die Resi stand plötzlich hinter ihm am Gatter. Resi war der gute Geist im Himmelreich. Sie roch so herrlich nach Heu und Schnitzel. Es hatte sich herumgesprochen, dass sie vielleicht sogar einmal die Chefin des Hotels würde.

Zum ersten Mal in seinem jungen Leben lief Caruso ein Schauer über den Rücken. Er schüttelte sich und gähnte laut vor Verlegenheit.

»Ja, ja, schäm dich nur«, schimpfte die Resi. »Was ist, wenn denen die Milch sauer wird vor lauter Schreck?«

»Lass nur«, griff Vesuvio beruhigend ein. »Ist alles in Ordnung. Wir haben uns geeinigt.«

Für Resi klang es, als hätte der Ziegenbock gemeckert. Sie verstand trotzdem, was er sagen wollte. »Na, dann ist's ja gut«, sagte sie zufrieden, riss ein Bündel Löwenzahn aus und hielt es Vesuvio zur Belohnung vor die Nase. Gierig fasste er zu und hätte fast einen Finger mitgenommen.

»Komm mit ins Haus«, sagte sie zu Caruso.

Der war an Resis Kommandos gewöhnt und folgte ihr gewöhnlich. Vor allem, wenn sich – so wie jetzt – eine weibliche Hand in seine Nackenmähne verirrte und ihn sanft kraulte.

»Brav, Caruso«, sagte die Resi.

Die Resi, obwohl nicht alt, gehörte zum Himmelreich wie der Bene, der Chef selbst und wie die Hühner, die Ziegen, die Lämmer und Emilio, der Esel. Sie hatte die Chefin noch erlebt, die Frau des Herrn Karl, die Elisabeth. Die Elis war eine schöne Frau gewesen, und der Herr Karl hatte sie sehr geliebt. Damals vor vier Jahren im Winter war sie mit Hausgästen auf einer Skitour gewesen. Bei der Abfahrt hatte sich eine Lawine gelöst und Elis als Einzige mitgerissen. Als sie gefunden wurde, war sie tot.

Das ganze Haus hatte lange getrauert, und es hatte eine Ewigkeit gedauert, bis der Herr Karl wieder Boden unter den Füßen fand. Die Ewigkeit waren gut zwei Jahre gewesen. Dann hatte sich beim Herrn Karl das Gefühl eingeschlichen, es sei nicht gut, wenn der Mensch allein ist. Und da die Resi wie eine Festung war, auf der die weiße Flagge weht, hatte er es nicht schwer, sie zu erobern. Doch ihre Beziehung behielten sie für sich.

Die Resi liebte also den Herrn Karl. Doch sie liebte auch den Caruso, und der Caruso liebte sie.

Der junge Neufundländer stieß einen tiefen Seufzer aus. Zum ersten Mal kroch tief aus seinem Inneren eine Ahnung empor, wie sich Liebe anfühlt.

Hätte er gewusst, was noch alles auf ihn zukommen und sich im Berghotel Himmelreich alles ereignen sollte, wäre er weniger glücklich gewesen.

***

Die wesentlichste Beschäftigung im Leben eines Hundes ist schlafen. Ein Hund braucht Schlaf, um sich zu erholen, um genügend Energie zum Aufstehen zu sammeln, um mehrmals täglich Nahrung zu sich zu nehmen. Der durchschnittliche Neufundländer bräuchte zwei Nächte pro Tag, um seinen Schlafbedarf zu stillen. Da er die nicht hat, ist ihm die Fähigkeit zu eigen, in jeder Lage, an jedem Ort, zu jeder Tageszeit zu schlafen.

Auch bei Caruso musste es nicht unbedingt sein Bett, sein Lager am Ende des langen Flurs, sein, das der Benedikt ihm hergerichtet hatte. Es befand sich im Erdgeschoss des Gebäudes, in dem das Restaurant, die Küche und die anderen Gasträume lagen. Der uralte Steinboden dort war ziemlich wellig, und Caruso mochte diesen Boden gar nicht. Er war jetzt vier Jahre alt, und irgendwann würden seine Pfoten davon auch wellig werden, fürchtete er. Doch ein Bett war ein Bett, und in dieser Nacht schlief er dort in seiner Ecke.

Caruso wurde vom Duft nach Schnitzel mit Pommes geweckt, der aus der Küche herüberwehte. Sofort als er die Augen aufschlug, wusste er, dass etwas nicht stimmte. Er fragte sich nur, was.

Er erfuhr es, als er sich gedehnt und gereckt hatte, die wellige

Diele hinunterschritt, die Terrasse überquerte, sich vorsichtig über den kiesbestreuten Weg zur Ziegenkoppel bewegte, diese rechts liegen ließ und sich über die Blumenwiese, auf der der Hubschrauber gelandet war, zum Hühnerhof aufmachte, um sich sein Frühstücksei abzuholen. Drüben standen Emilio und Rosinante auf der Weide und begrüßten ihn mit einem Blöken, das nichts Gutes verhieß.

Ich hab's doch gleich gemerkt, dass etwas nicht stimmt, fuhr es ihm durch den Kopf. Er blieb kurz stehen, schüttelte sich und dachte nach. Etwas war anders als sonst.

Für eine Weile putzte er sich sein langes zweifarbiges Fell, kratzte sich mit dem linken Hinterfuß unter der rechten Vorderachsel und überlegte weiter. Bis seine Gedanken von einem lauten Geräusch unterbrochen wurden. Es kam vom Hühnerstall, und es handelte sich um ein verzweifeltes, ja mehr noch, ein extrem hoffnungsloses Gackern.

»Nein!«, stöhnten die Hühner laut in den Himmel. »Das darf nicht sein. Unsere Schwestern. Unsere armen Schwestern! Und niemand hilft uns.«

Dafür war Caruso da. Auch zum Helfen war er da. Er setzte sich in Trab und – je näher er dem Gackern kam – schließlich in Galopp.

Am Stall bot sich ihm ein schrecklicher Anblick. Blut – überall Blut. Vier – so weit konnte Caruso zählen – Hühnerleiber lagen kreuz und quer auf der Erde. Einem fehlte der Kopf ganz, und der dünne Hals war ausgefranst. Die anderen waren in der Hals- und Nackengegend deformiert, und das Weiß ihres Gefieders war blutverschmiert. Einem waren dazu noch die Schwanzfedern ausgerissen, einem anderen fehlte ein Auge.

»Oh wie schrecklich«, klagten die Hühner ähnlich orientalischen Klageweibern. »Wer tut so etwas? Wie kann man so grausam sein?«

Das fand Caruso auch.

»Und?«, fragte er Hugo, den Hahn. »Habt ihr nichts bemerkt? Das muss doch ein Riesenhallo gegeben haben. Was habt ihr denn gesehen?«

Hugo machte ein schuldbewusstes Gesicht. »Wir haben fast alle geschlafen. Ich selbst schlafe auf dem rechten Bein immer besonders tief. Ich hab nix gehört. Und diejenigen, die wach geworden sind, haben vor Schreck die Augen zugemacht.«

Niemand wollte also etwas gehört haben. Sie klagten nur. Caruso ging das Gejammere auf die Nerven. Er bekam einen Hustenanfall. »Und? Wo ist mein Ei?«, blaffte er.

Kaum hatte er die Frage gestellt, richtete sich Hugo auf und schlug mit den Flügeln. »Reiß dich zusammen, Hund«, krächzte er. »Wir sind in Trauer.«

Ja, das sah Caruso den Hühnern auch an. Hugo selbst machte einen anderen Eindruck.

Der Gockel hatte sich vor ihm aufgestellt und schlug noch immer mit den Flügeln. Sand wirbelte empor, als er aus dem Stand einen halben Meter hoch sprang und Caruso in die Augen blickte. Wie ein teuflischer Engel schwebte er.

»Vorsicht«, drohte Hugo, »mit einem Auge sieht man nicht mehr so viel wie mit zweien. Schau dir die tote Frau dort drüben an. Wie die aussieht! Wenn du dich nicht benimmst …« Der Hahn pickte mit seinem scharfen Schnabel kurz zu und stoppte haarscharf vor Carusos Schnauze. »… dann wäre möglicherweise eins deiner Augen weg.«

Hugo senkte sich flügelschlagend langsam wieder zu Boden. »Ein lächerlicher Gedanke. Aber wenn's sein muss … Ich freue mich, dass wir uns verstanden haben.« Damit beugte er sich nach hinten und putzte sich das Gefieder.

Caruso war beeindruckt. Er brauchte einige Zeit, bis er begriffen hatte, was Sache war. Um ehrlich zu sein, war er bereits zurück zum Himmelreich geschlichen, als er sich die blamable Niederlage eingestand. Nicht dass er sich kleinlaut zurückzog. Er war eher mitfühlend. Es ist immer schwierig, Herz und Kopf dazu zu bringen, zusammenzuarbeiten, dachte er.

Wahnsinn, der Hahn in seiner Verzweiflung!

Doch bei aller gefühlten Schmach blieb das Verbrechen. Vier Hühner wurden ermordet! Auf dem Boden des Himmelreichs. Das durfte nicht ungesühnt bleiben. Caruso begann zu schnüffeln.

# 3

Nach den Hühnern und den Ziegen kam der Herr Karl mit Thea Sommer zu den Schafen. Das grausame Verbrechen im Hühnerstall verschwieg er.

»Das ist Tante Emma mit ihren Lämmern.«

»Tante Emma, oh wie süß«, rief Frau Sommer und streckte den Arm nach ihnen aus. Tante Emma, das schwarze Mutterschaf, vier gefleckte Halbwüchsige und sechs kleine helle Lämmlein hatten's drauf, Besucher um die kleine Zehe zu wickeln.

»Und das sind Emilio und Rosinante«, schloss der Herr Karl die Führung durch das Tierparadies.

Das Eselpaar hatte weit entfernt gegrast und war lächelnd herbeigetrabt, als die Besucher am Zaun standen. Emilio hatte ein graubraunes Fell und einen weißen Bauch, während Rosinante rötlich glänzte, eine dicke Quaste am Schwanzende und sehr große Ohren hatte. Ihre vier Beine waren gestreift wie bei einem Zebra.

»Sind Sie mit den Eseln befreundet?«, fragte Thea Sommer erstaunt. Sie strich Rosinante über Kamm und Mähne und machte auch vor den Nüstern erst halt, als die Eselin laut niesen musste.

»Nicht dass ich wüsste«, sagte der Herr Karl. »Sie sehen mich ja sonst kaum. Sie sind einfach von Ihnen beeindruckt«, schleimte er weiter.

Thea Sommer ließ sich Hand und Arm abschlecken. Sie war entzückt. »Nein, wie süß«, sagte sie. »Das wird Gala gefallen.«

***

Sagen sie die Wahrheit, fragte sich Caruso, oder sind sie selbst die Lüge? Doch warum sollten Hugo und die Hühner lügen? Vier von ihnen waren grausam ermordet worden. Sie waren bestimmt nicht lautlos gestorben. Wenn mir jemand den Hals oder den Kopf zerfetzt, schreie ich wie am Spieß, so lange ich kann. Und das will keiner gehört haben? Unwahrscheinlich, dass jemand aus dem eigenen Clan dahintersteckt. Aber dass keiner was gesehen oder sonst wie bemerkt haben will?

Kopfschütteln.

Unwillkürlich musste er an Maximilian denken. Maximilian war zwar sein Freund. Doch Maximilian hatte auch Züge, die Caruso nicht gefielen. Er quälte nicht nur Frösche, die er hochwarf und senkrecht auf das Wasser des Teichs aufprallen ließ. Es gab einen Platscher, und der Frosch war tot. Wenn's schlimm kam, platzte vorher sein Bauch auf. Spinnen und Fliegen riss er Beine aus, warf Steine nach Vögeln und Katzen. Selbstverständlich hatte er den Maxi auch schon bei den Ziegen und Hühnern herumstreifen sehen. Doch so schrecklich hinrichten? Würde ein Kind das tun?

Tiere kennen keine Vergangenheit und keine Zukunft. Sie leben nur in der Gegenwart. Doch Erinnerungen sind auch für sie ein Paradies, aus dem sie sich nicht vertreiben lassen wollen.

In derlei Gedanken versunken war der Neufundländer zum Gasthof zurückgetrabt. Seine Sinne waren hellwach. Der Instinkt, den jeder Hund hat, was die Zeit betrifft, meldete ihm einen wichtigen Termin. Einen Termin, der wichtiger als andere war. Ein Hund braucht keine Uhr, um zu wissen, wann er Hunger hat, wann das Futter kommt und wann etwas geschieht, das sich oft wiederholt. Wenn es in der Früh nach Speck und Eiern riecht zum Beispiel. Bei den Menschen war's dann acht, halb neun Uhr. Oder wenn der Gemüse- und Obstlieferant auf den Hof fuhr. Ein Hund kennt kein Zifferblatt mit Zeigern, er bezieht sein Zeitgefühl aus Düften und Klängen, aus Erfahrung und Intuition. Zeit umschmeichelt einen und schlabbert einen ganzen Tag auf wie eine Schale Milch. Beispielsweise, wenn der Bus der Ringlinie, den Bessy gewöhnlich nimmt, vor dem Himmelreich hält.

Bessy war eine charmante und attraktive Berner Sennenhündin mit kleinen Fehlern, die aber nichts zur Sache taten. Bessy war Carusos Freundin. Regelmäßig kletterte sie unten am Dorfplatz in den Bus der Ringlinie und stieg oben am Himmelreich wieder aus. Als wenn sie beide von telepathischen Kräften beseelt wären, wusste Caruso darüber regelmäßig Bescheid.

»Mach's gut, Bessy«, sagte der Fahrer.

Sie wedelte mit dem buschigen Schwanz, was so viel bedeutete wie: »Ebenfalls. Und danke für die kostenlose Fahrt.« Dann stieg sie vorsichtig die drei Stufen hinab.

Freudiges Quietschen. Tiefes Bellen. Schwanzwedeln. Gegenseitiges Beschnüffeln. Ausdruck unendlicher Freude, wie es so innig und dezent Menschen kaum gelingt.

»Der Hühnerstall«, meinte Caruso.

»Ja? Was ist damit?«

Er schilderte, was er dort angetroffen hatte.

Bessy überlegte. Sie drehte eine Runde um ihren Freund, schnüffelte an seinem Hinterteil, kratzte sich und gähnte.

»Und du willst herausfinden, wer das war, schätze ich«, sagte sie. Sie hielt den Kopf schief, in ihren braunen Augen standen Fragezeichen.

Caruso brummte zustimmend.

»Allein?«, fragte sie weiter.

»Was, allein?«

»Willst du das allein herausfinden?«

Sie trabten nebeneinander von der Haltestelle zum Himmelreich hinauf. Dabei ergab es sich, dass sich alle drei, vier Meter ihre Körper berührten. Sie warfen einander verliebte Blicke zu.

»Hör mal«, sprach Bessy weise. »Was du vorhast, ist nichts anderes, als in einem Mordfall zu ermitteln. Der depperte Hugo wird's ja wohl nicht richten. Hast du schon jemals so etwas gemacht?«

Caruso stand echt auf dem Schlauch. »Was?«, sagte er. »Was soll ich gemacht haben?«

Bevor Bessy antworten konnte, kreuzte der Benedikt ihren Weg. Der Bene sah mit seinem verwegenen Gesicht, der scharfen Nase und dem ewig gebräunten Teint aus wie ein in die Jahre gekommener Skilehrer. Seine siebzig Lenze merkte man ihm nicht an. Caruso und Bessy blieben stehen und begrüßten ihn schwanzwedelnd.

»Na, ihr zwei«, rief er ihnen lachend zu. »Ihr turtelt ja wieder kräftig. Da bin ich gespannt, was da eines Tages dabei herauskommt.« Dann ging er in südlicher Richtung weiter, der Sonne und den Koppeln entgegen.

Bei Caruso war endlich der Groschen gefallen. »Ach, du meinst, ob ich schon jemals einen Mord aufgeklärt habe? Nein, natürlich nicht. Aber ich werd's schon schaffen. Man lernt nie aus im Leben. Und Lernen ist schließlich so etwas wie Gymnastik für den Kopf.«

»Wow!« Bessy blieb abrupt stehen und beäugte den Neufundländer. So einfältig ihr Freund manchmal war, so sehr musste sie sich oft wundern, was aus ihm heraussprudelte. »Ich hab halt gedacht –«, wollte sie gerade äußern, als ein lauter Schrei ertönte. Ein Gebrüll wie von einem anderen Stern.

»Wer hat das getan!«, brüllte der Bene. »Das soll er mir büßen. Ha!« Der Rest ging in einem lauten, gurgelnden Geräusch unter. Es klang, als wollte jemand mit der Motorsäge einen Felsblock teilen.

»Der Bellheim«, sagte Bessy. Sie hatte den Aufschrei erwartet, als klar war, in welche Richtung der Bene ging. Nun hielt sie inne und sah Caruso von der Seite an. »Der Bellheim ist doch ein pensionierter Polizeihund. Der kann das bestimmt. Der hat das drauf. Der kann dir helfen.«

Bellheim war Carusos großer Rivale in Hundham. Er wohnte unten im Dorf, war zwar schon etwas älter, aber noch immer stark wie ein Bär, gefährlich wie ein Luchs und schlau wie ein Biber. Er sah aus wie ein hölzerner Brunnentrog auf Beinen mit dem Gesicht einer reißenden Bulldogge, war aber durchaus geschmeidig.

Im vergangenen Winter hatte er sich ziemlich stürmisch um Bessy bemüht und ihr angeboten, bei ihm zu wohnen. Es gab einen heftigen Kampf zwischen ihm und dem »König von Hundham«, als der Caruso weit und breit galt. Bellheim hinkte nachher lange mit dem rechten Vorderlauf, und Caruso trug seither eine Narbe an der linken Lefze mit sich herum.

Auch als Bellheim den alten Monsieur Clochard von seinem Platz unter der Brücke vertreiben wollte, hatte er von Caruso sein Fett wegbekommen. Denn Clochard stand unter Carusos Schutz. Jeder, der sich über Alte, Kranke oder Schwache hermachte, hatte seine Kraft und Stärke zu fürchten.

Monsieur Clochard war der einzige Schäferhund in Hundham. Ihn umgab eine geheimnisvolle Aura, obwohl er als halb blind und halb taub galt. Irgendwann vor gut einem Jahr war er plötzlich mitten auf die Dorfstraße gestrauchelt. Er stellte sich bei den meisten formvollendet vor, ließ aber seine Herkunft im Dunkeln.

»Es ist weniger wichtig, zu wissen, wo einer herkommt, als zu sehen, wohin er geht«, erklärte er.

»Obdachlose und Asylanten brauchen wir nicht in unserem Dorf«, hatte Bellheim geknurrt, »egal woher sie kommen. Sie sind Schmarotzer und so überflüssig wie Katzen und Chihuahuas.«

»Aus Frankreich kommt Clochard«, sagten die einen, »Nein, aus Belgien« die anderen. Das lag einerseits an dem gallischen Namen, andererseits auch an seinem etwas gezierten Akzent, der durch seine Zahnlücken noch undeutlicher wurde – davon besaß er zwei oben links, eine oben in der Mitte und zwei unten rechts. Tiefe Narben klafften in seinem ungepflegten braunen Fell mit den grauen Strähnen, in dem immer Laub und ein paar Zweige hingen. Die Knochen standen hervor, und an seinem buschigen Schwanz fehlte die hintere Hälfte. Eindeutig stand fest, dass Clochard schon bessere Zeiten gesehen hatte, denn er bewegte sich elegant und hatte einwandfreie Manieren.

Caruso jedenfalls schloss den Ankömmling rasch in sein Herz. Vor dem letzten Winter hatte er eine zerlöcherte Wolldecke angeschleppt, die sich Clochard unter der Kirchbachbrücke als Lager zurechtrichtete. Immer häufiger bedurfte es unendlicher Anstrengung, sich aus dem Schatten der Brücke hinaus in die Sonne zu quälen, um den rumorenden Bauch wärmen zu lassen. Immer häufiger fraß sich deswegen der Hunger tief in seine Eingeweide.

Nun aber war ein Wunder geschehen. Clochard jedenfalls betrachtete es als Wunder, was sich vor drei Tagen zum ersten Mal ereignet hatte. Als er am Abend in seine Behausung schlüpfte, fand er zu seiner riesigen Überraschung und Freude frische Verpflegung vor. Gestern hatte sich das Wunder wiederholt. Die Gemüsesuppe mit den Fleischbrocken in einem großen Gefäß trug keinen Absender. Erstaunlich zügig ließ der Hund die Speise verschwinden, ungeachtet der Größe der Portion. Wer ihn auf diese Weise unterstützte, das hatte er noch nicht herausgefunden.

Doch bei allen Feind- und Freundschaften zählte für Caruso jetzt nur eines: Jemand war vorsätzlich in ein Idyll eingedrungen und hatte vier Lebewesen auf grausame Weise umgebracht. Das schrie nach Aufklärung.

Wenden wir uns also wieder dem Himmelreich zu.

***

»Es muss einfach eine Traumhochzeit für meine Tochter werden«, erklärte Thea Sommer, nachdem sie mit dem Herrn Karl die Kamin-Lounge verlassen hatte. Sie war beeindruckt. Das hätte sie hier oben in der Wildnis nicht erwartet. Sie war hergekommen, um Gala die Location auszureden. Doch der schnauzbärtige Herr Karl erwies sich als reizender Führer durch sein Reich.

Die Lounge war eine Wohltat für die Augen. Überdimensionale helle Ledercouchs, drei Kamine, meterbreite Holzstöße vor weiß gekalkten Wänden, darüber riesige weiße Stoffleuchten in Diskusform, die das sympathische Inventar in mildes Licht tauchten. An der Wand gegenüber dem Eingang war eine gut ausgestattete Bar aufgebaut. Der große Raum strahlte eine Behaglichkeit aus, die sich sicher auf die gesamte Hochzeitsgesellschaft übertragen würde, davon war Thea Sommer nach langem Zögern überzeugt.

»Ich miete Ihr ganzes Lokal und das Hotel samt den Zimmern, dem Restaurant, der Bar«, sagte sie sehr bestimmt zum Herrn Karl. »Und ich will Blumen sehen. Blumen, Blumen, Blumen überall. Beim Empfang, hier im Saal, auf den Zimmern unmittelbar vor Ankunft der Gäste. Die Dekoration werden im Übrigen meine Leute übernehmen.«

Thea Sommers Leute, das waren die Angestellten ihrer Christbaumschmuckfabrik, die nach einem Japaner als die zweitgrößte der Erde galt. Sie hatte das Werk nach dessen schrecklichem Tod von ihrem Mann übernommen, der es von seinem Vater geerbt und zu seiner heutigen Größe geführt hatte. Gala, die Tochter, war nach Studium und Promotion ebenfalls in die Firma eingestiegen.

»Ein Sechs-Gänge-Menü«, fuhr die Sommer aufgeregt fort, »ein Champagnerbrunnen, und sehen Sie zu, dass Sie die Wiener Philharmoniker bekommen, wenigstens in kleiner Besetzung. Ersatzweise André Rieu. Haben wir uns richtig verstanden, Herr Karl?«

Jawohl, er hatte. Er war es gewohnt, ab und zu mit überkandidelten und durchgeknallten Gästen zu verhandeln, aber so eine wie diese war ihm noch selten untergekommen, wenn überhaupt. »Jawohl, gnädige Frau«, sagte er übertrieben höflich. Dabei hatte er noch keine Ahnung, wie das mit den Philharmonikern funktionieren sollte.

»Bevor ich abfliege, möchte ich diese Dame noch sprechen, die aussieht wie eine Kellnerin, aber keine zu sein scheint.«

Nach längerem Hin und Her begriff der Herr Karl, um wen es sich handeln musste. »Ach, die Frau Wiesenschön«, sagte er und zwirbelte an seinem Schnauzer herum. »Die ist ins Dorf gefahren. Das dauert meistens länger bei ihr.«

Am Ende, als sich der Hubschrauber wieder in die Lüfte erhob, war alles geregelt. Die Unterbringung der Hochzeitsgäste, die Getränke, das Essen. Planung, Organisation, Personal. Alles. Nur das mit den Wienern sollte dem Herrn Karl auch weiterhin Kopfzerbrechen bereiten. Ersatzweise André Rieu. Nachdenklich summte er eine Arie aus »La Traviata« vor sich hin und band sich die Schuhe wieder zu. Die Schnürsenkel waren ihm aufgegangen.

# 4

Urlaub ist oft eine anstrengende Beschäftigung, die man erst zu genießen beginnt, wenn sie vorbei ist. Das mag an der Riviera gelten, dachte Professor Simon Feyertag, oder auf Sylt oder in Botswana. Nicht aber hier. Das Berghotel Himmelreich war für ihn der Ort reinster Erholung. Man hatte alles. Frische Bergluft, klare Seen, grüne Almen, duftende Wälder, deftiges Essen, sternklaren Himmel in der Nacht, strahlende Sonne am Tag. Selbst wenn es regnete, verlor der Tag nicht an Reiz. Und man lernte immer wieder neue Leute kennen. Sogar neue, bisher unbekannte Seiten an ihm selbst hatten sich Simon hier eröffnet.

Nachdem die hochnäsige Hochzeitsplanerin wieder abgereist war, holte sich der Professor ein Fahrrad aus dem Depot gleich links vom Eingang. Von dem Drama, das sich ein paar hundert Meter oberhalb von ihm entfernt ereignet hatte, wusste er zu diesem Zeitpunkt nichts.

Der alte Omnibus der Ringlinie, der die Menschen vom Dorf aus an die verschiedensten Orte beförderte, keuchte gerade den Berg herauf und hielt seitlich vom Berghotel Himmelreich an. Zuerst sprangen drei Kinder heraus, ein Bub und zwei Mädchen, dann hangelte sich eine ältere Frau im Dirndl mit rotem Gesicht und Flechtkorb am Arm die drei Stufen hinunter, ein bärtiger Mann mit Pfeife im Mund folgte – und dann kam ein Hund.

Jetzt erst bemerkte Simon Caruso, den Hotelhund. Es sah pfeilgrad so aus, als hätte der Neufundländer auf den ankommenden Hund gewartet. Der Ankömmling und er umkreisten sich schwanzwedelnd.

»Herr Professor!«

Die Stimme kannte er. Die Flugbegleiterin. Er lehnte sich gegen das Fahrrad und drehte sich um.

»Sie haben was vergessen!« Carmen Wiesenschön schwenkte eine Tasche durch die Luft und lief auf ihn zu.

Gut sah sie aus. Das braune Haar zu einem Pferdeschwanz

gebunden, leuchtende blaue Augen, geblümte Bluse, enge gelbe Jeans. Und – eine gerade Nase und anliegende Ohren.

Ja, er hatte die Tasche vergessen. Die Tasche mit dem Proviant für den Brückenhund, wie er ihn getauft hatte.

Schon stand sie vor ihm. Sie keuchte ein wenig. »Vergesslicher Professor. Sie sollten mir danken. Ich könnte Sie ja erpressen. Mitgenommenes vom Frühstücksbuffet. Darf man das? Sie müssen richtig Hunger haben.«

Was sollte er sagen? Er langte übers Fahrrad und wollte ihr die Tasche abnehmen. Da schoss von hinten der schwarze Neufundländer dazwischen. Fahrrad, Tasche und Carmen purzelten durcheinander. Mit hungrigem Knurren nahm Caruso die Tasche aufs Korn. Sie verschwand halb in seinem Maul.

»He, was fällt dir ein!«, schalt Simon den Hund. Er zerrte an der Tasche. Er drückte Carusos Kopf nach hinten. Er wagte sich sogar an sein Gebiss. Bis er seine Tasche unversehrt wiederhatte. Am liebsten hätte er nach dem Hund getreten, unterließ es aber.

Als Erstes kümmerte er sich um Carmen. Er reichte ihr die Hand und zog sie hoch. Sie klopfte sich den Staub von der Hose. »Ein Hund«, stieß sie aus, »ist nichts als ein von Flöhen bewohnter Organismus, der bellt.« Carmen Wiesenschön mochte keine Hunde.

»Kommen Sie doch mit«, forderte er sie auf. »Dann werden Sie herausfinden, wofür das Frühstücksbuffet herhalten muss. Was halten Sie davon?«

»Ich bin Carmen«, sagte sie und senkte den Blick.

»Simon«, erklärte er sich einverstanden.

Wenig später radelten sie vom Hof. Carusos Bellen begleitete sie. Es ging einen schmalen Bergweg hinab, sie hörten den Bus, nicht weit entfernt. Vogelgezwitscher, Tannenduft, Licht und Schatten.

»Schön hier«, rief Carmen voll Entzücken aus. »Wo fahren wir hin?«

»Warten Sie's ab.«

Wenig später hielt er an der Kirchbachbrücke, und sie stiegen vom Fahrrad. Unter dem Rundgewölbe der Brücke rauschte der Bach. Die leere Decke lag ohne Clochard da.

»Hier lebt ein Hund, von allen ausgestoßen«, erklärte er. »Sozusagen ein Obdachloser. Für ihn sind die Reste vom Frühstücksbuffet. Herr Karl wird's verschmerzen können.« Simon lachte Carmen an. »Im Übrigen weiß er Bescheid.«

Carmens Augen funkelten. »Und für diesen armen Hund radeln Sie … radelst du extra ins Dorf?« Sie legte ihr Fahrrad flach ins Gras und schlüpfte gebückt unter die Brücke. »Süß. Gib mir die Tasche. Ich möchte den Inhalt anrichten.« Sie breitete die zerknüllte und zerlöcherte Decke aus, legte das Frühstücksbuffet darauf und schaute zurück. »Wie sieht er denn eigentlich aus, dein Hund? Ist bestimmt eine Straßenmischung, hab ich recht?«

Die Antwort musste nicht Simon geben. Sie kam im wahrsten Sinn angeflogen. Mit einem gewaltigen Satz durch die Luft landete Caruso auf der Decke. Meterweit schlitterte er unter der Brücke hindurch. Dann sammelte er mit dem Maul die Wurst, den Käse und die Semmeln wieder ein, legte sie auf einen Haufen und knurrte Carmen an.

»Gaaaanz ruhig, Caruso«, ging Simon dazwischen. Er erntete einen dankbaren Blick von Carmen. Beide hatten im ganzen Leben noch nie gesehen, wie ein Hund die Wurst im Maul transportiert.

Monsieur Clochard kam auf dem Hintern den kleinen Hang von der Straße heruntergerutscht. Grau und zerzaust, vernarbt und halb zahnlos war er das Abbild eines alten Straßenköters kurz vor dem Ableben.

»Süß, der Hund«, rief Carmen aus. Von einem Augenblick auf den anderen schien sie ihre Scheu oder Angst vor Tieren verloren zu haben.

»Wo kommst du denn her?«, tat Simon erstaunt. Er meinte Caruso.

Der Neufundländer kümmerte sich nicht darum. Er war sofort bei seinem Spezl. »Komm mit. Die haben dir wieder eine Brotzeit mitgebracht«, zischte er durch die Zähne. »Soll ich dich füttern?«, fragte er vorsichtig.

»Hahaha«, lachte Clochard dumpf. »Erfahrung ist die Summe aller Irrtümer. Meine Erfahrung lehrt, dass das eine schreckliche Dummheit wäre.«

»Lustig, wie die zwei Hunde sich anbellen«, meinte Carmen.

Caruso hatte sich flach auf den Boden gelegt und sah aus kurzer

Entfernung zu, wie sein Freund die Delikatessen verzehrte. Eine nach der anderen. In aller Ruhe und reglos, nur sein Schwanz zuckte beim Fressen hin und her. Doch das war nicht alles, was Caruso vor Augen hatte. Im Geist sah er den ewig hungrigen Clochard inmitten der Hühner wüten … Nun vertilgte der Alte die Brotzeit. Bissen für Bissen. Hungrig und gierig.

»Danke, dass du mitgekommen bist«, meinte Simon später zu Carmen, als sie den Berghang wieder hinaufradelten.

Als sie oben angekommen waren, stand der Hofhund schon mit hängender Zunge vor dem Haus. Schwanzwedelnd und mit großen Augen begrüßte Caruso die beiden Ankömmlinge. Er nickte mit dem Kopf, als ob er sagen wollte: »Na, seid ihr auch schon da? Clochard lässt euch danken.«

In seinem Kopf aber hatte sich ein fremder Gedanke eingenistet.

***

Hunde empfinden Gerüche bis zu hundertmal intensiver als wir Menschen. Gerüchen zu folgen ist für sie, wie in einem Buch zu lesen, einem Bilderbuch voller Farben und Formen. Hunde riechen nicht schlagartig: »Wiener Schnitzel!« Hunde vollziehen nach, wie das Gericht entstanden ist, zerlegen es in seine Bestandteile und können den Geruch sogar noch an den Händen des Herrn Karl wahrnehmen, der es zubereitet hat. Und am Dirndlrock der Resi, die es serviert.

Je größer die Schnauze eines Hundes ist, desto deutlicher kann er in seinen Duftbüchern lesen. Und Carusos Schnauze musste wahrhaftig keinen Vergleich scheuen. Sie war groß, schwarz und nass, und seine Nüstern waren pausenlos auf Achse. Im Fall der Hühnermorde sollte sich das noch bezahlt machen. Aber jetzt lag er mit gekreuzten Pfoten vor der offenen Tür zum Salon Wendelstein und hörte zu.

Bessy lag neben ihm. Sie bot das Bild eines Mädchens in den besten Jahren, stattlich und adrett, mit langem braunen Fell und weißer Brust und beweglichen langen Ohren. Eine zünftige Berner Sennenhündin also. Die Bessy hatte einen buschigen Schwanz und eine herrlich raue Zunge, die unheimlich zärtlich durch Carusos Gesicht und über seine Schnauze streichen konnte. Das tat sie jetzt nicht, denn sie bemühte sich, nicht allzu viel von ihrer Freude preiszugeben.

Hüte dich vor den Launen der Frauen, ging es Caruso durch den Sinn, als er zu ihr hinüberschielte.

»Hüte dich vor den Launen der Frauen«, sagte der Herr Karl im Salon Wendelstein.

Die Resi zupfte an ihren Ärmeln herum und tat entsetzt, der Benedikt nickte und zog an seiner Pfeife. Beiden war klar, auf wen der Herr Karl anspielte. Sie saßen im Salon gemeinsam an einem Fenstertisch und berieten über die bevorstehende Hochzeit.

»Siebenstöckige Hochzeitstorte«, erwähnte der Chef stirnrunzelnd.

»Und drehbar bitte«, ergänzte die Resi.

»Wer kann die machen?«, fragte der Herr Karl.

»Unmöglich unser Moserbäck im Ort«, antwortete der Benedikt nachdenklich. »Das kann nur einer in der Stadt.«

Karl ging seine Liste durch. Zwischendurch schüttelte er den Kopf. »Wünsche hat die Dame«, sagte er. »Sektbrunnen ist ja noch normal. Aber den Fischbacher Siggi als Zauberer engagieren?«

»Fischbacher Siggi?«, fragte die Resi erstaunt.

»Geh, des werst doch wissen«, tat der Bene empört. »Der Superzauberer von Siegfried und Roy in Las Fegas. Der Siggi stammt doch aus Rosenheim. Aber trotzdem. Des dürft schwer werden, den allein ohne seinen Partner zu kriegen.«

»Ja, und dann will sie noch die Wiener Philharmoniker. Geh weiter, die bring mer doch gar ned unter im Saal.«

Durch den Herrn Karl ging ein Ruck. Als ob er dabei wäre, sich in einen anderen Menschen zu verwandeln. Er stand auf, seine Brust schwoll an, und er sang aus voller Kehle.

*»Oh wie so trügerisch sind Weiberherzen; mögen sie klagen, mögen sie scherzen.*
*Oft spielt ein Lächeln um ihre Züge; oft fließen Tränen, alles ist Lüge.«*

Er sang auch noch die nächste Strophe. Dann hielt er inne und blickte um sich, als erwartete er Beifall. »Aus ›Rigoletto‹ von Verdi«, erklärte er schwer atmend. »H-Dur.«

Wie eingangs schon erwähnt, hatte der Herr Karl schon als Kind Opernsänger werden wollen. Den Beruf eines Kochs ergriff er nur dem Vater zuliebe. Denn der brauchte einen Nachfolger für sein Himmelreich, und wer wäre da besser geeignet gewesen als der eigene Sohn? Karl wurde ein guter Koch. Ein sehr guter sogar, mit besten Referenzen aus dem In- und Ausland. Gesungen hat der Karl aber immer. Wenn er gut gelaunt war oder wenn jemand einen besonders günstigen Augenblick erwischte, dann verwandelte sein wuchtiger Bariton die Küche und die ganze Umgebung in eine Opernbühne. Die Gäste konnten dann einen russischen Zaren erleben, einen spanischen Stierkämpfer oder einen malenden Bohemien.

Resi begann zu klatschen. Benedikt fiel ein.

Resi klatschte lauter und stand auf.

Der Bene stand auf und packte seine Holzarbeiterpranken ineinander.

Caruso begann leise zu bellen. Die Bessy stimmte ein.

Es endete in einem Jaulkonzert.

Und dann war da noch weiterer zarter Beifall. Maximilian stand zwischen den zwei Hunden in der Tür. »Bravo und da capo«, rief er mit glänzenden Augen und strubbeligem Haar. So heftig zog er Bessy am Ohr, dass sie aufheulte. »Der Wahnsinn«, flüsterte der Bub andächtig.

Caruso ließ die Zähne blitzen, schnappte aber nicht zu.

»Schon toll, Chef, was aus unserem kleinen Berghotel geworden ist«, ließ der Bene verlauten.

»Was heißt hier ›Berghotel‹?«, sagte Resi und strich sich die Schürze glatt. Sie ging hin und legte dem Karl eine Hand flach auf die Schulter. »›Berghotel‹ war einmal. Jetzt sind wir ein Vier-Sterne-Haus mit Tradition. Wir sind nicht Schickimicki, sondern spiegeln die Lebenskunst vergangener Zeit wider.«

Der anerkennende Pfiff von den Lippen des Herrn Karl konnte sich hören lassen. Eine kleine Matinee in C-Dur.

Nachdem die Einzelheiten der geplanten Hochzeit besprochen

waren und der Herr Karl sich ein Schnapserl genehmigt hatte, entschuldigte sich Caruso bei Bessy – »Ich hab noch was Wichtiges zu erledigen« – »Was denn?« – »Männersache!« – und stupste dem Benedikt mit der Schnauze in die Kniekehle. Der verstand sofort und kam mit.

Den Bene hatte Karls Vater aufgenommen, als er aus dem Gefängnis kam und kein Mensch ihm Arbeit geben wollte. Bis zu dessen Tod hatte der Bene dem Chef treu gedient und jede Arbeit verrichtet, die anfiel. »Bleib bei uns, Bene, und hilf dem Karl«, hatte der alte Herr ihn noch gebeten, bevor er starb. Der Bene war geblieben und ging mit dem Herrn Karl und Caruso durch dick und dünn.

Den Bellheim hörten sie schon von Weitem. Sie waren durch den Wald hinuntergetrabt, waren dem Fuchs begegnet und hatten im Bach Wumba, den Biber, von einer Birke weggescheucht, die er gerade knacken wollte, als sie in die Dorfstraße von Hundham einbogen.

Die Dorfstraße begann dort, wo das große gelbe Haus mit den zwei umlaufenden Holzbalkonen stand. Auf der anderen Straßenseite war die Postfiliale und gleich daneben die letzte verbliebene gelbe Telefonzelle. Entlang der Dorfstraße, wie an einer Schnur aufgereiht, die lüftlbemalten Häuser mit Begonien und Geranien vorm Fenster, dazwischen Akazien und Apfel- und Birnbäume, an denen schon kleine Früchte hingen. Im Glas der Fenster spiegelte sich golden das Licht, und vor dem St.-Nicolai-Brunnen auf dem kleinen Platz davor verteidigte Bellheim seinen Platz an der Sonne gegen Emilio, den Esel, der heute Ausgang hatte.

Bellheim sah aus wie seine eigene Karikatur des Bösen mit weit aufgerissenem Maul und den gefletschten gelben Zähnen. Er hatte die Vorderbeine in das Kopfsteinpflaster gerammt und ging wie ein Büffel mit gesenktem Kopf auf den herzensguten Emilio los, der ihn aus großen Augen anstarrte und nicht wusste, wie ihm geschah und wie er reagieren sollte.

»Bellheim!«, bellte Caruso schon von Weitem und rannte los. Spielend hängte er den alten Bene Meter um Meter ab.

Bellheim ließ sich nicht abschrecken. Emilio röhrte wie am

Spieß, machte aber keine Anstalten, sich zu entfernen. Esel sind stur bis in die Haarwurzeln. Sie sind vollkommene Wesen. Sie sind nichts Halbes – sie sind etwas Ganzes. Kompakte Dummheit. Dummheit in ihrer ganzen Reinheit. Das waren Benedikts Gedanken, als er fürchterlich schnaufend endlich beim St. Nicolai ankam.

Unerschrocken hatte Caruso sich zwischen Bellheim und den Esel geworfen. »Aufhören!«

»Geh aus dem Weg!«

»Lass den Emilio in Frieden!«

»Geh aus dem Weg!«

Jeder andere als Caruso hätte heulend und zähneknirschend die Flucht ergriffen. Aber Caruso war der erklärte König von Hundham. »Ich muss mit dir reden, Bellheim.«

Benedikt zupfte sich an der Nase und stand staunend daneben. Er verstand nicht alles, doch der Sinn der Unterhaltung war ihm klar. Es ging um den Mord an den Hühnern.

Caruso erläuterte Bellheim den Fall in wenigen Worten. Wie er die Leichen vorgefunden hatte. Wie sie ausgesehen hatten. Die Art ihrer Verletzungen. Den vermuteten Todeszeitpunkt. Er konnte Klartext reden. Ihm stand schließlich ein früherer Polizeihund gegenüber.

»Gib mir deine Einschätzung«, knurrte Bellheim knapp und kratzte sich mit der linken Hinterpfote hinterm rechten Ohr.

»Gewisse Gedanken sind mir so unangenehm, dass ich mich dagegen sträube«, meinte Caruso.

»Hööh, hööh, hööh, hööh«, blökte der Esel und machte ein trauriges Gesicht. Es sollte wohl so viel heißen wie »Ich hab die Sache voll mitgekriegt«.

»Und? Wer ist's deiner Meinung nach gewesen?«, fragte Caruso wenig hoffnungsvoll.

»Hööh, hööh«, blökte der Esel. »Keine Ahnung. Ich hatte ein Hinterbein in der Luft und hab geschlafen.«

»Ich war über acht Jahre lang Polizist«, warf Bellheim ein. Ihm hatte sich das Fell gesträubt. »Eigentlich hab ich keine Lust mehr, bei dieser Gschicht mitzumachen.«

Caruso überlegte kurz. »Genau deswegen brauchen wir dich.«

Er musste den Kerl bei der Ehre packen. »Ich mache dir einen Vorschlag. Überschlafe die Sache für eine Nacht. Denk darüber nach, was ich dir gesagt habe. Was es an Tatsachen gibt. Und morgen treffen wir uns. Dann sagst du mir, was ein Mordermittler, wie du einer bist, von dem Fall hält.«

Bellheim und er hatten sich von Emilio entfernt. Caruso schnüffelte an Bellheims Hinterteil. Der drehte sich zu ihm und beäugte ihn misstrauisch. »Na gut«, sagte er schließlich. »In meiner entlegenen Jugend wollte ich mal Kriminaltechniker werden. Es erschien mir verlockend, mein Leben der Deutung von Spuren zu widmen.«

»Das ist wahrscheinlich weniger abenteuerlich, als man glaubt«, kommentierte der Neufundländer.

Bellheim schüttelte sich zustimmend.

Benedikt staunte über die Unterhaltung.

»Deswegen bin ich dann auch Ermittler geworden«, erklärte Bellheim und fauchte durch die Nase. »Und mir hat es bis zur Pensionierung immer Spaß gemacht. Ich erkläre hiermit: Ich bin dabei.«

Was bei Menschen ein Händeschütteln, ist bei Hunden ein längeres Schwanzwedeln. Bellheims Schwanz bebte und zitterte und schwankte so überzeugend, dass selbst Benedikt verstand: »Der Bellheim ist dabei!« Vergessen die Revierkämpfe, vergessen der Streit um Bessy, beide waren stolz auf ihre Blessuren.

Ein Eichelhäher schrie über dem Kopf der Dreiergruppe und stieg und sank mit den Aufwinden des frühen Sommerabends.

# 5

Das Ungeheuer suchte gegen halb sechs Uhr in der Früh das Berghotel Himmelreich heim.

»Papa, auf dem Dach sitzt ein Löwe! Hörst du, wie er faucht?« Maximilian war ein zitterndes Bündel Angst, als er in Papas Bett kroch, die Arme um seinen Hals schlang und sich schutzsuchend an ihn presste.

Herr Karl kam nur mühsam aus seinem Tiefschlaf hoch. Er hatte so gut wie lange nicht geschlafen. Doch die greifbare Angst seines kleinen Prinzen ließ ihn schlagartig wach werden. Er setzte sich auf und lauschte.

»Maxi«, sagte er belustigt, aber noch immer etwas verschlafen, »wir sind hier in Oberbayern. Da sitzen keine Löwen auf Dächern herum. Der nächste Löwe ist in Hellabrunn. Im Münchner Zoo.«

»Dann ist es ein Tiger«, kam es unter der Bettdecke hervor. »Oder ein Drache.«

Unsinn, wollte er schon sagen. Aber im selben Augenblick hörte er es auch. Ein fürchterliches Fauchen direkt vor dem Schlafzimmerfenster. Es klang bedrohlich. Hellwach sprang er aus dem Bett. »Ich schau mal nach«, sagte Karl und ärgerte sich, dass seine Stimme nicht selbstbewusst und so mutig klang, wie das ein Kind von seinem Vater erwarten durfte. Wollte der Kleine ihm wieder mal einen Streich spielen?

»Wenn du auch Angst hast, Papa, dann rufen wir lieber den Bene«, kam es von weit unten.

Das mit dem Bene war gar keine schlechte Idee. Der könnte nach dem Rechten sehen. Doch der Vater wollte nicht wie ein Feigling dastehen. Schon war er auf den Beinen und zog die Vorhänge zurück. Das Bild, das sich ihm bot, verschlug ihm die Sprache. Er riss das Fenster weit auf und beugte sich hinaus.

Über der riesigen Rotbuche, deren weit ausladende Äste sich wie schützend über das Himmelreich senkten, schwebte ein riesiger Ballon in atemberaubenden Farben.

Maxi hielt es nicht länger aus. »Nun sag schon, was es ist, Papa. »Doch ein Drache, gell?«

»Ein Luftballon«, sagte der Vater.

»Luftballons fauchen doch nicht.« Auf Zehenspitzen stand Maxi neben dem Bett.

»Dieser doch.«

Wieder fauchte es. Der Heißluftballon hatte sich im Baum verfangen, und die Besatzung versuchte, ihn wieder flottzumachen. Stimmen erklangen. »Wir kommen nicht los, verdammt«, rief ein Mann. »Dann versuchen Sie's noch mal«, trieb eine weibliche an.

Caruso stand plötzlich unten und verbellte den Ballon. Eine mächtige gelbrote Flamme loderte unterhalb des Ballons auf.

»Ich sag's doch, ein Drache. Der speit Feuer«, rief Maxi mutig aus.

Der Herr Karl begriff nun den Zusammenhang: In der Krone der zweihundertfünfzig Jahre alten Buche hing der Passagierkorb fest. Zwei Männer versuchten, den Ballon aus dem Geäst zu bekommen, und die Frau, offenbar die Passagierin, trieb sie dabei an.

»Hallo, was machen Sie in meinem Baum?«, rief er hinaus. »Der steht unter Naturschutz.«

Caruso bellte dazu.

»Ja, genau«, hörte er die Frauenstimme aus dem Geäst. »Zu Ihnen wollte ich.«

Herr Karl war wütend, verwundert, belustigt. Er entschied sich für Letzteres. »Bisserl früh für einen Damenbesuch.«

Dann stand sie ihm gegenüber. Ringsum grüne Wiese, über ihnen die Riesenbuche und ein darin verhedderter Riesenballon. Karl hatte solche Luftfahrzeuge bisher nur aus der Ferne oder in der Höhe gesehen. Aus der Nähe betrachtet, kam dieses ihm furchteinflößend gigantisch vor. Die Frau war in Resis Alter, gut aussehend, sportlich bunt gekleidet, blondes Haar, zwei blendend weiße Zahnreihen.

»Haben Sie noch ein Zimmer frei? Für ein paar Tage?«

Per Ballon war bisher noch niemand angereist. Er sah ihr ins Gesicht. Wow, welche Augen! Sie waren von einem durchscheinenden Türkis, in dem ein ovaler gelber Punkt schwamm. Karl hatte Mühe, sich von diesem Anblick zu lösen. Oh Paradies meiner Augen!, hätte er beinahe laut gesagt. Frauen konnten Feuerwehr sein, diese aber war eine Brandstifterin.

»Nein, wir haben keines mehr frei!« Wie aus dem Nichts war die Resi dazugekommen. Sie hatte die Arme in die Hüften gestützt, ihre Augen wanderten zwischen dem Herrn Karl und der Fremden hin und her und schossen Blitze.

»Papa, schau mal!«, ertönte es aus dem Baum.

Karl wusste nicht mehr, wo ihm der Kopf stand. Maximilian war am Baum hinaufgeklettert und winkte aus der Gondel. »Komm sofort herunter!«, schimpfte sein Vater.

»Ach, lassen Sie ihn doch«, sagte die fremde Frau mit einer Stimme, die an eine fallende Schneeflocke erinnerte.

»Mischen Sie sich da nicht –«, brachte die Resi noch heraus, bevor ihr der Herr Karl das Wort abschnitt.

»Doch, wir haben noch was frei«, sagte er erhobenen Hauptes.

»Freilich«, bestätigte Professor Simon Feyertag, der unbemerkt hinzugetreten war. »Freilich haben wir noch was frei.«

Die Fremde wirkte unentschlossen. Deshalb lächelte Simon Feyertag sie unentwegt an. Sie hatten einen Tisch seitlich am Fenster. Zwischen Bar und Lounge-Chairs, mit vollem Tablett im Getümmel der ungeduldiger werdenden Gäste, immer ein paar Bestellungen und ein paar Bezahlungen im Rückstand, plagte die Resi sich ab, jedermann zufriedenzustellen. Von Sekunde zu Sekunde mit einem argwöhnischen Blick auf den Tisch seitlich am Fenster.

Es war ihr zwar wurscht, was dieser Schönheitsdoc mit der vom Luftballon vorhatte. Doch sie hatte nur zu deutlich mitgekriegt, wie ihr Karl die Frau bei ihrer komischen Ankunft angesehen hatte. Mit welchen Blicken sie ihn bedacht hatte. Mit den gleichen Blicken, mit denen sie jetzt am Tisch mit dem Doc hantierte. Ihre Stirn berührte fast seine Stirn, so weit hatte sie sich über den Tisch gebeugt. Und sie sprachen im Flüsterton. Das an dem Tisch war der Resi ja wurscht. Nur ihr Karl durfte dabei nicht ins Spiel kommen.

Simon hatte sofort einen Draht zu der Frau gefunden. Zwar war ihm aufgefallen, dass der Herr Karl – der, soweit er das auf die Schnelle mitbekommen hatte, mit der Kellnerin liiert war – heiß auf die Kleine war. Doch das war für Simon nichts Neues. Konkurrenz brauchte er nicht zu scheuen.

»Karla«, hatte sie gesagt und ihm tief in die Augen geschaut.

»Simon«, hatte er sich vorgestellt.

Nachnamen taten vorerst nichts zur Sache.

»Nur ein bisschen ausspannen. Ein paar Tage wenigstens«, hatte sie gesagt.

»Karla?«, fragte er sie nun. »Darf ich Sie heute Abend zum Essen einladen? Keine Sterneküche, aber ein Essen, das in die Landschaft passt.« Die Speisekarte war ihm vertraut. In zehn Sekunden hatte er sie durch. »Wie wär's mit Zwiebelrostbraten? Oder einer Forelle, wenn Sie das nicht mögen?«

Zwischen ihnen stand nur eine Vase mit frisch gepflückten Blumen. Ihre Augen faszinierten ihn. Türkis mit dem Makel kleiner gelber Pünktchen in der Iris. Schwer zu sagen bei diesem Licht. Sehnsucht spiegelte sich in ihnen. Sehnsucht und etwas Ungewisses, das nach einer Deutung verlangte. Ihr Gesicht dagegen war schmal und blasser als das der meisten Gäste um sie herum. Ihr Mund war leicht geöffnet, und zwischen den Augenbrauen, die vom gleichen Weizenblond wie ihre schulterlangen Haare waren, hatte sich eine winzige senkrechte Falte gebildet. Die Nase allerdings – oh, là, là. Eine Korrektur war unausweichlich! In Sekundenschnelle hatte er die nötigen Handgriffe für die ästhetisch-plastische Chirurgie parat.

»Ich esse weder Fleisch noch Fisch«, sagte sie leise. »Ich bin Vegetarierin.«

Er warf ihr einen ungläubigen Blick zu. »Tja«, sagte er, »dann bleibt wohl nur ein Kaiserschmarrn. Oder Apfelkücherl, wie sie das hier nennen.« Er reichte mit der rechten Hand über den Tisch. Sie ergriff die Hand.

Dann stellte er die Frage, die er besser nicht hätte stellen sollen. »Karla«, fragte er mit besorgter Miene, »haben Sie Probleme bei der Nasenatmung?«

Karla und Simon waren in der Folge zu sehr mit sich selbst beschäftigt. So war es ihnen verwehrt, den Sonnenuntergang durch die Panoramascheibe zu verfolgen. Sie bekamen auch nicht mit, wie der Heißluftballon sich auf der abgelegenen Seite des Himmelreichs still und heimlich aus dem Staub machte. Die Sonne hatte sich hinters Gebirge verzogen, färbte die Kumuluswolken im Westen blutrot und streichelte die Bergrücken mit einem zarten Rosa.

Das Ding, das Maximilian als fauchender Löwe gefürchtet hatte, hatte sich als exotisches Transportmittel für die Dame namens Karla herausgestellt. Allein schaffte der Fahrer es nicht, den Ballon wieder flottzubekommen, sosehr er auch für Auftrieb sorgte, indem er die Gasflamme zündete. Doch was half aller Auftrieb, wenn der Ballon sich mitsamt dem Korb im Geäst der Riesenbuche verhakt hatte?

»Könnten Sie mir bitte mal helfen? Allein schaff ich's nicht, den Ballon aus dem Baum zu kriegen.« Der Fahrer stand an der offenen Tür zur Küche, der Herr Karl stand am Herd, umringt von seinen Helfern.

»Meinen Sie mich?«, gab Karl abweisend zurück. »Das klingt ja fast so, als sei der Baum schuld.«

»Oder haben Sie jemanden –«

»Ich kann ja helfen«, rief Maximilian dazwischen. Er schien überall da aufzutauchen, wo etwas los war. »Ich hab keine Angst mehr. Wahnsinn! Ich helfe Ihnen.«

Herr Karl ließ die Arbeit kurz ruhen und warf einen misstrauischen Blick zur Seite. »Nix. Du bleibst hier. Aber such von mir aus den Bene. Der soll helfen.«

Der Bene half, der Maxi hatte sich eine Astgabel gesucht und schaute zu. »Mehr rechts, Bene. Nein, nicht so weit. Und jetzt a bisserl weiter oben. Ja, Wahnsinn! Jetzt basst's!«

Dann machte der Ballon irgendwann einen Hüpfer und war dahin. Elegant, als ob nichts gewesen wäre, entschwand er als Silhouette im roten Schein des Abendhimmels.

»Ach du lieber Gott!«

»Ja mei«, sagte der Bene, der neben Karla die Standuhr im

großen Flur abstaubte. »Was ist Gott? Für die meisten nur eine Art Kundendienst, mit dem sie durch Gebete telefonieren.«

»Ja, mit dem würde ich jetzt auch gern telefonieren«, sagte Karla ohne einen Hauch von Humor. »Er soll mir bitte mein Gepäck wiederbeschaffen.«

»Bei uns wird nichts geklaut«, protestierte der Bene.

»Das glaub ich Ihnen«, sagte Karla stirnrunzelnd. An Bene gewandt, breitete sie wie zur Segnung die Hände aus. »Trotzdem sind Sie schuld, dass mein Gepäck weg ist.«

Bene schlug mit der Faust gegen die Standuhr. Die Pendel hinter der Glaswand zitterten, und das Uhrwerk erklang wie zehn verstimmte Geigen. »Geh weiter! Was soll ich mit Ihrem Gepäck zu tun haben?«

Karla machte zwei Schritte nach vorn und legte dem Alten besänftigend eine Hand auf die Schulter. »Haben Sie nicht mein Transportmittel aus seiner Gefangenschaft befreit?«

»Hä?«, machte der Bene. »Was soll ich haben?«

»Na, Sie haben doch den Ballon aus dem Riesenbaum gelöst.«

»Ja sicher. Aber was hat der Ballon –?«

»Mit Karlas Gepäck zu tun?« Simon Feyertag war dazugetreten. Mit zwei Fingern entfernte er Karlas Hand von Benes Schulter, als handelte es sich um eine Spinne. »Ist doch klar, Mann. Sie hat's in der Aufregung in der Gondel liegen lassen. Stimmt's, Karla?«

»Aha, man ist schon per Du!« Die Resi war ein hübsches Kind. Nicht aber, wenn die Eifersucht an ihrem Herzen nagte. Dann war ihr Gesicht verzerrt, die Augen stumpf, die Stimme zittrig. »Dann müssen S' ja vielleicht bald wieder abreisen, oder?« Es war der Resi anzusehen, wie sie das meinte. Sie konnte ihr Spiegelbild in der Glastür der Wanduhr sehen: eine hochgewachsene Frau im grünen Dirndl mit blau glänzender Schürze, einem geflochtenen Zopf und strammem Busen.

Sie hatte die Rechnung ohne den Wirt gemacht. Der Herr Karl war aus seiner Küche gekommen, hatte sich die Hände abgewischt und umzingelte seine Freundin mit blitzenden Augen. »Was ist los mit dir, Resi?«, fragte er scharf. »Seit wann bist du so, äh, so gut zu unseren Gästen?« Gastfreundschaft, musste Karl denken, ist nichts als die Kunst, Menschen zum Bleiben zu veranlassen, ohne sie am Aufbrechen zu hindern.

»Es bedarf eines gewissen Geschicks«, flüsterte Simon Karla lächelnd zu, »seinen Gästen das Gefühl zu vermitteln, sie seien zu Hause, während man wünscht, sie wären es.«

Karla hielt sich die Hand vors Gesicht. Von Resi wurde sie misstrauisch beäugt.

Simon amüsierte sich insgeheim über die beiden Frauen. Resi hatte bemerkt oder sich eingebildet, dass Karla dem Herrn Karl schöne Augen machte. Deshalb hätte sie es zu gern gesehen, dass der neue Gast am besten auf der Stelle kehrtgemacht hätte und dem Ballon hinterhergefolgt wäre. Karla dagegen war eine höchst selbstbewusste junge Dame mit guten Manieren und sicherem Auftreten, von der er annehmen konnte, dass sie aus gutem Hause stammte. Bei Gelegenheit wollte er sie diesbezüglich vorsichtig ausforschen. Er war sich nicht sicher, ob er sich nicht nur in ihre reparaturbedürftige Nase, sondern auch in ihre Seele verliebt hatte.

»Mir ist zu Ohren gekommen«, sprach Karla jetzt den Wirt an, »dass Sie in naher Zukunft eine größere Hochzeitsfeier planen. Liege ich da richtig?«

Die Situation versprach eine vollkommen neue Wendung zu nehmen. Simon fragte sich, was wohl der Hintergrund dieser Frage sein sollte.

Das Gleiche schien sich Karl zu denken. »Warum wollen Sie das wissen? Das sind Interna, die ich nicht preisgeben darf, wie Sie sich denken können.«

»Ach, nur so. Ich freu mich immer, wenn heutzutage noch gefeiert wird.«

»Hochzeitstorte. Sektbrunnen. Die Philmoniker aus Wien«, krähte Maximilian aus dem Hintergrund. »Hochzeitskircherl.«

Der Herr Karl holte aus. Doch Maxi schlüpfte unter ihm weg. »Alles nur für die Gala«, kam es weiter aus seinem Mund.

»Wirst du wohl …«, schimpfte der Herr Karl laut.

»Ach, lassen Sie nur«, nahm Simon den Kleinen in Schutz. »Die Sache ist doch schon überall rum. Das pfeifen sozusagen die Spatzen von den Dächern, lieber Herr Karl.«

Der Bene hatte sich bisher still verhalten. Jetzt aber nickte er kräftig. »Ja, ja«, sagte er, »Schweigen ist eine Sprache, die nur wenige beherrschen.«

»Red ned so blöd«, herrschte Resi ihn an und zupfte an ihrem Dirndl herum.

»Hochzeitskirche?«, fragte Karla. »Was ist das? Eine eigene Kirche für Hochzeiten?«

Karl nickte und deutete nach oben. »Ich zeig sie Ihnen gern, wenn Sie wollen. Aber erst morgen oder übermorgen. Im Moment hab ich noch in der Küche zu tun.«

Simon fragte sich, wie diese Verhältnisse wohl enden würden. Resi, die Karls Freundin und Geliebte war, gleichzeitig eifersüchtig auf Karla, weil sie diese für einen Eindringling hielt und wohl auch dachte, dass sie ein bisschen verliebt in ihn, Simon, war. Karla, die überhaupt nichts mit Karl am Hut hatte, von der er aber nicht wusste, ob sie ihm, Simon, mehr als nur Sympathie entgegenbrachte. Und er, Simon, der sich langsam in Karla zu verlieben begann, von deren Leben er aber nicht die geringste Ahnung hatte. Ob sie nicht schon anderweitig gebunden war, zum Beispiel. Im Übrigen begann er zu ahnen, dass Karla in den Nebel eines Geheimnisses verwoben war, das es bald zu lüften galt. Doch für den Augenblick beabsichtigte er, die gespannte Atmosphäre aufzulösen.

»Kommen Sie, Karla«, sagte er. »Wir fahren morgen in die Stadt und kleiden Sie neu ein. Sie haben ja nicht einmal einen Pyjama. Und das geht nicht.« Was sie in der kommenden Nacht anhaben würde, darüber schwieg des Sängers Höflichkeit.

»Genau«, kreischte Maximilian aus dem Hintergrund. »Keinen Pütschama. Das ist der Wahnsinn!«

# 6

Alles schön und gut. Bellheim hatte zugestimmt. Doch so richtig wohl war Caruso bei dem Gedanken nicht, mit seinem bisherigen Feind auf Tuchfühlung gehen zu müssen. Nur weil Bessy den Vorschlag gemacht hat … Nur weil der Dicke vor hundert Jahren als Polizeihund gearbeitet hat – wahrscheinlich als Beamter mit geregelten Dienstzeiten, Pensionsanspruch und so …

Einen ganzen Tag lang hatte er ihn aus gebührender Entfernung beobachtet, hatte seine Größe und Stärke eingeschätzt, die Reichweite seiner Pranken studiert, über seine gefletschten Zähne nachgedacht. Am nächsten Tag schlich er sich lautlos an, der Dicke hatte ihn nicht einmal kommen hören. Er wurde aus seinem Dösen erst aufgeschreckt, als Caruso ihm eine Pfote an die Gurgel legte und in tiefstem Bass todernst zu ihm sprach.

»Ich bin's«, sagte er, als sich Bellheim emporrappelte. »Spar dir bloß dein saublödes Knurren oder Bellen. Es wäre nutzlos. Wir sind jetzt ein Schnüfflerteam. Wir wollen einen Vierfachmord auf dem Gebiet des Himmelreichs aufklären. Ach, was sag ich. Nicht wollen, sondern wir werden es tun. Ich bin der Chef, und du bist mein Berater. Du darfst dich auch mit dem Titel ›Consultant‹ schmücken. Hast du das verstanden?«

Es ging noch eine Weile weiter, ohne dass aber Bellheim der Angstschweiß aus den Poren trat. Sie forschten sich mit Blicken aus. Bei Hunden geschieht das umständlicher als beim Menschen. Hunde erhaschen nur den kurzen Schimmer eines Blicks, der Rest geschieht körpernah. Wedeln, Schütteln, Scharren, Schnüffeln, Gähnen sind die favorisierten Gebärden, um dem anderen zu zeigen und zu beweisen: Ich bin hier der Herr im Haus. Der King. Keiner traute dem anderen. Doch sie einigten sich.

»Tatort«, sagte Bellheim. »Ich will den Tatort begutachten. Vorher kann ich mir kein Urteil bilden.«

Der Tatort war ein rechteckiges Stück Erde, früher grasbewachsen, heute Sand und Lehm. Eine Koppel von der Größe einer gediegenen Küche mit angrenzender Speisekammer, umgeben von Maschendraht von der Höhe eines übergroßen Kühlschranks. Auf dieser Fläche bewegten sich ungezählte Hühner, mehr, als man an zwei Pfoten Zehen hat, und ein Hühnerbulle. Oder wie das bei Hühnern heißt.

»Unmöglich«, meinte Bellheim und verdrehte die Augen.

»Was, unmöglich?«, fragte Caruso.

»Dass hier jemand reinkommt und den Hühnern den Hals durchbeißt.« Er überlegte einen Moment. Das hieß, er hielt die Nase in den Wind und sah sich nach allen Seiten um. »Gibt es Zeugen? Wurden sie schon befragt?«

Caruso kratzte sich mit dem rechten Hinterlauf am linken Ohr. Nein, daran hatte er noch nicht gedacht. Die Schafe dort drüben und die Lämmer und Emilio und Rosinante, alle hatten geschlafen. Hatten sie ihm jedenfalls erzählt. Aber war das eine Zeugenbefragung?

»Na schön«, sagte er.

»Was, na schön?«

»Dann befragst du sie eben.«

Bevor ein Hund sich bewegt, muss er sich einen Ruck geben, um aufzustehen. Sozusagen einen Tritt in den eigenen Hintern. Denn neben Schlafen ist Liegen seine ausgeprägteste Leidenschaft. Oft ist es dem Menschen nur möglich, ihn mit Riechsalz, einem Stückchen Banane oder, bei anhaltender Weigerung, mit zwei bis drei Böklunder Würstchen zum Aufstehen zu bewegen. An hohen Feiertagen mit einer fetten Leberwurstsemmel. Da Caruso solche Motivationshilfen nicht zur Hand hatte, versuchte er es zunächst mit einem zarten Biss in Bellheims Genick. Als dieser nur müde blinzelte und mit den Ohren wackelte, legte sich der Neufundländer von hinten gegen ihn, so wie man eine Lokomotive anschiebt. Das funktionierte.

Wenig später waren sie oben am Tatort. Hugo, der Hahn, spazierte stolz durch den Hühnerstall, und die Hennen und Küken pickten aufgeregt um ihn herum.

Bellheim untersuchte die Umzäunung. Er schnüffelte, beleckte die Maschen, äugte hinauf und hinunter.

Wäre doch Bessy bloß hier, dachte Caruso.

»Wer soll hier rüberkommen?«, fragte der Polizeihund halblaut. »Das kann nur einer, der gut klettern kann. Ziegen, Schafe und Esel sind dafür nicht bekannt. Sie kommen als Täter also nicht in Frage.«

Caruso war beeindruckt. Er entfernte sich und schlenderte am Maschendraht entlang. Auf einmal stutzte er. Er setzte ein Bein nach vorn und tappte gegen den Zaun. Der öffnete sich. »Da schau her«, sagte er laut. Sein heiseres Schnaufen klang wie Röcheln.

Bellheim gehorchte. Er schaute.

»Da ist eine Öffnung.«

Bellheim tappte dagegen. Der Maschendraht bewegte sich ein Stück nach innen. »Tatsächlich«, sagte er. »Da ist ein Loch.«

»Hugo«, rief Caruso laut. »Komm mal her.«

Der Hugo hatte einen knallroten Kamm und sah einem Goldfasan ähnlicher als dem deutschen Haushuhn. Doch er war von Natur aus feige. Zögernd näherte er sich.

»Du willst wirklich nichts bemerkt haben?«, begann Bellheim die Anhörung.

Wäre Bessy doch bloß hier, dachte Caruso.

»Ich habe ein paar Fragen an dich«, fuhr Bellheim fort. »Du wirst sie genau beantworten. Beschränke dich auf die Informationen, um die du gebeten wirst. Ich will, dass du den Kopf still hältst und geradeaus siehst.«

Nein, der Hugo hatte nichts gesehen, behauptete er steif und fest. Er hatte auf einem Bein geschlafen. Auch Bellheims weitere Fragen wurden negativ beschieden. Ein typischer Zeuge, Bellheim erinnerte sich gut an seine aktive Zeit bei der Polizei, ein Zeuge weiß grundsätzlich von nichts.

»Habt ihr keine Fürsorgepflicht in eurem Laden?«, bellte Bellheim. »Hält bei euch Hühnern keines Wache? Wenn sieben Enten beieinanderstehen, hält doch auch immer eine Ausschau nach dem Adler. Oder nach dem Bussard.«

Nichts war aus Hugo rauszukriegen.

»Und wie ist das mit dem Loch im Zaun?«, fragte Caruso zum Schluss. »Warum seid ihr noch im Stall? Ihr könntet doch längst frei sein.«

Hugo schlug mit den Flügeln, reckte sich und krähte laut.

»Du sollst stillhalten und mich ansehen, hab ich gesagt.« Bellheim setzte seine grimmigste Miene auf. In Verhören war er geübt. »Seit wann wisst ihr von dem Loch?«

»Och, schon lang. Das Loch gibt's schon lang.«

»Und wieso seid ihr da nie durch?«

»Wir haben gemeint, das geht nur nach innen auf«, gab Hugo zur Antwort. Er klang verstört.

Bellheim schnüffelte sich am Zaun entlang. Er hoffte, auf Spuren zu stoßen. »Früher hatten wir eine Spusi«, seufzte er entmutigt.

»Spusi?«, fragte Caruso.

»Spurensicherung. Die hätte zum Beispiel herausgefunden, ob der oder die Täter über den Zaun geklettert oder durch dieses Loch eingedrungen sind. Ich kann das nicht feststellen. Mein Geruchssinn ist nicht mehr der beste.« Wie zum Beweis schob er die Schnauze himmelwärts und nahm Witterung auf.« Dann schüttelte er sich. »Nichts«, sagte er traurig.

»Wenn das so ist«, fuhr Caruso energisch dazwischen. Das wäre doch gelacht. Er war frische vier Jahre alt, und der Bellheim zählte dreimal so viele Jahre. »Lass mich mal.« Bessy hatte er fürs Erste Lebewohl gesagt. Er wusste, im Geist war sie bei ihm.

»Hugo, komm mal zu mir.« Unten im Hotel hatte er viele Stunden damit zugebracht, bei Gästen, bei der Resi und beim Kater Fritz verschiedene Arten und Grade von Angst zu taxieren. Er beäugte Hugo und achtete auf verräterische Anzeichen für innere Panik, Verschleierung und Unaufrichtigkeit. Ein Zucken der Augen. Ein Abwenden des Gesichts. Eine Veränderung im Ton. Ein unabsichtliches Scharren im Sand. Ein Zittern am Fuß.

Innerhalb einer Minute hatte er aufgegeben. Der Gockel schien die Wahrheit zu sprechen. Also konzentrierte er sich auf den Zaun und nahm sich vor, die Spusi zu ersetzen.

Masche für Masche beschnüffelte er, die unterste oberhalb des Lochs zuerst. Er stellte sich auf die Hinterbeine, drückte den Zaun fast um und beroch die oberste. Außen und innen. Zutiefst zufrieden kehrte er auf den Boden zurück.

»Was machst du denn da? Spinnst du? Der Zaun!«

Der Benedikt klang und roch wütend. Wäre er gesessen, wäre Caruso ihm auf den Schoß gesprungen. Er wollte nicht, dass der

Bene wütend war. Nicht wegen ihm. So aber leckte er ihm die Stiefel ab. Sie schmeckten nach Schnitzel, Resi und Abfall.

»Is ja gut«, meinte der Bene plötzlich sanft. »Ich weiß ja, ihr kümmert euch um die Hühnermorde.« Sein Blick blieb an Hugo hängen. »Gell, Hugo?«

Ein Hase sprang über die Lichtung, die zwischen Hühnern und Ziegen lag. Caruso musste bieseln. Wie sollte er das hier tun? In seinem Kopf überschlugen sich unkontrollierte Bilder. Eines blieb haften: die mausetoten Hühner, schrecklich zugerichtet. Etwas, das er noch nie gesehen hatte. Tote Hühner glichen einander wie lebende Hühner.

Noch etwas bearbeitete sein Gehirn die ganze Zeit. Der Gedanke an den alten Kollegen drunten unter der Brücke, der Tag für Tag fast vor Hunger starb. Gab's nicht so etwas wie Mundraub? Allerdings durfte das nicht in einem Mord enden. Anständige Hunde begehen so etwas nur in ihren Träumen. Doch wer vermochte zu ermessen, ob Monsieur Clochard anständig war? Niemand wusste etwas von ihm und seiner Vergangenheit.

Ein Knoten begann sich in Carusos Magen zu bilden. Diese Tat musste aufgeklärt und gesühnt werden, davon war er mehr denn je überzeugt.

# 7

Wenige Stunden später hatten sie immer noch nichts, dem sie nachgehen konnten. Absolut nichts. Der Gockel stellte sich nicht nur blöd, er war es. Und Hugos Hühner konnte man eh in der Pfeife rauchen, hatte Benedikt bemerkt. Die Frage, der sich Caruso und Bellheim stellten, war: Wie waren der oder die Täter in den Hühnerstall gekommen? War das Loch unmittelbar vor dem Verbrechen hineingeschnitten worden, war es von selbst entstanden, oder hatte es schon vorher existiert? Und es gab noch ein weiteres Problem, und zwar ein sehr ernstes:

»Wo sind die Leichen?«, fragte Bellheim. »Wie kann ich die Todesursache feststellen, wenn ich nicht einmal die Verletzungen kenne? Sie werden ja wohl nicht sicher und geduldig im Kühlfach der Rechtsmedizin in der Münchner Nußbaumstraße lagern.«

Caruso schluckte. Das hätte er bedenken müssen. Die Hühner lagen eher in einer Tiefkühltruhe im Himmelreich oder waren bereits in einem Kochtopf verarbeitet worden. Konnte auch sein, dass der Chef sie einfach nur vergraben hatte. Jedenfalls standen sie für einen Todesermittler wie Bellheim nicht mehr zur Verfügung. Wenn er ehrlich war, gestand Caruso sich ein – ein richtiger Ermittler, also ein ernsthafter Schnüffler, war er selbst eben nicht. Doch er lernte rasch dazu.

Die Sonne brannte gnadenlos herab, es fühlte sich wie in einem Backofen an, ein kaum nennenswerter Luftzug brachte nur wenig Erleichterung. Die Hitze hatte sich wie ein trockenes Tuch über die Landschaft gelegt. Einer dieser glühend heißen Tage, wie er in den Bergen nicht allzu oft vorkommt. Ein Elsternpaar war vom Dorfteich aufgestiegen und stieß heisere Schreie aus.

Nicht nur Bellheim machte die Temperatur ziemlich zu schaffen, als die beiden Schnüffler träge die Dorfstraße entlangstreiften. Bellheim war nahe dran, bei diesen Hitzegraden heute auf dem schroff ansteigenden Weg zum Himmelreich umzukommen. Er keuchte, die Zunge hing fast bis zum Boden, und alle fünfzehn, zwanzig Schritte musste er stehen bleiben. Die Knie, die Hüften, das verdammte Asthma.

»Abnehmen«, schlug Caruso vor, der ihn leichtfüßig umtänzelte. »Du bist zu fett! Schau dir deine Wampe an. Kein Wunder.« Ein echter Freund, der Caruso.

Zu beiden Seiten der Straße lagen die Häuser ihrer Spezln. Fast jedes besaß einen Stall und einen großen Misthaufen, der schon dampfte, bevor der Tag anbrach, und einen so verlockenden Duft verbreitete, dass ein sensibler Hund wie Caruso sich schon schwer zusammenreißen musste, um nicht schwach zu werden wie tortensüchtige Frauen in der Konditorei. Caruso musste grinsen.

»Warum lachst du?«, fragte Bellheim.

»Ich hab einmal der Verlockung nachgegeben und mich in so einem herrlichen Mistbrei gewälzt«, sagte Caruso. »Nachher haben sie mich unter Todesdrohungen aus dem Himmelreich verjagt.«

Bellheim nickte weise. »Trotzdem ist's ein Vorteil, auf dem Dorf zu leben.« Er zwinkerte dem anderen zu. Als ob sie sich nicht erst vor einer guten Woche bis auf die Zähne bekämpft hätten.

Bevor sie am Ziel waren, machten sie in letzter Sekunde einen Umweg um vier Häuser, um aus der Wurstküche von Metzger Hirnbeiß ein paar Scheiben Mortadella oder ein paar Gramm Leberpastete für Monsieur Clochard auszuleihen. Und – wenn sie schon mal dabei waren – vielleicht noch ein Knöchelchen für Detlev von Praunstein, falls der ihnen über den Weg liefe. Oder für Bessy. Caruso packte die Beute in die linke Mundhöhle, Bellheim in die rechte.

Und tatsächlich. Kaum hatte Caruso den Zaun des Getränkehändlers übersprungen und Bellheim ihn umgangen, um die Abkürzung hinunter zum Bach zu nehmen, an dem Lockes verspieltes Landhaus lag, nahm Caruso eine vertraute Witterung auf. Er gab Bellheim ein Zeichen und hielt an. Dann folgte er der würzigen Duftspur, und Bellheim, der kaum noch etwas roch, folgte ihm.

Duftmarken haben für Hunde eine ähnliche Wirkung wie ein warmer Ofen im Winter oder ein Schattenplätzchen unter einer Buche im Sommer. Sie fühlen sich von der Quelle des Strahls magisch angezogen. Diese Duftmarke leuchtete Caruso vom unteren Stamm einer dicken Kiefer entgegen. Wie in einem offenen Buch las er: Aha! Detlev war da. Er schnüffelte sich näher heran. Nicht lange her. Maximal zehn Minuten. Ganz frisch. Sie liefen ein paar Schritte, dann entdeckten sie ihn im Halbschatten eines Wacholderstrauchs.

Detlev von Praunstein war von ebenmäßiger, gut durchgebildeter Gestalt, sein seidiges honigfarbenes Fell glänzte in der Sonne, elegante Ohren spielten um den schnittigen Kopf und betonten das aufreizende Lächeln, das der Retriever ständig zur Schau trug. Es hing wie eine Maske an ihm.

»Hallo, ihr zwei«, lispelte er gespreizt, »ist ja schön, euch zusammen zu sehen. Ich kenne euch nur als heftige Rivalen. Wunderschön, dass ihr euch auf einmal vertragt. Ist die Liebe in euch gefahren?«

Er schlängelte sich an Caruso heran, aber der wich schlagartig zurück, als wäre der Herr Karl mit dem Besen hinter ihm her. Vor lauter Schreck ließ er das Knöchelchen aus der Kinnlade fallen. Der Retriever würdigte dieses Opfer keines Blickes.

»Liebe ist doch nur die Illusion, dass ein Mann sich vom anderen unterscheidet.« Detlevs Lächeln wurde noch breiter. »Ach, ihr Guten«, flötete er weiter, »das find ich ja süß von euch, ganz geil find ich das, dass ihr jetzt zusammen seid. Aber merkt euch eines: Seid vorsichtig!« Die langen, gepflegten Ohren klappten im Wind hin und her. Ein weiser Ausdruck senkte sich über Detlevs leicht verderbte Miene. »Ein Wolf für eine Nacht ist noch kein Mann fürs Leben.«

Bellheim schüttelte sich. Ihm war's zu viel.

»Also in diesem Fall verzichte ich gern auf euch beide«, bekannte Detlev. »Hauptsache, ihr seid glücklich. Verzichten habe ich ja gelernt«, hauchte er und warf mit schmachtenden Blicken um sich.

»Komm, lass uns abhauen«, knurrte Bellheim Caruso an. Er sog das Knöchelchen wieder ein und legte es zur Mortadella in die rechte Kinnlade. »Diese warme Zuneigung vertrage ich nicht länger.«

»Also dann: Ciao, Baby«, grollte Caruso mit tiefem Bass, ganz wie der Italiener aus New York.

»Zwei echte Kerle«, lechzte Detlev von Praunstein hinter den beiden her und strich sich mit der Zunge über die Lefzen.

Die Kerle machten sich auf die Socken, um Locke zu vernehmen. Denn Locke stand auf ihrer Liste der Verdächtigen.

Sie brauchten nur der Biegung der Straße zu folgen, dann hinter einer versprengten Schar Gänse den Hang hinunterzurutschen, auf der alten verfallenen Balkenbrücke den Bach zu überqueren – und schon waren sie bei Locke.

Locke und ihr Herr bewohnten eine schlossähnliche Landvilla, wie sie auch ein katholischer Bischof nicht prunkvoller hätte planen können. Das Anwesen lag in einem mehr als einem Hektar großen Garten und war im pompejischen Stil erbaut – mit tausend Fenstern, goldenen Wasserhähnen, tosenden Springbrunnen, tanzenden Nymphchen unter dem Giebel, einem nierenförmigen Pool mit beleuchteter Grotte und einem Portikus aus korinthischen Säulen. Die Anlage erstreckte sich über mehrere Terrassen und bot einen weiten Ausblick auf blau schimmernde Gebirgszüge mit Hochebenen, die im Dunst verschwammen. An klaren Tagen konnte man sogar die Umrisse des Plateaus erkennen, auf dem das Berghotel Himmelreich lag.

Locke war eine schmächtige, alterslose Person, die unter den Fittichen und im Jaguar des Münchner Modezaren Guido Wohlleben sorglos durchs Leben huschte. Man sah sie selten auf der Straße, denn dafür war sie zu zerbrechlich und zu schwach und konnte von jedem Dorfrüpel angerempelt werden. Umso verwunderlicher war es, dass sie vor Tagen oben am Himmelreich gesehen worden war. Rudolf Pfeifer, der dreibeinige Murmeltierknabe, den Bellheim befragt hatte, war sich sehr sicher gewesen, Locke gesehen zu haben.

»Wann genau, das kann ich nicht sagen«, meinte Rudolf und überlegte noch einmal. Dann pfiff er durch seine Schneidezähne und sagte: »Selbst wenn du mich schlägst. Ich komme nicht drauf.« Er pfiff noch einmal, diesmal schriller, und fügte hinzu: »Aber gesehen hab ich die Locke. Zuerst hielt ich sie für eine Ratte, aber es war eindeutig Locke. Keine Ahnung, was sie hier oben zu tun hatte.«

»Wo warst du in der Nacht vom Vierzehnten auf den Fünfzehnten?«, lautete die erste Frage, die Locke gestellt wurde, als sie nach dem dritten Bellen hinter der Villa hervorkam. Sie hatten beschlossen, die direkte Tour zu wählen. Ohne Umweg vorzugehen.

Locke schniefte leise. Drehte sich dreimal um die eigene Achse hinter ihrem Minischwanz her. Auf der Straße fuhr ein Auto vorbei. Aus dem Haus drang das Geräusch eines Fernsehapparats. Sonst war es still.

»Darf ich euch etwas anbieten?«, fragte Locke und klappte die Augendeckel auf.

Die beiden Schnüffler schüttelten sich. Sie hatten Durst, aber um einen Schluck Wasser wollten sie nicht bitten.

»Wenn du bitte antworten würdest«, knurrte Bellheim übertrieben höflich, ganz gegen seine Art.

»Wie war doch die Frage?«, gab die kleine Schwarzhaarige geziert zurück.

Caruso umkreiste sie ein paarmal mit aufgestelltem Schwanz und roch hier und da, wobei er sorgfältig darauf achtete, dass sein Fell das ihre nicht streifte. Irgendwie roch sie einzigartig. Doch ihr Duft ist nichts gegen den von Bessy, dachte er etwas wehmütig.

»Wir müssen wissen, wo du am Abend und in der Nacht vom Vierzehnten auf den Fünfzehnten gewesen bist.« Bellheim spielte den Grantigen. Er wusste, sein rauer Bass überzeugte jeden. »Und antworte gefälligst auf meine Frage.«

»Das weiß ich nicht. Da müsste Guido in seinem Kalender nachsehen. Ich bin nie ohne Guido unterwegs.«

Als hätte Guido Wohlleben seinen Namen gehört, wurde das Eingangsportal zur weißen Villa aufgerissen. Wohlleben war ein baumlanger Mann. Sein fehlendes Haupthaar verdeckte er mit einer grau melierten Perücke, seine Kleidung entsprach der eines Sonnenkönigs unserer Tage.

»Komm, Locke, wir fahren!«, rief der Mann. Dann steuerte er zielgerichtet auf den grün glänzenden Jeep zu, der in der offenen Doppelgarage parkte, gleich neben dem Jaguar. »Da ist ja schon wieder dieser Wirtshausköter bei dir«, rief er und verzog angeekelt das Gesicht. »Hoffentlich wird da nichts Ernstes draus.« Seine Stimme schwoll an. »Komm jetzt, Locke!«

Locke fuhr für ihr Leben gern Auto. Normalerweise wäre sie gleich der ersten Aufforderung ihres Herrn gefolgt, wäre losgewetzt und in einem ballistischen Bogen mit stromlinienförmig anliegenden Ohren in den offenen Laderaum des Jeeps geflogen. Andererseits hätte sie gern den Plausch mit den beiden Herren noch ein wenig vertieft und sich von ihnen bewundern lassen. Nur – gehorchen hatte sie gelernt. Hastig machte sie einen Satz aus dem Stand, zog Caruso die kleine raue Zunge durchs Gesicht, landete auf dem Boden, zuckte die Schultern und war weg. Springen konnte sie wie ein Känguru.

»Schaut mal nach Clochard!«, rief sie von der Ladefläche herunter, bevor Guido die Klappe zuwarf. »Clochard gefällt mir gar nicht. Er stinkt aus dem Maul wie ein verendender Wolf.« Man hörte ein verstörtes Quietschen. »Fragt ihn ruhig, wo er in der Nacht vom Vierzehnten auf den –«

»Bell hier nicht so rum«, rief Guido und warf die Fahrertür zu.

Caruso und Bellheim saßen da, sahen zuerst sich an und dann den Rücklichtern des Wagens hinterher. Caruso stieß einen tiefen Seufzer aus. »Wir haben die Chance …«, sinnierte er.

»… es beim nächsten Mal besser zu machen«, ergänzte Bellheim.

# 8

Während des Tages war Karla ein schrecklicher Verdacht gekommen. Ob sie Probleme mit ihrer Nasenatmung hatte – was war das für eine saublöde Frage?

Nachdem sie vom Shopping aus der Stadt zurückgekommen waren, war sie auf ihr Hotelzimmer gegangen, um sich ein wenig hinzulegen und dann zurechtzumachen. Das Zimmer hatte einen wunderschönen Ausblick auf nicht zu schroffe Bergkuppen, die in der Morgensonne golden schimmerten. Davor grüne Wiesen mit den Pferchen im Hintergrund, in denen Ziegen, Schafe und Esel grasten und Hühner scharrten. Gott sei Dank hatte sie den kleinen Rucksack mit Geld, den Karten und ihren persönlichen Sachen nicht in der Gondel gelassen. So musste sie Simons Angebot nicht annehmen, sich ihre Einkäufe von ihm vorfinanzieren zu lassen, wie er es bezeichnet hatte. Gut zwölfhundert Euro für das bisschen Zeug – ein türkisfarbenes Kleid, das ihren grauen Augen einen blauen Schimmer verlieh, Jeans mit Gürtel, Top, Bluse, Jäckchen, ein paar Ballerinas, ein Paar Stiefel, ein Paar Laufschuhe – waren nicht gerade wenig gewesen. Auf dem Handy hatte sie noch einmal versucht, den Ballonfahrer zu erreichen, aber keine Verbindung erhalten. Sie würde sich später an das Reisebüro wenden.

Im Spiegel sah sie eine junge, doch sehr erwachsen wirkende, attraktive Frau. Sie wusste, dass sie voller Tatkraft, Ideenreichtum und Selbstbewusstsein steckte, erfinderisch und geistesgegenwärtig sein konnte. Doch das erkannte man im Spiegel nicht. Sie wusste, dass ihre Nase wie ein Haken aus dem Gesicht ragte. Genau wie die ihrer Mutter. Aber warum erkundigte er sich danach? Sie dachte an all die Fragen, die sie ihm nicht gestellt hatte. Was tat er hier oben auf diesem Felsblock mit Grasbewuchs in dem relativ einfachen Hotel? Er wirkte mondän und kosmopolitisch, und sie hatte den Eindruck, als wäre er in der Lage, ihr die Welt zu Füßen zu legen. Wie hatte er sein offensichtliches Vermögen gemacht?

Sie war unfähig, an etwas anderes als an Simon zu denken. Er wirkte ungeheuer anziehend auf sie, es wäre lächerlich gewesen, sich das ausreden zu wollen. Doch in ihre Seelenlandschaft passte dieses Gefühl überhaupt nicht. Sie musste ihn abschütteln, bevor mehr daraus wurde. Ihre ganze Zukunft hing davon ab. Sie war entschlossen, nicht die Beherrschung zu verlieren. Nicht zuzulassen, sich ihr behutsam aufgebautes Leben von Simon zerstören zu lassen.

Noch einmal sah sie sich im Spiegel an. Eine Frau mit grauen Augen, hellen Brauen, blondem Haar, einem hübschen Gesicht, einer zu langen Nase und einem Spatzenhirn. Dieser Unmensch! Sie hatte sich den Spruch gemerkt, wie er »Nase« definierte: ein Vorsprung im menschlichen Gesicht, der zwischen den Augen beginnt und nur zu oft in den Angelegenheiten anderer endet. Ha-ha-ha.

Das hübsche Gesicht verzog sich zu einer hässlichen Grimasse. Sie griff nach dem Parfümfläschchen, führte es an den Mund, als ob sie es küssen wollte, und schleuderte es mit voller Wucht auf den Boden. Es machte einen Riesenkrach, zersprang in Millionen glitzernde Splitter, und augenblicklich durchzog der fruchtig-süße Duft des Parfüms den Raum. Was auf Karlas Haut in geringer Dosis sexy war, wirkte in dieser Menge wie eine Bombe. Ein schriller Schreckensschrei aus voller Kehle begleitete das Chaos.

Sie war entsetzt über sich selbst, las die größeren Splitter der Flasche auf und wickelte sie in ein Tuch. Sie fand eine Rolle Haushaltspapier und wischte das vergossene Parfüm damit notdürftig auf. Was sollte sie jetzt tun?

»Karla!«

Simon kam hereingestürzt. Sie hatte nicht abgeschlossen, und er hatte nicht angeklopft. Ohne zu überlegen schloss er Karla in die Arme, die den Kopf abwendete, als er ihr mit dem Mund zu nahe kam. Karla schlang die Arme nicht um ihn, sie ließ es einfach geschehen. Doch sie atmete schneller und musste ein leises Stöhnen unterdrücken. Sie realisierte, dass sie durch den Mund atmete. Warum nicht durch die Nase? Den Begriff »Nasenatmung« hatte sie nie zuvor gehört, doch jetzt war sie nicht mehr in der Lage, ihn aus ihrem Kopf zu vertreiben. Ihr wurde heiß und kalt dabei.

Wer war dieser Mann?

Wer die Frau war, hatte er mühelos erfahren. Als Karla Winter hatte sie sich im Hotel eingetragen. Ohne Ausweis. Notgedrungen, denn ihren Pass hatte sie zusammen mit den anderen Sachen im Ballon zurückgelassen. Und nun lag sie in seinen Armen. Er hatte ein Splittern gehört, als ob ein Schuss fiel und eine Scheibe platzte, und ihren entsetzten Schrei.

»Karla«, flüsterte er, »bist du okay?« Er sah im Zimmer umher. Alle Scheiben ganz, nichts Ungewöhnliches. Sie war kalt wie Eis in seinen Armen.

»Ja«, flüsterte sie zurück. »Ich bin okay.« Und dann lauter: »Was suchst du hier?«

Simon prallte zurück. Ließ sie los. Sein Auftreten verriet nichts von seiner zarten Seele.

Ein Glück, dass im unteren Stockwerk, dort, wo das Restaurant und die anderen Gasträume waren, ein Tumult losbrach.

Zuerst ein lauter Schrei aus weiblichem Mund. Dann der mächtige Bariton des Herrn Karl. »So eine Sauerei! Wer macht denn so was? Und warum, verdammt? Das gibt's doch nicht!«

Resi hatte den nächsten Mord entdeckt.

Sie war wie immer zur Koppel gegangen und hatte den Schubkarren vor sich hergeschoben, um den Viechern ihr Frühstück zu bringen und den Ort zu säubern. Körner für die Hühner. Heu und Obst für die Ziegen und Lämmer. Heu, Äpfel und Karotten für die Esel.

Sie fing bei den Hühnern an, die sie schon gackernd und flatternd erwarteten. Dann die Ziegen. Dort war es merkwürdig still. Normalerweise wurde sie mit einem fröhlichen Mäh-mäh-mäh begrüßt. Heute blieb alles still. Sie sah sich um. Es war schrecklich.

»Vier Ziegen tot«, berichtete sie jetzt weinend. »Und wie! Die restlichen siebzehn standen wie in Trance herum, rührten sich nicht und sagten nichts. Sogar der Vesuvio, der mich sonst immer leidenschaftlich begrüßt, hat geschwiegen. Sie haben getrauert wie richtige Menschen.«

Bene war's, der wütend war wie ein keilender Eber. »Sauerei! Ich hab die Kadaver abgeholt«, brüllte er außer sich vor Zorn. »Da schaut her. Ihre Hälse sind wie abgenagt. Bis zur Wirbelsäule losgelöst. Kopf und Hals amputiert, sozusagen. Und an zwei Tieren sind sogar die Beine abgetrennt. Ich hoffe nur, dass das nicht bei lebendigem Leib passiert ist. So a Riesensauerei! Wenn wir den Bastard erwischen!«

Solch ein uriges Gebrüll kann die innigste Liebesszene töten – und jede Überraschung im Keim ersticken. Karla hatte die Tür geöffnet und zunächst nur gelauscht. Nun schlichen sie beide, Karla und Simon, die hölzerne Treppe hinunter. Was sie sahen, entsprach dem, was sie gehört hatten. Es war grässlich.

Der Herr Karl stand im weiten Flur des Berghotels, vor ihm auf dem Schubkarren lagen die blutigen Ziegenkadaver.

Die Resi hatte die Hände vors Gesicht geschlagen und wischte sich mit dem Zipfel ihrer Dirndlschürze die Tränen aus dem Gesicht.

Auch Karla bekam nasse Wangen.

Benedikt und Maximilian und die gesamte Familie Blümlein aus Nürnberg waren Zeugen. Alle waren blass. »Allmächd, is des schlimm«, trug Elfriede Blümlein bei. »Wer macht denn su wos?« Der Norbertle ging zu Maximilian und fasste ihn an der Hand.

Als Letzter kam Caruso um die Ecke. Langsam setzte er ein Bein vor das andere und näherte sich dem Schubkarren. Er schnupperte an jedem einzelnen Tier, schüttelte sich und bellte wütend.

Kaum war sein Zorn verhallt, war Bessy da und schmiegte sich an ihn. Der Bus war angekommen.

»Schön, dass du hier bist, Bessy«, wurde sie von Caruso begrüßt. »Schau dir das hier an. Zuerst die Hühner, jetzt die Ziegen. Diesen Saukerl werden wir kriegen.« Sein Knurren aus tiefster Kehle klang wie Donnergrollen.

Simon Feyertag schritt die letzten Stufen hinab und zu den Leichnamen hin. »Saubere Arbeit«, meinte er anerkennend. »Man könnte meinen, ein Metzger wäre da am Werk gewesen. Aber das muss doch ein Tier gewesen sein? Oder vielleicht mehrere Tiere. Weiß man schon, ob der Zaun beschädigt ist?«

»Komm, wir gehen««, sagte Caruso und fuhr der Bessy mit der Zunge über die Lefzen. Und draußen fragte er: »Hast du den Bellheim gesehen? Beim Rauffahren oder unten im Dorf? War der Clochard an seinem Platz?«

Der Ringlinienbus, mit dem sie gekommen war, verschwand gerade am Waldrand. Die weiße Wolkenwand über ihnen öffnete sich und ließ einen ganzen Sack voller Strahlen durch. Bessy blieb stehen und warf ihrem Verehrer einen glühenden Blick zu. Als ob sie die Bluttat überhaupt nichts anginge. »Nach dem Clochard hab ich nicht geschaut. Aber den Bellheim, ja, den hab ich unten beim Rosenblatt gesehen. Da ist er rumgeschlichen.«

Caruso hatte bei ihren Worten ein komisches Gefühl im Magen.

Der Rosenblatt war das, was man einen Naturapostel nennt. Aussehen tat er wie einst Rübezahl. Groß, stämmig und bärtig. Von ihm hieß es, er habe mit seinem Vollbart vor Jahren einen Wettbewerb gewonnen.

Es war nicht ein einfacher Vollbart, der über die Brust hing und am Bauch landete. Nein, Rosenblatts Bart stand gezwirbelt nach vier Seiten ab und musste sorgfältig gepflegt werden, um die Form zu behalten. Das Haar war voll, und er trug es schulterlang. Zwischen Bart und Haar befand sich ein Gesicht mit tiefen Falten, Knollennase, vor den Augen eine Nickelbrille. Ja, er sah zum Fürchten aus, der Rosenblatt. Im Sommer lief er barfuß über Stock und Stein, im Winter, selbst im tiefsten Schnee, trug er Holzsandalen ohne Strümpfe. Bis weit unter den Gefrierpunkt sah man ihn nur in kurzen Hosen. Er lebte drunten auf einer Waldlichtung vor einer Felswand in einem kleinen Holzhaus, das er selbst errichtet hatte, denn er war handwerklich sehr geschickt. An den Fenstern wuchsen rote Geranien, hinterm Haus ein Kräutergarten, Stöße von Brennholz stapelten sich an den Wänden und im Freien unterm Dach. Er besaß kein Auto und kein Telefon, »Internet« war für ihn ebenso ein Fremdwort wie »Kaffeemaschine«.

Früher hatte der Rosenblatt drei oder vier Hunde gehalten. Das war so lange her, dass selbst Bellheim und Clochard sich nicht mehr daran erinnern konnten. Doch die Hunde starben nach und nach aus, und nun züchtete er Nerze. Er besaß einundzwanzig Stück davon. Alle hatten ein schokoladenbraunes Fell, nur Schnauze und Kinn waren weiß. Sie hatten Schwimmhäute zwischen den Zehen, liebten Musik und waren aggressiv und bissig.

Für seine Nerze hatte Rosenblatt einen Schwimmteich ausgehoben, in dem Frösche hausten, sofern sie nicht von den Nerzen gefressen wurden. Das ganze Grundstück war an den Seiten und darüber mit einem engmaschigen Drahtzaun umgrenzt, kein Tier konnte entkommen. Nach links nicht, nicht nach rechts und nicht nach oben. Dafür hielten sich die Nerze auch im ganzen Haus auf, betraten es vorzugsweise durch den Kamin oder schlängelten sich durch ein Abflussrohr.

Bellheim hatte es sich schon am Zaun gemütlich gemacht, hatte die Vorderpfoten gekreuzt und beobachtete in aller Ruhe. Als er Bessy und Caruso kommen hörte, stellte sich sein Fell auf, als ob sich ein Feind näherte. Doch rasch beruhigte er sich wieder.

Bessy, der seine Gefühle nicht verborgen blieben, machte eine Bemerkung, die sie von Clochard aufgeschnappt hatte. »Freunde sind wie Sterne«, sagte sie. Zur Betonung klimperte sie mit ihren langen Wimpern. »Man sieht sie nicht immer, aber sie sind immer da und kommen zu dir.«

Bellheim vermied es, sich aufzurichten. Er wendete den Kopf halb nach hinten und schielte Bessy an. »Da kenn ich auch einen«, sagte er. »Ein Freund ist ein Mensch, der immer da ist, wenn man ihn braucht. Und der vor allem nicht da ist, wenn man ihn nicht braucht.« Damit rappelte er sich mühsam hoch. Er scharrte maulwurfsmäßig Erde durch die Beine hinter sich, mitten in Carusos Gesicht und auf sein Fell.

Der Neufundländer blies die Backen auf, schnaubte, wedelte mit den Lefzen und wollte sich auf den früheren Nebenbuhler stürzen. Doch Bessy hielt ihn zurück. »Ihr müsst doch zusammenarbeiten, ihr zwei. Vertragt euch.«

Sie vertrugen sich.

Drinnen wuselten die Nerze wie ihr eigener Schatten über das Grundstück.

Bellheim hob die Nase in die Luft. »Riecht ihr was?«, fragte er.

Caruso hatte sich breitbeinig an den Zaun gestellt und schnüffelte. Bessy drängte sich neben ihn und schnüffelte.

»Tod«, sagte Caruso schließlich. Mit dem linken Hinterlauf kratzte er sich hinterm Ohr. »Meinst du nicht auch?«, fragte er an Bessy gewandt.

Die buschige Schwanzspitze seiner Freundin zuckte angespannt hin und her. »Stimmt«, rief sie aus. »Jetzt riech ich's auch. Es riecht nach Tod.«

»Sag ich doch«, knurrte Bellheim. »Wie zwei Wochen nach einer Beerdigung. Und der Geruch kommt von drinnen.«

Sie überlegten zu dritt, wie sie wohl aufs Grundstück kämen. Der Rosenblatt war nirgendwo zu sehen.

»Himmelherrgottsapprament!«, ertönte es hinter ihnen. Eine Stimme wie Donnergrollen. »Was treibt ihr euch hier herum? Ihr habt hier nichts zu suchen. Schert euch zum Teufel.« Zur Betonung hielt er den Lauf seines Jagdgewehrs in die Luft und feuerte drei Schüsse ab.

Bellheim stieß einen spitzen Schrei aus und suchte das Weite. Er war seit einiger Zeit nicht mehr schussfest. Das war auch der Grund für seine Frühpensionierung gewesen.

Caruso ließ den Schwanz ärgerlich zu Boden hängen und knurrte böse, Bessy hatte sich hinter ihm verschanzt.

»Da brauchst gar nicht zu knurren, du blöder Wirtshaushund. Schert euch weg, ihr zwei, hab ich gesagt!«

Mut ist, Angst zu haben und doch weiterzumachen. Aber Caruso hatte nicht einmal Angst, als er sich mit voller Kraft wie ein Wolf auf den kräftigen Mann stürzte und ihn umrannte. Im Fallen ging ein letzter Schuss los, der sich an der Felswand brach. Das Gewehr landete im weichen Moos. Caruso ging Rosenblatt an die Gurgel und jagte ihm einen Riesenschrecken ein, Bessy zerrte die Waffe ins Gebüsch.

Hunde sind nicht nachtragend wie Elefanten oder Wanzen. Der Job war getan. An der übernächsten Ecke trafen sie auf Bellheim, der noch immer rote Augen hatte und die Haare aufstellte.

»Wie kamst du auf den?«, fragte Caruso. »Hat der was mit unseren Morden zu tun?«

Bellheim zuckte die Achseln. »Man hört so allerlei im Dorf. Genau kann ich das nicht sagen.« Dabei machte er ein Gesicht, als ob er verlegen wäre. »Ich hab noch nie einen Nerz gesehen. Ich wollte wissen, wer die sind.«

»Wenn sie herauskönnten, könnte ich mir sie durchaus als

kleine Mörder vorstellen«, sagte Caruso. »Ich würde sie für ein Verhör vorschlagen.« Er erntete einen bewundernden Blick von Bessy.

***

Der Mord an den Ziegen hatte sich wie ein Lauffeuer im Wald, am Fluss und im Dorf herumgesprochen. Detlev von Praunstein wusste es, selbst die abgeschiedene Locke in ihrer Protzvilla hatte davon erfahren. Als Caruso und Bessy zu Monsieur Clochard unter die Brücke kamen, schien auch er bereits Wind davon bekommen zu haben.

»Die Wurst, die ich neulich für dich mitgenommen hatte, habe ich nachher selbst verzehrt«, sagte Caruso.

»Aber hier ist Nachschub.« Bessy stocherte mit der Zunge eine kleine Ladung Hirnbeiß-Rouladen aus der Mundhöhle. Sie schleckte sich das Maul und klopfte Caruso mit dem Schwanz gegen den Hintern.

Clochard musste im früheren Leben ein Schakal oder eine Hyäne gewesen sein. In Sekundenschnelle war die Portion in seinem Schlund und Magen verschwunden. Als ob Fressen unter Hunden bald verboten würde.

»Na, satt geworden?« Caruso ging nahe an den Alten heran. »Woher weißt du das von der Bluttat eigentlich?«

Der Alte verzog die Augen und rülpste laut. Sein kaputtes Gebiss leuchtete gelblich auf, eine Geruchswolke von verrottetem Fisch umgab ihn. Fluchtartig zog sich Caruso wieder zurück.

»Lass mich nachdenken, Bruder«, sagte Clochard langsam. Nach einiger Überlegung kam er mit einem Ergebnis. »Ich bin nicht sicher. War's das Eichhorn oder Wumba? Ich glaube, von Wumba weiß ich's. Sechs Kühe wurden hingerichtet. Oben bei euch im Himmelreich.« Noch einmal kamen seine gelben Zähne zum Vorschein. Clochard kicherte. »Ho-ho-ho, im Himmelreich.«

»Ja, hingerichtet. Das trifft's. Aber es waren keine Kühe, es waren Ziegen. Und es waren nicht sechs. Es waren vier«, sagte Caruso mehr zu sich selbst. »Immer diese Gerüchte.«

Clochard stimmte leise zu. »Gerüchte«, wiederholte er. »Die

Lieblingswaffen des Rufmörders.« Er entblößte die wenigen Zähne. »Ho-ho-ho.«

Ja, lach nur, Alter, dachte Caruso. Ich glaub dir nicht recht. Locke hat dich belastet, und die Fakten sprechen gegen dich. Unbekanntes Vorleben, ständig hungrig, keine Einschränkungen, alle Möglichkeiten, den Berg hinaufzukommen, wenn auch langsam. »Wo warst du in der Nacht vom Vierzehnten auf den Fünfzehnten, Alter?«, fragte er.

Bellheim sah irritiert zu ihm hin.

»Ho-ho-ho. Ich weiß nicht einmal, den Wievielten wir heute haben«, belustigte sich Monsieur Clochard. »Wie soll ich dann wissen –«

»Antworte auf die Frage«, ging Bellheim in Polizeimanier dazwischen. »Und mandel dich nicht so auf.«

Eine Weile ging Clochards Anhörung noch hin und her. Caruso nahm Bellheim zur Seite und machte ihm einen Vorschlag. Der wedelte mit dem Schwanz und setzte sich hin, argwöhnisch von Clochard beäugt. »Na gut, erledigt«, verkündigte Bellheim etwas großspurig.

Ihre Wege trennten sich. Auf leisen Sohlen schlich die Nacht herein. Kavaliermäßig lieferte Caruso seine Bessy zu Hause ab. Unter der Haustür strich er ihr sanft mit der Zunge durchs schöne Gesicht. »Oh wie rau«, jubelte Bessy.

»Gute Nacht«, sagte Caruso und war weg.

Es war bereits dunkel, die Luft war klar und warm, als er sich auf den gewundenen Weg durch den Bergwald hinauf ins Himmelreich begab. Laub, Tannennadeln und dürre Zweige knirschten unter seinen Pfoten.

Vorher aber kam er an der Kirche von Hundham vorbei, der mit der goldenen Zwiebel auf dem Turm. Millionen von Sternen funkelten über dem Dorf, silberhell und glasklar. Aus den Bogenfenstern des Gotteshauses strömte warmes, lockendes Licht, aus ihrem Inneren drang Orgelmusik in Carusos Ohr. Er fühlte sich an die Stimme seines Herrn erinnert, es klang rund, harmonisch und angenehm. Einfach schön. Am liebsten hätte er sich vor die Tür gelegt und einfach nur zugehört. Doch er musste weiter, hinauf zum Himmelreich. Der Herr Karl hatte es gar nicht gern, wenn er zu spät kam.

»Noch mal kurz den Pfarrer ärgern«, fiel ihm plötzlich ein. Er hob das Bein und bieselte mit kräftigem Strahl gegen das Kirchentor. Dann lief er schnell den Hang hinauf. Der Pfarrer konnte grob werden, das wusste er. Der Pfarrer, hatte der Herr Karl einmal gesagt, sei ein Mann, der von allen Vater genannt wird, mit Ausnahme der eigenen Kinder, die ihn Onkel nennen.

***

*Lieber Herrgott,*
*kannst du mir nicht eine Verbindung zur Mama herstellen? Sie ist bestimmt bei dir im Himmel. Ach, die Mama. Ich hab sie so lieb, und sie fehlt mir so. Ich möcht so gern noch einmal mit ihr reden. Nur ein Mal, ein einziges Mal, lieber Herrgott! Kannst du das irgendwie checken?*
*Weißt du, neulich hab ich den Papa mit der Resi reden hören. Die wollen vielleicht heiraten. Heißt das, dass sie meine neue Mama wird? Das musst du mir unbedingt sagen, wenn das so ist. Der Papa wird's mir bestimmt nicht verraten. Ich mag die Resi ja. Aber ich kann doch nicht einfach die Mama vergessen! Darf ich ganz ehrlich sein? Was soll der Scheiß? Die Resi ist super, aber sie kann doch die Mama nicht ersetzen.*
*Ach, noch was will ich dir sagen. Du, ich kann auf einmal den Caruso verstehen. Jedes Wort. Nicht dass er plötzlich bayerisch redet. Er bellt wie immer. Aber ich kann verstehen, was er mir mitteilen will. Jetzt können wir zwei uns richtig unterhalten, ist das nicht stark? Ich wette, da steckst du dahinter. Aber warum? Jedenfalls danke.* Well done *(da staunst du, was? Das hab ich in der Schule gelernt).*
*Mach weiter so!*
*Liebe Grüße vom Himmelreich und Bussi, dein Maximilian.*

# 9

»Glück ist«, dozierte Simon Feyertag, »wenn man gut geschlafen hat und einen die neuen Laufschuhe nicht drücken.« Er saß Karla beim Frühstück gegenüber und machte ein fröhliches Gesicht. »Trifft beides zu?«

»Ja. Genau. Beides trifft zu.« Sie schenkte ihm die zweite Tasse Kaffee ein. »Bitte schön. Und vielen Dank noch mal für die Begleitung.«

Draußen schien die Morgensonne, und die Welt hätte schön sein können, wäre der Ziegenmord nicht gewesen. Gleich in der Herrgottsfrühe war die Polizei da gewesen. Ein in grünes Grau gekleidetes Polizistenpaar aus der Stadt mit eifriger Miene. Das sich mit der vielversprechenden Bemerkung »Wir werden uns umschauen« wieder verabschiedet hatte.

Sie hatten einen Tisch auf der Terrasse gewählt. Weißes Tischtuch, weiße Servietten, frische Blumen. Reichhaltiges Frühstücksbuffet. Nicht der Hauch eines Lüftchens war zu spüren, und es roch nach frisch gemähtem Gras, Himmel und Bergen. Eine Zeit lang sprachen sie beide kein Wort, tranken nur den Kaffee. Ein Fasan schrie über die Felder. Schüsse drunten im Tal. Caruso bellte vorn im Hof. Ein einzelner Schmetterling, umständlich im Denken, aber dafür mit einem untrüglichen Instinkt, sah sich von den Möglichkeiten der Blumen in der Vase auf dem Tisch verführt.

Simon hatte sein zweites Brötchen in Arbeit, als Karla ihn fragend ansah. »Der Herr Karl will mir nachher die Hochzeitskirche zeigen. Möchtest du mitkommen?«

Er sah sie groß an. »Ja wen willst du denn heiraten?« Ihr Lachen kam ihm etwas gekünstelt vor. Er hatte die zwei obersten Knöpfe seines Hemds geöffnet und schwitzte leicht, obwohl die Temperatur dafür nicht zwingend war. »Wir wissen ja noch gar nichts voneinander. Vielleicht bist du schon verheiratet?«

»Nein«, sagte sie schnippisch. »Mich hat noch keiner gewollt. Kommst du jetzt mit, oder was?«

Wenig später schritten drei Personen, wie sie unterschiedlicher nicht sein konnten, über knirschenden Kies, durch trockenes Gras und über einen buckligen Vorhügel hinauf in Richtung Süden, dorthin, wo das Kircherl auf einem weiteren Hügel lag.

»Wird die Kirche oft benutzt?«, fragte Karla.

Karl wendete sich halb zu ihr um. »Viele Japaner«, sagte er. »Und Italiener. So zwei, drei Hochzeiten haben wir jeden Monat.«

Dann waren sie da.

Das Kircherl entpuppte sich nicht als eine Art Kapelle, wie man hätte meinen können. Sie war ein echter Sakralbau mit Barockkuppel, zwei Seitenschiffen, halbrunden Bleiglasfenstern, einem Portal aus geschnitztem Eichenholz und einer schlicht vergoldeten Inneneinrichtung. Altar, Jesus am Kreuz, ein kleiner Marienaltar, ein paar Putten, spartanische Holzbänke mit geschnitzten Seiten, darüber eine hölzerne Kassettendecke aus früheren Zeiten – das war alles.

»Wie einer Spielzeugeisenbahn entwachsen«, bemerkte Simon belustigt. Er erntete einen vorwurfsvollen Blick.

»Da plant übrigens eine Dame für ihre Tochter eine Riesenhochzeit«, bemerkte Karl ganz nebenbei. »An sich nichts Ungewöhnliches. Aber nicht nur, dass ich den Siggi vom Roy aus Las Vegas holen soll, sie will auch noch die Wiener Philharmoniker, unbedingt. Das macht mir schon Kopfzerbrechen. Haben Sie nicht zufällig Beziehungen zu denen, Herr Professor?«

Karla schienen seine Erklärungen nicht zu interessieren. Sie interessierte sich nur für die Kirche. »Interessant, interessant«, sagte sie. »Da schau her.« Was oder wen sie damit meinte, blieb im Ungewissen.

»Ich glaub, ich muss dem Caruso einmal folgen«, sagte der Bene zum Herrn Karl, als der mit seinen Gästen zurück im Himmelreich war. »Er ist ganz nervös. Ich glaub, er will mir etwas zeigen.«

»Und ich darf mit«, verkündete Maximilian mit gewichtiger Miene. Damit waren die drei bald über den Berg und verschwunden.

»Herr Brofessor, Herr Brofessor«, rief Frau Blümlein aus Nürnberg schon von Weitem, als Karla und Simon das Restaurant betraten. »Was tät denn bei Ihnen eine Brustvergrößerung kosten? Kost des viel?«

»Eine Brustvergrößerung«, flötete ihr Söhnlein, der Norbertle, mit Engelsstimme.

Simon Feyertag schoss das Blut ins Gesicht. Peinlich berührt warf er Karla einen scheuen Blick zu. Doch sie, mit einem fröhlichen Pfeifen auf den Lippen, betrat das Lokal, als hätte niemand etwas gesagt.

Simon war stehen geblieben. »Ich glaube nicht, dass großer Ernst hinter Ihrer Frage steckt, liebe Frau«, gab Simon zurück. »Außerdem ist das bestimmt kein Thema für die Öffentlichkeit.« Er beugte sich kurz zu Frau Blümlein hin, bevor er Karla folgte. »Aber im Ernst: Für einundsiebzig Euro zwanzig sind Sie dabei«, log er. »Bei Ihnen wäre ja nicht viel zu reparieren.«

»Das geht aber«, meinte das Norbertle. Seine Mutter nahm ihn an der Hand und zog glücklich von dannen.

»Wan-Tan vom Perlhuhn«, stand als Vorspeise im Abendprogramm, »Kross gebratenes Knurrhahnfilet mit Lauch-Risotto« als Hauptgang, »Sündphonie von Nougat und Schokolade mit selbst gebackenem Käsekuchen« zum Dessert.

»Oh, lecker, finden Sie nicht auch, Herr Professor?«, fragte Karla. Sie wirkte angespannt.

Das musste ja kommen. Herr Professor. War es ein Versehen, oder wollte sie ihn aufziehen?

»Ein zünftiger Schweinsbraten wäre mir als Hamburger eigentlich lieber«, sagte Simon.

Während des Essens ließen beide, kurz entschlossen, einige Wahrheiten über ihr Leben heraus. In Kürze er: Schönheitschirurg aus Hamburg. Sie: Fabrikantentochter und angehende Betriebswirtin aus Oberbayern. Noch bevor sie sich freilich tief in die Augen sehen und an den Händen fassen konnten und die Sündphonie ihren Lauf nahm, entstand draußen ein Tumult. Zuerst vor dem Haus, kurz darauf in der Eingangshalle.

Ein bärtiger, langhaariger Mann in kurzen Lederhosen wirbelte mit den Armen in der Luft herum und brüllte laut. Dabei spuckte er kleine Wasserpartikelchen aus, die mit der Zeit seinen kunstvoll gezwirbelten Vollbart nässten, als wäre er unter einen sprühenden

Wasserfall geraten. Selbst nach einer Zeit, die wie fünf Minuten wirkte, hatte er noch immer nicht ausgebrüllt. Er hörte mit dem Brüllen erst auf, als er knallrot anlief und der Herr Karl und Caruso ihn in die Mitte nahmen. Caruso knurrte aus tiefster Kehle, und Karl sprach leise mit gepresster Stimme.

»Wenn du nicht sofort aufhörst mit deinem Gebrüll«, zischte Karl, »dann hast du die Wahl: Entweder ich ruf die Polizei, oder ich halte den Hund nicht mehr zurück. Du kannst dir's aussuchen. Jedenfalls lasse ich meine Gäste nicht weiter von dir Sausack belästigen.«

Rosenblatt hob beide Arme, als ob er zum Holzhacken oder zum Schlag ausholen wollte. Sein Kopf glühte in prächtigstem Blaurot. »›Sausack‹?«, brüllte er. »Hast du ›Sausack‹ gesagt? Du aufgeplusterter Kochlöffelschwinger! Dir geb ich –«

Weiter kam er nicht.

Wenn einer der geneigten Leser m/w unter Bluthochdruck leiden sollte, kann er nachvollziehen, welche verheerenden Folgen der Wert zweihundertvierundzwanzig zu einhundertdreiundsechzig hat, den der Fahrer des Notarztwagens nachher bei Rosenblatt ermittelte. Unter stetigem Kopfschütteln maß er ihn gleich zweimal. Die schiere Ohnmacht, die Vorstufe zum Schlaganfall, ein perfekter Herzinfarkt, der frühe Tod – alles war möglich.

An Karla ging der ganze Lärm vorbei. Sie aß in Ruhe ihre Sündphonie, warf ab und zu einen neugierigen Blick auf den Professor, der ihr ein wenig zerknirscht gegenübersaß, knöpfte den obersten Knopf an ihrer Bluse auf und verfolgte das Spektakel vor der Tür wie einen Unterhaltungsfilm im Fernsehen. Sie verspürte gute Gefühle, alte Gefühle, Gefühle von Harmonie, Poesie und Musik.

Sein Glas war leer. Gerade als er sich vom spiegelnden Fenster ab- und sich ihr wieder zuwendete, packte Karla die Flasche am Hals und machte damit eine Geste in Richtung des leeren Glases. Er winkte ab und schüttelte den Kopf.

»Morgen will ich eine Bergtour machen. Da brauch ich einen klaren Kopf. Möchtest du nicht mitkommen?«

Karla verzog den Mund. »Ich reise morgen Nachmittag wieder ab«, sagte sie. »Mein Ballon kommt gegen drei.«

Er bedauerte sehr. »Bei Tagesanbruch bin ich weg. Wir sind eine Gruppe. Keine Ahnung, wann wir zurück sind.«

Sie war erleichtert. Sank innerlich aber auch enttäuscht zusammen. Sie wand sich in ihrer Haut. Ja bitte, geh doch. Trink doch noch etwas. Bleib. Geh. Sie war völlig unentschlossen. Sie wusste auch nicht so recht, was Professor Simon Feyertag dachte.

Er stand auf. Sie kam um den Tisch herum. Seine Hand bewegte sich ihr entgegen, sie schüttelte sie.

»Danke für die Bekanntschaft, Karla. Es war wirklich schön mit Ihnen. Verfangen Sie sich beim Abflug nicht wieder im Baum.« Er lächelte rätselhaft und legte einen Finger an die Nase. »Eigentlich sollte ich Ihnen wünschen, dass Sie sich verfangen, hehehe. Ach, haben wir uns nicht geduzt? Ich wünsche dir einen glücklichen Abflug. Und ich hoffe, dass sich irgendwann ein Wiedersehen ergibt.«

Das waren seine Worte, danach verließ er das Restaurant, ohne sich noch einmal umzuwenden.

Karla trank ihr Glas Wein leer, schüttelte die Familie Blümlein ab, die sich ihr anschließen wollte, und ging auf ihr Zimmer. Sie zog sich aus und stellte sich nackt vor den Spiegel, der die halbe Wand neben der Tür einnahm. Was würde ein Schönheitschirurg wohl an ihr zu bemängeln haben? Sie selbst fand sich attraktiv und gut gebaut. Schmale Taille, weibliche Hüften, ihr Brüste fest, nicht zu groß, nicht zu klein, der Bauch ein klein wenig gerundet, sehr feminin. Ihre Beine waren in diesem Spiegel nicht zu sehen, aber sie war sich sicher, dass sie sportlich gut geformt waren. Sie sollte sich vielleicht öfter rasieren, doch sie sah keinen rechten Sinn darin. Claudius, ihr Verlobter, war nur gelegentlich an Sex interessiert, vielleicht einmal jede Woche. Das Nötigste nur und nicht gerade überwältigend.

Ihre Arbeit nahm sie schließlich voll in Anspruch. In erster Linie war Claudius für sie ein Geschäftspartner. Der obere Teil von ihr wusste das durchaus sehr zu schätzen. Doch der untere? Sie wollte nicht nur Bäder nehmen und sich in Düfte hüllen. Sie wollte verwöhnt werden, mitgerissen werden von einer Macht, die vage, nie so recht greifbar, durch ihre Gefühls- und Gedankenwelt geisterte.

Was sie nicht näher betrachtete, war ihr ebenmäßiges Gesicht. Denn trotz voller Lippen und strahlender Augen störte sie – neben dem verwischten Make-up – die Nase. Diese Nase hatte sie schon immer gestört. Sie stand wie eine steile Felswand in ihrem Gesicht herum. Eine dankbare Aufgabe für einen Schönheitschirurgen.

Ohhhhhhhhh – jetzt dämmerte es. Das war der Grund für seine Frage nach ihrer Nasenatmung gewesen!

Sie setzte sich, nackt, wie sie war, an den schmalen Schreibtisch neben dem Fenster mit der tollen Aussicht, beugte sich nach vorn und umschlang ihren Nacken. Die Stirn schlug gegen die Schreibtischplatte. Hatte Simon tatsächlich ihre Sehnsucht geweckt? Hatte sie sich in ihn verliebt? Wie würde es dann mit Claudius weitergehen?

★★★

»Schau hin, Bene«, sagte der Herr Karl am folgenden Tag. »Er hat wieder sein Mädchen abgeholt. Schau dir das an. Ist das nicht wahre Liebe?«

Caruso stolzierte mit erhobenem Schweif auf Bessy zu, noch bevor der Bus wieder abfuhr. Mit einer unnachahmlichen Bewegung schmiegte sie sich an ihn und quietschte dabei wie ein bettelnder kleiner Welpe.

»Wahre Liebe?«, kommentierte Bene. »Nichts als ein Trick der Natur, die Art zu erhalten.« Er grinste übers ganze Gesicht. »Sieht ganz so aus, als würde er sie in den Arm nehmen. Die müsste man glatt schnitzen, die zwei.«

Der Herr Karl strich sich unter seiner weißen Schürze über den Bauch. »Wo gehen sie bloß hin, die Turteltauben?«

Caruso hatte mitbekommen, wie das weiße Auto mit der roten Farbe Rosenblatt abtransportiert hatte. Er ging deshalb davon aus, dass dessen Haus unbewohnt war. »Komm, wir suchen Bellheim. Das bin ich ihm schuldig. Dann gehen wir zusammen zur Nerzhütte.«

Zwei Hunde im Alter von Caruso und Bessy benötigten für die Strecke bergab ins Dorf im Trab eine Viertelstunde, ohne sich zu verausgaben. Es war wieder ein herrlicher Sommertag, und sie folgten dem schmalen Pfad durch den Bergwald. Caruso trabte voraus, Bessy folgte ihm und biss ihn ab und zu vor lauter Übermut in den wippenden Schwanz.

Es roch intensiv nach Tanne, Beeren und Erde. Die tiefe Reinheit der Stille wurde nur unterbrochen, wenn einer von ihnen mit der Pfote von einer Wurzel abrutschte, die Rinde eines Baumes streifte oder wenn ein Vogel zwitscherte oder pfiff. Je näher sie Hundham kamen, desto intensiver wurden die Geräusche des Dorfes durch den Wald heraufgetragen: Ein Auto wurde angelassen, der Schmied prügelte auf den Amboss ein, ein Pferd wieherte, Baulärm, Traktorknattern, Locke beschwerte sich in ihrer hysterischen Art bei Mario Wohlleben.

Zwischen den letzten Tannen und Buchen des Waldes, kurz bevor sich der Hang zum Dorf hinabsenkte, konnte man, wenn man wollte, einen Blick auf den Hundhamer See erhaschen. Mitten im blauen Wasser lag eine Roseninsel, auf der Caruso und Bessy noch nie gewesen waren. In den Ritzen der aus Feldsteinen aufgeschichteten Mauern am oberen Dorfrand wuchsen alle Arten von Kräutern und Feldblumen. Für Hunde war das so etwas wie die Dorfzeitung. Von hier holten sie sich die aktuellen Neuigkeiten.

Als Caruso an die Mauer kam, hinterließ er sofort einen lange aufgestauten kleinen See.

»Hier, komm mal her«, meinte Bessy zwei Meter weiter mit wissendem Gesichtsausdruck. »Der Detlev war hier.«

Caruso prüfte und nickte. »Ja, der Praunstein. Und vor Kurzem auch Bellheim«, sagte er.

Sie folgten dessen Spur und fanden ihn bei Monsieur Clochard unter der Brücke.

»Seltsam«, sagte Bessy verwundert. »Früher konnte er den Alten nie leiden. Er hat ihn geärgert und getriezt, wo immer es ging.«

Der Neufundländer gähnte kurz. »Ja, ich musste immer für Ordnung sorgen. Und wenn der Bellheim dir begegnet ist, hat er sich aufgeführt wie der übelste Monaco-Franze. Ich war immer auf der Hut, wenn ich ihn gesehen hab. Auch diese Eigenschaft hat er abgelegt.«

»Ja, er wird halt älter.«

»Die einzige Möglichkeit, lange zu leben.« Caruso schüttelte sich und ging mit erhobenem Kopf voller Stolz voraus. »Und – er ist froh, als früherer Polizeihund diesen Auftrag erhalten zu haben. Wirst sehen, er frisst uns aus der Hand.«

Auf den letzten hundert Metern begann Carusos Herz wie wild zu klopfen. »Der Clochard«, sagte er leise, »hat doch gesagt, er habe die Nachricht vom Tod der Ziegen von Wumba oder von der Eichhorn-Family erhalten. Die muss ich mir mit Bellheim unbedingt noch einmal vornehmen. Ob seine Behauptung wirklich stimmt.«

Bevor Bessy nicken konnte, waren sie bei der Brücke.

Bessy mit ihrem weiblichen Instinkt merkte es als Erste. Monsieur Clochard ging es gar nicht gut, das erfasste sie schon von Weitem.

Die Brücke war eine ziegelgemauerte Bogenbrücke und führte über den Kirchbach. Links und rechts des Gewässers dehnte sich ein mit Gras bewachsener Seitenstreifen von vielleicht drei Metern aus. Auf der in Fließrichtung rechten Seite hatte sich Clochard sein Lager bereitet. Dort lag er mit geschlossenen Augen zusammengerollt auf seiner alten Decke. Sein Atem ging stoßweise, alle paar Sekunden setzte er aus.

Wie ein mächtiger Schatten saß Bellheim vor ihm und quietschte leise. Als er die beiden nahen sah, gab er ihnen ein Zeichen, sie sollten sich ruhig verhalten, wenn diese Geste auch überflüssig war.

Sie traten zu dritt zur Seite und berieten leise.

»Ich glaub, mit ihm geht's bald zu Ende«, sagte Bellheim. »Ich hab ihm die feinste Cervelat vom Hirnbeiß mitgebracht. Die hat er verschmäht. Wenn unsereins solch eine Spezialität ablehnt, steht das Ende unweigerlich bevor. Etwas Besseres findet man auch im Jenseits nicht mehr.« Er machte eine kurze Pause. »Was machen wir jetzt mit ihm?«

Bessy ergriff das Wort. Sie machte deutlich, dass sie gekommen waren, um Bellheim abzuholen, um das Haus mit den Nerzen zu untersuchen. »Wie wär's, wenn ich hier bei Clochard bleibe, und ihr geht hinauf und erledigt euren Schnüffeljob?«

»Gute Idee«, meinte Caruso.

»Ich muss euch noch etwas sagen«, erklärte Bellheim. »Ich hab mir Locke noch einmal vorgenommen. Sie hat doch so einen undeutlichen Hinweis auf Clochard gegeben. Die Nacht vom Vierzehnten auf den Fünfzehnten war eine Vollmondnacht. Daran konnte sich Locke erinnern.«

Caruso stellte sich vor Bellheim und schaute ihn interessiert an. »Aha. Und?«

»Sie hat Clochard im Mondschein den Berg hinauflaufen sehen –«

»Den Berg hinauf?«, unterbrach Bessy voller Ungeduld. »Der alte Clochard?«

Bellheim rührte mit der Schwanzspitze in der Luft. »Sie war sich absolut sicher. Clochard mit seinem zerlumpten Erscheinungsbild ist unverkennbar.«

»Uns hat er etwas ganz anderes erzählt«, sagte Caruso verärgert. Er sah sich schon auf der frischen Spur des Mörders. »Dann wollen wir ihn doch noch einmal selbst befragen. Mach du das, Bellheim. Aber behutsam.«

Beim Stichwort »Vollmond« schlug Clochard die Augen halb auf. Beim Stichwort »tote Hühner« waren sie ganz geöffnet. Vor Schreck. Er versuchte, sich aufzurichten und mit den Vorderläufen abzustützen.

»Ja, die Hühner«, hörte man sehr schwach. »Blut. Tot. Ich habe sie …« Der Rest ging in einem Hauch unter und war kaum hörbar. »… verteidigen wollen.« Die Vorderläufe knickten ein, der Kopf sank träge zu Boden.

Fragend schaute Caruso von Bellheim zu Bessy und zurück. Was hatte der Alte andeuten oder ausdrücken wollen? Hatte es ein Geständnis werden sollen? Andererseits: Konnte dieser altersschwache Kerl, der sich nicht einmal mehr vom Boden aufrappeln konnte, vor wenigen Tagen den Berg hinauf- und wieder heruntergetigert sein? War er zum Zeitpunkt des Mordes am Tatort gewesen? Hatte er überhaupt etwas damit zu tun? Wahrscheinlich würden sie's nie mehr erfahren. »Ist er tot?«, fragte er Bessy.

Die Bernerin führte ihren Kopf nahe an Clochards Kopf heran. Sein Atem ging flach, und die Brust hob und senkte sich ein wenig. »Nein. Er ist nur schwach.«

»Auf geht's!«, befahl Bellheim im Kommandoton. Sie tauschten die Rollen. Bessy nahm den Platz neben Monsieur Clochard ein.

Caruso ließ Bellheim vorangehen, als sie sich auf den Weg nach oben machten. »Der Schwächere geht voraus«, meinte er selbstbewusst. »Nur so wird er zum Helden.«

Bellheim hielt kurz an und schnüffelte. Sein dünn gewordenes Schnurrbarthaar zitterte, und sein Herz klopfte. »Zum Helden?«, spuckte er verächtlich aus. »Held wird man nur, wenn man nicht genügend Mut hat, feige zu sein.«

# 10

Während die beiden Männer bergaufwärts Richtung Nerzhütte strebten und Bessy ihren Hospizdienst verrichtete, wollen wir sehen, was sich oben im Berghotel Himmelreich abspielte.

Simon Feyertag war wie geplant kurz nach Tagesanbruch mit seiner Gruppe aufgebrochen, um die Tour im Wilden Kaiser zu machen. Schon bei der Anfahrt im Kleinbus ließen ihn die Gedanken an Karla nicht mehr los. Was eine Geiernase so alles bewirken kann, dachte er, und ein Lächeln huschte ihm über die Lippen. »Wie kann ich dich zukünftig erreichen?«, hatte er sie beim Abschied am Abend zuvor gefragt.

Sie hatte vieldeutig gelacht. »Ich habe keine Visitenkarte zur Hand. Ist alles im Ballon zurückgeblieben.«

Karla Winter. Im ganzen Hotel war keine Adresse, keine Telefonnummer aufzutreiben. Karla Winter. Sie spukte in seinem Kopf herum. Selbst am Gipfel blickte er über die anderen Gipfel hinweg nach Norden. Dorthin, wo Hundham mit dem Himmelreich lag. Wo Karla sich aufmachte, abzureisen. Um aus seinem Gesichtsfeld zu verschwinden.

Der Abstieg dauerte quälende fünf Stunden, während denen die Sonne hinter den Bergen hervorkam und über den Zenit nach Westen spazierte. Um halb vier waren sie unten. Simon war voller Hoffnung, dass der Ballon nicht angekommen war oder sich beim Abheben wieder im Baum verfing.

»Papa, der Löwe ist wieder da!« Maximilian ließ sich nicht davon abbringen, dass das, was er hörte, das Geräusch eines fauchenden Löwen oder zumindest eines feuerspeienden Drachen war.

Der Herr Karl ließ alles stehen und liegen und stürzte hinaus.

»Wenn des Weibsbild abhebt, musst du natürlich dabei sein«, rief ihm die Resi gehässig hinterher.

»Haben Sie jetzt erfahren, was alles zu einer großen Hochzeit gehört?«, wollte Karl wissen. »Sie waren doch so neugierig. Als ob Sie selbst eine Feier planten.«

»Hochzeit? Ich? Ja, ja«, erklärte Karla abwesend. »Zauberer aus Las Vegas. Wiener Philharmoniker.« Ihr war anzusehen, dass ihr der Abschied schwerfiel. Karl gewann sogar den Eindruck, dass sie Zeit schinden wollte.

Die Uhr zeigte halb vier, als der Ballon ankam. Der Fahrer hielt diesmal mehr Abstand von der Riesenbuche. Aus fünfzig Metern Höhe begann er sich senkrecht herab auf die Wiese zu senken. Behutsam und sehr vorsichtig. Mit dem Löwen und dem Drachen im Gepäck.

Waren es Engel, die Karla musizieren hörte? War es die Blasmusik weit entfernt drunten im Dorf?

Nein, es war das »Hundhamer Echo«, das im Gleichschritt um die Ecke bog. Junge Männer und Frauen in alpenländischer Tracht, die auf ihren Instrumenten einen lustigen Pfüadi-Jodler spielten. Holladaittijo!

Als dann noch der Maxi kam und ihr in kurzen Lederhosen und mit Jägerhut auf dem Kopf einen riesigen Käsekuchen überreichte, schossen Karla die Tränen in die Augen. Es waren Abschiedstränen. War sie traurig über den Abschied vom Himmelreich oder von dem Mann, den sie hier kennengelernt hatte? Sich darüber klar zu werden, würde sie während der Ballonfahrt Zeit haben.

»Im Grund weiß ich es schon, wenn ich ehrlich bin«, wollte sie sich einreden. Ihr war nicht bewusst, dass sie dabei leise vor sich hin murmelte.

»Höre ich richtig?«, fragte der Ballonfahrer. »Ehrlichkeit? Die verwegenste Form der Tapferkeit.«

Als sie die Mautstelle bergab passierten, die immerhin noch auf sechzehnhundert Metern Höhe lag, war der Ballon von Weitem als kleiner Punkt am nördlichen Horizont vage zu sehen. Eigentlich war er nur zu erkennen, wenn man ihn sehen wollte. Eher konnte man den Münchener Olympiaturm im Dunst erkennen als einen Heißluftballon, der irgendwo zwischen hier und dort im Nirgendwo schwebte.

Unendliche Minuten später war Simon im Berghotel.

»So um halb vier, glaub ich«, antwortete der Herr Karl auf seine Frage, wann der Ballon denn gestartet sei.

»Um fünfzehn Uhr dreiunddreißig habe ich ihr einen Käsekuchen überreicht«, platzte Maxi altklug heraus. »Kurz darauf hat sie abgehoben.«

»Aber wir haben jetzt andere Sorgen«, fuhr der Wirt an Simon gewandt fort. Er hatte Sorgenfalten auf der Stirn und im Gesicht. »Die Polizei war noch mal hier.«

Die ganze Aufregung um die verstorbenen Hühner und Ziegen war Simon ziemlich fremd. Sein Urlaub neigte sich dem Ende zu, und danach hatte er beruflich selbst wieder mit Hautfetzen und Blutströmen zu kämpfen.

»Sie haben alles noch mal untersucht«, fuhr Karl fort. »Und kommen zu keinem Ergebnis, die Brüder, die staubigen. Freilich, wenn nicht grad der Bürgermeister geschlachtet wird, interessiert das kein Schwein, wenn hier oben Tiere sterben. Wir müssen selbst damit zurechtkommen. Ich glaub aber, der Bene ist auf einem guten Weg.« Er schaute sich um, als ob er verfolgt würde, legte die hohle Hand an den Mundwinkel und flüsterte: »Sie glauben, wenn so ein Tier erst einmal Blut geleckt hat, wird es weitermachen.«

»Meinen Sie wirklich?«, sagte Simon ins Blaue hinein. »Welches Wesen soll denn ein Interesse haben, Ihre Tiere zu töten?«

Karl ging nicht auf die Frage ein. »Ich will Sie nicht weiter damit plagen«, sagte er und wechselte das Thema. »Fast hätte ich's vergessen. Ich soll Sie noch einmal herzlich von Frau Dr. Winter grüßen. Hier ist ihre Handynummer. ›Nur für den Notfall gedacht‹, hat sie mir aufgetragen, soll ich Ihnen einschärfen.«

***

Sie folgten demselben Pfad bergauf, den Caruso mit Bessy vorhin heruntergekommen war. Die Dorfgeräusche verklangen hinter ihnen, der Vogelgesang wurde lauter. Bellheims Zunge hing heraus, sein Herz raste. Früher war er ein cooler Jüngling gewesen. Nun musste er lernen, sich selbst zu ertragen. Er hörte schlecht, sein Herz setzte sich bei der geringsten Anstrengung in Galopp, der Geruchssinn ließ nach, die Knie machten ihm zu schaffen, die linke Hüfte, die Bandscheiben. Doch der Geschmackssinn funktionierte wie eh und je, und seine Augen konnten mit denen des Bussards mithalten.

»Hey!«, warnte er Caruso und blieb stehen. Oh, wie gut das tat, nicht mehr bergauf gehen zu müssen. »Da vorn. Der Eichhorn. Der kommt doch wie gerufen.«

Caruso hatte den Verdächtigen gleichzeitig gesehen und war losgespurtet. »Halt!«, bellte er laut. »Eichhorn, bleib stehen. Wir haben ein paar Fragen an dich.«

Doch Eichhorn dachte nicht daran. Er warf im schnellen Vorwärtsgang einen kurzen Blick nach hinten, am buschigen Schweif vorbei, und kicherte.

Das hätte er nicht tun sollen. Es tat einen kurzen, knackigen Schlag, einen leisen Aufschrei, und Eichhorn blieb benommen auf der Strecke. Er war mit dem Hinterkopf voraus gegen einen Baum geflitzt, einen Ahorn, um genau zu sein.

Es dauerte nur Sekunden, bis er wieder zu sich gekommen war. Doch da stand Caruso schon breitbeinig über ihm und fletschte gefährlich die Zähne. »Da schau her, die Waldpolizei«, höhnte Eichhorn tapfer, obwohl er vor Angst wie gelähmt war.

Bellheim keuchte heran und begann die Vernehmung. »Wo warst du in der Nacht vom Vierzehnten auf den Fünfzehnten?«, fragte er in scharfem Tonfall.

»Ich?« Seine Stimme klang kläglich. »Wann war das denn? Welches Datum haben wir heute?«

Bellheim sah Caruso fragend an. Der schüttelte sich. Das wusste er auch nicht.

»Wir wollen nicht wissen, was heute geschah«, setzte Bellheim nach. »Aber wir wissen, was in der Nacht vom Vierzehnten auf den Fünfzehnten geschehen ist. Da wurden nämlich vier Hühner im Himmelreich bestialisch ermordet.«

»Ach!«, jubilierte Eichhorn. »Warum sagst du das nicht gleich? Die Nacht der Hühner … das habe ich gehört. Und ich erinnere mich auch. Es war eine Vollmondnacht. Das ist eine schreckliche Nachricht. Aber zu deiner Frage, Bellheim. In jener Nacht war ich mit meiner Frau im Nest.«

»Aha«, machte Bellheim. Er begann, Unrat zu wittern. »Gibt's dafür Zeugen?«

Caruso hatte den Eindruck, dass der rote Kopf Eichhorns noch röter wurde. Eichhorn schwieg.

»Hast du vielleicht in dieser Nacht sonst etwas bemerkt?«, hakte Bellheim nach. »Ist dir etwas Ungewöhnliches aufgefallen?«

Eichhorn hockte sich auf die Hinterbeine und ringelte den Schweif um sich herum. Er räusperte sich bedeutungsschwer. »Ja«, sagte er mit piepsigem Stimmchen, »ich hab den Monsieur Clochard gesehen. Ich hab mich gewundert, wo der in jener Nacht noch hinwill.«

Die beiden Hunde sahen einander an. »Und?«, fragte Bellheim schleppend. »In welche Richtung hat er sich bewegt?«

»Wie, in welche Rich…? Ach so, ich verstehe. Er ging den Berg hinauf. Besser gesagt, er schleppte sich. Keine Ahnung, was er da wollte.«

»Vorsicht!«, zischte Caruso. »Da kommt jemand.«

Bellheim lockerte den Griff, und blitzschnell war Eichhorn weg.

Maximilian mit Lederhose und Jägerhut rutschte wie ein Bergfex auf einem langen Stecken bergab durch den Nadelwald. Kurz vor den beiden Schnüfflern kam er erst zum Stehen. »Da seid ihr ja«, sagte er schwer atmend. »Ich hab euch gesucht.«

Caruso war im Innersten überzeugt, zur großen Brüdergemeinde der Menschheit zu gehören. Diese Einstellung hatte ihn im Lauf seines Lebens zum Menschenflüsterer werden lassen. Menschen aus seiner engsten Umgebung verstand er, und sie verstanden ihn. Maxi war einer davon.

»Hrumpfhhh«, machte Caruso.

»Ja, das hab ich mir gedacht«, sagte Maximilian. »Deshalb bin ich gleich hergekommen. Die Karla ist nämlich wieder abgeflogen.«

Sie ließen Eichhorn Eichhorn sein. Sie konnten eh nichts mehr daran ändern, dass er weg war. Blöde Frage, hatte sich Caruso insgeheim gesagt. Wer soll schon dabei gewesen sein, wenn der Eichhorn mit seiner Frau im Nest liegt? Und der Hinweis auf Clochard war eine Bestätigung dessen, was sie schon wussten. Doch was fingen sie nun mit diesem Wissen an?

Bellheim war ziemlich erschöpft. Diese langen Bergtouren

war er einfach nicht mehr gewohnt. Ja, früher bei der Polizei, da war alles anders gewesen. Ein Abenteuerleben. Da waren sie stunden- und manchmal tagelang durch Wald und Flur gestreift, sogar Bäche hatten sie abgesucht. Er erinnerte sich an einen Fall nicht weit weg von Hundham. Er war auf einen Mord, genauer gesagt auf eine Leiche angesetzt gewesen, die jemand huckepack durch einen Fluss geschleppt hatte, wahrscheinlich der Mörder. Am anderen Ufer angekommen, hatte er die Fährte sofort wieder aufgenommen und die Leiche schließlich in einer Höhle hoch über dem Tal in einer Felswand aufgespürt. Einen halben Kalbsknochen hatte er als Belohnung von seinem Diensthundeführer bekommen. Gern erinnerte sich Bellheim daran.

Caruso sprang am Maschendrahtzaun der Nerzhütte empor. Er kratzte, knurrte und bellte.

»Ich soll über den Zaun steigen?«, fragte Maxi erfreut. Entschlossen stiefelte er darauf zu.

Monsieur Clochard röchelte stark. Es war kein richtiges Atmen mehr. Unruhig wälzte er sich in geringen Abständen auf seiner verfilzten Decke hin und her. Bessy war nahe an ihn herangerutscht, um ihm ein Gefühl des Geborgenseins zu vermitteln. Er lag ganz flach auf der Erde, den Kopf auf den Boden gestreckt, sein bisschen Atem aus der Nase wirbelte den Staub der Decke auf. Bessy legte eine Pfote über seinen Rücken. Clochard wühlte den Kopf und die Schnauze noch tiefer in die Deckenfalten.

Irgendwo oberhalb ihres kleinen Kosmos unter der Brücke wurden Fensterläden geschlossen, ein Auto wurde beladen. Menschliche Stimmen.

»Pfüadi«, murmelte Bessy, denn sie war eine echte Hundhamerin. »Clochard, leb wohl, ciao, alter Junge, mach's gut. Wir werden uns wiedersehen. So in zehn, zwölf Jahren«, sagte sie, denn Bessy war eine echte Optimistin. »Und wenn du drüben bist, pass gut auf uns auf. Auf Caruso und mich, und mach, dass wir allzeit fröhlich sind und viele Babys bekommen.«

Clochard schlug noch einmal die Augen halb auf. Sein Blick wanderte nach oben und nahm das gemauerte Backsteingewölbe der Brücke wahr, unter der er so lange gelebt hatte. Sein Blick wanderte zur Seite und registrierte die untergehende Sonne, die sich in den Wellen des Bachs spiegelte, und das Grün des Wassers und das Blau des Himmels. Derselbe Blick umarmte Bessy und machte sie glücklich. Clochard verspürte eine tiefe Dankbarkeit.

Ein Hauch von einem Wort, das klang wie »tot«.

Als er die Augen schloss und seinen letzten Schnaufer tat, fuhr das fertig beladene Auto oberhalb der Brücke ab. Die Stimmen waren verstummt. Und niemand in Hundham würde je erfahren, wo Clochard hergekommen war, ob aus Frankreich oder aus Belgien. Sie würden nur mehr wissen, wo er hingegangen war.

Im Westen dämmerte es, und ein leichter Wind wehte.

Bessy hatte ihren Kopf auf Clochards erkaltenden Leib gelegt und winselte leise. Sie hatte ihren Kopf leicht gemacht, um ihm nicht wehzutun.

# 11

Beim Essen fragte Claudius, ob es etwas gebe, das er besser wissen sollte. Galas Ausflüchte ließen seinen Blick streng werden. Doch dem Verhalten seiner Verlobten mochte ein gesundheitliches Problem zugrunde liegen, mit dem sie ihn nicht belasten wollte. Das war, bevor er mit gespielter noch größerer Strenge drohte: »Wenn du ein wirkliches Problem hast, sag es mir. Bitte.«

»Nein, nein, ich habe kein Problem, lieber Claudius«, log Gala.

»Du darfst mich nicht hintergehen. Mir nichts verheimlichen. Das würde ich nicht ertragen. Und – ich würde es dir nicht verzeihen. Ich wäre zu allem fähig«, drohte er, und plötzlich zitterte seine Hand über dem Teller.

»Was willst du mir damit sagen?«, rief Gala aus.

»Ich würde einen Mord begehen, nur um dich zu behalten. Vergiss nicht, mit wem du verlobt bist. Ich würde jeden umbringen, der dir zu nahe kommt und unserer wertvollen Beziehung schadet. Ich würde auch dich …«

So leidenschaftlich hatte Gala Sommer ihren Verlobten noch nie erlebt. »Ich werde es mir zu Herzen nehmen, Claudius, Liebster. Aber glaube mir: Du hast nichts zu befürchten.«

»Kann ich dir helfen? Bist du in Schwierigkeiten? Im Ernst: Wenn es einen anderen Mann in deinem Leben gibt, werde ich dich besser nicht danach fragen, wer dieser Mann ist – sonst lande ich noch im Gefängnis.« Seine Stimme klang unruhig.

»Nein«, log sie wiederholt. »Das brauchst du auch nicht.«

An diesem Tag war Gala ausgesprochen nervös. Sie konnte Claudius nicht in die Augen sehen, sie konnte seinen Blick und seine Stimme nicht ertragen. Sie schaute für eineinhalb Stunden in der Firma vorbei, um sich von der Assistentin über das Wichtigste informieren zu lassen, und war froh, dass Mutter nicht in ihrem Büro war. Auf Schritt und Tritt achtete sie darauf, dass sie ihr Handy ständig dabeihatte und dass es eingeschaltet war.

Sie fuhr in die Stadt, verlor sich in einer Buchhandlung, und als sie das Geschäft wieder verließ, konnte sie sich nicht erinnern, welche Bücher sie in die Hand genommen hatte. Immer wieder zückte sie das Handy, überzeugte sich davon, dass es nicht auf lautlos geschaltet war und dass keine Anrufe in Abwesenheit aufgelistet waren.

Als sie auf der Suche nach einem Café war, kam ihr vom Ludwigsplatz her ein Mann entgegen. Er ging ohne Hast, hielt eine Zeitung in der Hand, trug ein blassgrünes Hemd mit langen Ärmeln, ausgebleichte Jeans und elegante Schuhe. Schon von Weitem hob er die Hand mit der Zeitung zum Gruß und kam lächelnd näher. Als sie schon die Hand nach ihm ausstrecken wollte, erkannte sie, dass sie sich getäuscht hatte. Nein, es war nicht *er*. Offensichtlich hatte auch er sich geirrt. Sah sie schon Gespenster? Ein einziges Mal hatte sie in Marokko eine Fata Morgana erlebt, Palmen und Berge und verspiegeltes Wasser am Horizont.

Dies hier war mit Sicherheit keine solche Täuschung. Das Phänomen hatte eine ganz natürliche Erklärung: Sie hatte nicht mehr alle Tassen im Schrank. Oder litt sie an psychischer Angina, wie man es auch bezeichnen konnte, wenn man verliebt war?

Als das Handy endlich klingelte, war es ihre Mutter. »Gala, ich muss dich dringend sprechen.«

***

Maximilian griff mit beiden Händen in die Maschen. Es tat weh, doch er biss die Zähne zusammen und zog sich Zentimeter für Zentimeter am Zaun hoch. Caruso hatte ihm auch erklärt, warum. Er solle dem Geruch nachgehen, der in der Luft lag. Ein bisschen hatte Maxi den Gestank in der Nase. Es roch so wie damals, als er die tote Ratte im Keller gefunden hatte. Aasgeruch hatte es der Papa genannt. Also auch hier: Aasgeruch. Die Luft war geschwängert davon.

Maxi wusste, dass in diesem Anwesen große Ratten lebten; wie genau sie hießen, hatte er vergessen. Man konnte sehen, dass der Hof des Hauses nicht nur von diesem hohen Zaun umspannt war, sondern dass auch waagerechte Maschen den Hof nach oben absicherten. Bestimmt, dachte er, damit die Ratten nicht fliehen können.

Als er noch zwei, drei Klimmzüge vom oberen Rand entfernt war, geschah zweierlei:

Erstens kam ein ganzes Rudel dieser Ratten von unten auf ihn zugeschossen. Sie liefen an dem Draht empor, als wäre es fester Boden. Sie hatten ein dunkles Fell, die Bäuche waren heller und hatten einen weißen Fleck auf der Brust. Sie quietschten, und ihre Augen funkelten, als ob sie zornig wären. Bestimmt hätten sie ihn gefressen, wenn der Zaun nicht gewesen wäre.

Unten bellten die beiden Hunde wie verrückt. Sie wollten den Ratten Angst einjagen, doch die ließen sich nicht beeindrucken. Sie sperrten weiter ihre roten Mäuler mit den kurzen, spitzen weißen Zähnen auf und schnappten nach Maxi. Später sollte er erfahren, wie die Ratten wirklich hießen. Nerze hießen sie.

Maximilian ließ einfach los. Er sauste an den vielen Ratten vorbei nach unten und landete weich im sandigen Boden.

Zweitens stand Bessy plötzlich da. Sie kam aus dem Tal, vom Dorf her. Eine große schwarzbraune Hündin mit weißen Flecken an der Brust, im Gesicht und an den Pfoten, der die rote Zunge bis auf den Boden hing. Sie sagte etwas zu den anderen, das Maximilian nicht verstand. Er bemerkte nur, dass sie auf einmal ganz still waren, sich platt auf den Boden und den Kopf auf die Pfoten legten. Es war Grabesruhe, nur der Metallzaun schepperte, weil die Ratten noch immer daran rauf- und runterjagten.

Maxi stand auf und ging zu Caruso hin. Er setzte sich auf seinen Rücken und kraulte ihn am Hals. Das mochte Caruso. Normalerweise. Heute jedoch schüttelte er den Maxi ab und warf ihm einen entschuldigenden Blick aus dunklen, feuchten Augen zu. Kurz darauf setzten sich die drei in Trab nach unten, dem Dorf zu.

Wie bei einer Trauerfeier, kam es Maxi in den Sinn. Hintereinander, mit ernstem Gesicht, eingezogenem Kopf und hängendem Schweif. Am liebsten hätte er sich ihnen angeschlossen. Doch er durfte nicht allein hinunter ins Dorf, das war verboten. Er sah ihnen noch nach, bis sie aus seinem Blickfeld verschwanden.

Als er sich gerade die Kappe ins Genick schieben und auf den Berg zurückgehen wollte, hörte er ein Motorengeräusch. Bevor es um die Kurve kam, sprang er ins Gebüsch und versteckte sich.

Es war der Notarzt. Und sie brachten den Rosenblatt zurück. Der stieg in seinen kurzen Hosen aus, winkte zum Auto zurück und machte sich an seiner Haustür zu schaffen.

»Glück gehabt«, flüsterte Maxi vor sich hin. Dann drehte er sich langsam um und machte sich widerstrebend und nachdenklich auf den Heimweg. Es hieß, Karla werde wiederkommen.

***

»Kommt nicht in Frage, Mama!« Gala musste sich sehr beherrschen. »So eine Monsterhochzeit kommt nicht in Frage.« Sie holte kurz Luft. »Zauberer aus Las Vegas. Wiener Philharmoniker. Fünfhundert Gäste. Unmöglich. Das bin nicht ich. Und Claudius auch nicht.«

»Hehehehe«, meckerte Thea Sommer. »Das hab ich mit Claudius abgestimmt. Er war sehr erfreut.«

Gala hatte ihre Mutter in der Firma in ihr Büro gebeten. Nun saßen sie in der Besucherecke gegenüber der Fensterfront, jede hatte einen frischen Kaffee vor sich.

Claudius, musste Gala denken, da schau her. Davon hat er mir nie erzählt. Aber wenn sie ehrlich war, hatten sie im Detail auch nicht über die bevorstehende Hochzeit gesprochen. Über alles Mögliche hatten sie sich unterhalten und versucht, sich miteinander vertraut zu machen. Empfängnisverhütung zum Beispiel war ein Thema gewesen, wie viele Kinder sie einmal haben würden ein anderes. Die Organisation der Hochzeit hatten sie ganz der Mama überlassen. Mama mit ihren hochfliegenden Plänen.

Doch nun hatte sich sowieso einiges geändert. Mit Herzklopfen musste sie an die Tage im Gebirge denken. An den Mann, den sie dort kennengelernt hatte. Der so ganz anders war als Claudius. Sie bewahrte sich seine elegante Erscheinung im Gedächtnis, sein Patrizierprofil, seine Manieren und seinen prächtigen Charakter, eine Mischung aus Temperament und feinen Empfindungen. Claudius dagegen war ein Arbeitstier, das ihr die Mama zugeführt hatte. Mama war der Meinung, Claudius würde sehr gut zu Gala passen, und außerdem wäre er gut fürs Unternehmen. Promovierter Volkswirt und so. Eigentlich war Gala entschlossen, sich aus solchen Liebeswirren herauszuhalten, die für sie etwas Schwindelerregendes hatten. Solchem Schwindel wollte sie sich nicht aussetzen.

»Solchem Schwindel –«, begann sie laut und hielt noch rechtzeitig inne.

»Wie bitte?«, sagte ihre Mutter.

»Ach nichts. Die Hochzeit, so wie du sie planst, ist ein echter Schwindel. Sie hätte etwas Schwindlerisches. So wird's nicht gehen.«

Schweinsbraten als Hauptgang mit Käsekuchen zum Nachtisch. Das Hundhamer Echo. Nur im engsten Kreis. Sie stand auf, gab Mama ein Abschiedsküsschen und verschwand aus dem Büro.

***

Monsieur Clochard lag friedlich und leblos unter der Brücke, so wie Bessy ihn verlassen hatte. Bergab am Hang, Kopf auf den gekreuzten Vorderpfoten, den Blick aus toten Augen auf den Kirchbach gerichtet. Ein friedvolles Bild des Jammers. Könnten Hunde weinen, hätten sechs Augen jetzt bittere Tränen vergossen. So aber standen sie um Clochard herum und überlegten, was zu tun sei.

»Wir können ihn hier nicht liegen lassen«, meinte Bessy.

»Schon klar«, stimmte Bellheim zu. »Menschen begraben ihre Angehörigen.«

»Hier geht das schlecht«, sagte Caruso. »Der Boden ist aus purem Stein. Aber unten am Fluss.«

»Sollen wir drei da ein Loch graben?«, fragte Bessy voll Skepsis und zog eine Augenbraue hoch.

»Bist du narrisch?«, sagte Bellheim scharf. »Wenn, dann machst du das allein. Ein pensionierter Polizeihund betätigt sich nicht als Totengräber.«

Caruso jaulte kurz auf. »Das nimmst du sofort zurück!«, schnauzte er Bellheim an.

Bellheim plusterte sich zu voller Größe auf. »Was? Was soll ich zurücknehmen?«

Nun bekam er es mit dem richtigen Caruso zu tun. Der Neufundländer sprang mit den Vorderbeinen auf Bellheims Rücken, biss ihn ins Genick und rüttelte ihn durch. Es sollte ein sanfter Warnbiss sein. Aber wenn ein ausgewachsener Neufundländer zupackt, bleibt keine Auge trocken.

Bessy stand dabei und hielt die Luft an.

»Au!«, krächzte Bellheim dünn. »Du tust mir weh. Ich denke, wir sind Kollegen.«

Einen kurzen Moment lang ließ Caruso locker. »Meine Freundin beleidigt niemand«, quetschte er durch die Zähne. »Das ist ja nicht das erste Mal, dass du sie ärgerst.«

»Was hab ich denn getan?«

»Narrisch ist sie, hast du ihr ins Gesicht gesagt. Bessy ist nicht narrisch. Ich warne dich ein allerletztes Mal! Beleidige meine Freundin nicht noch einmal.« Carusos große weiße Zähne leuchteten scharf im milden Strahl der Sonne.

Bellheim sah immer mehr wie ein Sack Kartoffeln mit dem Gesicht einer Eule aus.

»Geh, vertragt euch wieder«, lenkte Bessy ein. »Ist ja gut. Ich bin nicht beleidigt. Aber danke, dass du mich verteidigt hast, Caruso.« Sie machte zwei, drei Sidesteps und legte ihren wundervoll schmalen Kopf an sein männliches Gesicht. »Wie wär's, wenn ihr zur Entspannung zusammen einen trinken geht?«

Bellheim sah Caruso an, Caruso sah Bellheim an, beide nickten und begaben sich zum Fluss, um zu trinken. Caruso beugte sich weit vor und schlürfte Schluck für Schluck. Zwischendurch schielte er hinüber zu Bellheim, der das Gleiche tat.

Plötzlich begann das Wasser zwischen ihm und dem Kollegen zu kochen. Es sprudelte, schlug Wellen, es rauschte – schließlich teilten sich die Fluten. Ein dicker brauner Kopf mit breiter schwarzer Schnauze und schwarzen Knopfaugen tauchte auf. Drei riesige Schneidezähne wurden sichtbar. Das Ungetüm rülpste und sagte: »Wumba!«

Die Hunde waren nicht überrascht. Dies war schließlich Biberhausen. »Komm heraus«, knurrte Bellheim. »Wir haben mit dir zu reden.« Im Geist sah er den Biber schon in Handschellen.

»Wo warst du in der Nacht –?«

»Vom Vierzehnten auf den Fünfzehnten?«, fragte Wumba

vergnügt. Er schüttelte sich, was dem Bewegungsablauf einer Zementmischmaschine recht nahekam, und bespritzte alles und jeden in fünf Metern Radius. Aus sechs großen Augen am Ufer des Kirchbachs wurde er beobachtet.

Wumba setzte die Drehung noch einmal in Gang. »Hab ich von Eichhorn erfahren. Er hat mir die ganze Geschichte erzählt. Schrecklich. Ich hab mir gedacht, dass ihr mich fragen werdet.« Er knabberte mit den Schneidezähnen an der Unterlippe. »Hühner. Ziegen. Wisst ihr, woraus die bestehen?« Er ließ den Blick kreisen.

Schweigen.

»Ich will's euch sagen. Außer Federn die einen und Fell die anderen zu hundert Prozent aus Fleisch.« Wumba ließ seine Worte wirken. »Habt ihr euch schon einmal Gedanken gemacht, ihr Landratten, was mein täglicher Speiseplan enthält? Hä?«

»Äh. Äh, nein«, brachte Bellheim hervor. Caruso hatte einen Bogen zu Bessy geschlagen.

»Ich bin strikter Vegetarier, hehehehehe«, machte sich Wumba lustig. »In meinem ganzen Leben hab ich noch kein Fleisch angerührt, hehehehe. Da schaut ihr, gell?« Er watschelte ans Wasser und betrachtete sein Spiegelbild. »Ende der Durchsage, oder?«

Wumbas Argumentation entbehrte nicht einer strikten Logik, das leuchtete beiden Schnüfflern ein.

»Vegetarier?«, sagte Caruso. »Dann müsste es doch für dich ein Vergnügen sein, ins Gras zu beißen.«

Bellheim knurrte nichtssagend.

»Aber du kannst uns helfen«, sagte Bessy.

»Aha. Jetzt kommt's«, meinte Wumba. »Es tut doch wohl, Freunde zu haben.« Er warf einen kurzen Blick auf Clochard. »Mit ihm ist's zu Ende gegangen, das hab ich mir schon gedacht. Er war reichlich schwach geworden. Und? Was macht ihr jetzt mit eurem Freund?«

»Jetzt kommt's«, sagte Caruso im Befehlston. »Du wirst ihn beerdigen.«

Ameisen krochen über Clochards Leichnam, und zwei bläuliche Eichelhäher beschimpften sich in wenigen Metern Entfernung.

»Ich? Den Clochard beerdigen? Wäre mir eine große Ehre. Aber wie soll das gehen?«

Mit reichlich Geduld erklärten sie es ihm. Schließlich bedurfte es noch Bessys weiblichen Charmes, um den Biber restlos zu überzeugen. Er grub und grub, nagte zwei Buschwurzeln entzwei und beendete sein Werk unter heftigem Schnaufen. »So«, keuchte er und schlug mit dem platten, unbehaarten Schwanz dreimal auf den Boden.

»Na bitte, geht doch!«, rief Caruso aus, als Bellheim den Leichnam mit den Zähnen heranschleifte. Gemeinsam schoben sie ihn in die Grube, und Wumba scharrte sie zu.

Drei Hunde saßen gemeinsam am Grab ihres Kameraden, blickten himmelwärts und sangen ein letztes Lied für ihn. Wumba hatte sich am Bachufer platziert und hielt sich zurück. Nur sein platter Schwanz schaufelte traurig durchs Wasser.

»Jetzt bleibt nur mehr die Erinnerung an ihn«, bemerkte Bessy am Ende.

»Ja, ja, die Erinnerung«, schloss Bellheim mit trauriger Miene ab. »Das einzige Paradies, aus dem wir nicht vertrieben werden können.«

# 12

Angst vermehrt sich schneller, als es Kaninchen tun. Auch im Himmelreich. Maximilian wachte nachts schweißgebadet auf, weil er von zerfetzten Hühnerhälsen und abgeschnittenen Ziegenköpfen geträumt hatte.

Der Resi erging es nicht viel anders. Jedes Mal, wenn sie in der Früh Futter und Wasser für die Tiere holen ging, befürchtete sie einen neuen Mord. Noch einen Haufen voller Leichen. Wie auf Zehenspitzen schlich sie den Hügel hinauf zu den Koppeln. »Habt keine Angst«, sprach sie zu den Tieren. Doch die Tiere schienen ihre eigene Angst zu spüren. Nervös zeterten und blökten und meckerten sie und liefen wild durcheinander durch ihre Gehege. »Tu doch was«, forderte sie den Herrn Karl auf. »Sonst passiert noch mehr.«

Der Herr Karl tat auch was. Der Bene und er erhöhten den Drahtzaun um den Hühnerstall herum und sicherten den Bretterzaun der Ziegen mit Hasendraht ab. Nach menschlichem Ermessen musste das reichen, damit kein Fuchs, kein Marder und kein anderes Raubtier mehr eindringen konnte. Wenn allerdings bei der nächsten Zirkusvorstellung der Tiger ausbrechen sollte …

»Da, schau dir's an«, sagte Karl zur Resi, um sie aufzumuntern. Außerdem fuhr er hinunter ins Dorf und redete noch einmal mit der Polizei.

»Mehr kann man nicht machen«, sagten sie, »als den Zaun erweitern.« Trotzdem waren sie der Meinung, dass ein dritter Angriff erfolgen würde. »Wenn's ein menschlicher Täter wäre, würden wir von einem Serienmord ausgehen. Und Serienmord beginnt bei drei.« Und dann kam etwas, das den Herrn Karl sehr enttäuschte. »Aber im Übrigen«, wurde ihm mitgeteilt, »sind wir nur für Verbrechen an Menschen zuständig. Nicht für solche an Tieren. Schon gleich nicht, wenn es sich um tierische Täter handelt.«

Die Tierärztin, die im Haus neben Mario Wohlleben und Locke ihre Praxis hatte, meinte: »Nein, auf diesem Gebiet hab ich keine Erfahrung. Aber wenn wieder etwas passieren sollte, rufen Sie mich dazu, sobald Sie die Tat entdeckt haben. Anhand der Verletzungen kann ich dann vielleicht mehr sagen.«

Der Bene machte sich seine eigenen Gedanken. Bei allem, was er tat, hielt er die Augen offen. Er war wachsam und versuchte, eine schützende Hand über die Tiere und das ganze Himmelreich zu halten. Seine Zuversicht war grenzenlos.

»Dein ist mein ganzes Herz« aus einer Lehár-Operette sang der Herr Karl den lieben halben Tag für die Resi. Er wollte sie auf andere Gedanken bringen. Er ahnte, dass sie ihn noch immer im Verdacht hatte, in Gedanken der Karla nachzuhängen. Sie hatte das auch schon einmal klar zum Ausdruck gebracht. Vollkommen würde er ihr Misstrauen auch durch seinen Gesang nicht ausräumen können. Die Sorge, Karla könnte wieder aufkreuzen, saß bei seiner Resi tief. Doch einen Versuch war es wert.

Professor Simon Feyertag stand meilenweit über solchen Kleinigkeiten. Darüber war er erhaben. »Das mit den toten Viechern«, wie er's nannte, sah er nicht so eng. Aus den Hühnern konnte man eine gute Suppe machen, aus den Ziegen … nun, er war kein Spezialist. »Aber irgendwie verwerten wird man sie doch können, oder?«, fragte er den Herrn Karl.

Nein, so richtig verstehen konnte er die ganze Aufregung dieser Leute nicht. Ein Tier war ein Tier und hatte der Menschheit zu dienen. Bei Hunden, nun ja, da ließe er noch mit sich reden. Dieser Caruso zum Beispiel, der war wirklich ein originelles Tier. Wenn er einen aus seinen braunen Augen ansah, hatte er etwas Menschliches an sich. Aber eine Ziege, diese Kuh des kleinen Mannes!

Er löste sich von solchen Gedanken. Er hatte wahrhaftig anderes, Wichtigeres im Kopf und im Sinn. Lange hatte er mit sich gerungen. Sollte er Karla anrufen oder nicht? War er verliebt oder nicht? Er war sich nicht sicher. Sein ganzes Leben lang hatte sich bei ihm vieles um die Liebe gedreht.

Liebe. Diese edelste aller Geistesschwächen und dennoch die stärkste Macht der Welt. Wie oft hatte Simon die Liebe schon genossen. Er hatte sich nicht zu beklagen. Und nun war er vom ersten Moment an auf Karla geflogen. Karla mit der faszinierenden Nase. Karla, von der er so gut wie nichts wusste. Er hatte schon überlegt, ob er sie eher als interessante Patientin sah oder doch als sehr feminine Frau. Frauen waren für Simon meist ein Rätsel gewesen. Dessen Lösung hatte er dann bei der nächsten gesucht.

Simon Feyertag war nie verheiratet gewesen. Er hatte in München und Mailand Medizin studiert und war danach Facharzt für Dermatologie und Geschlechtskrankheiten geworden. Irgendwann hatte er Hautkrebsuntersuchungen und -operationen satt. Er lief über zu den Schönheitschirurgen, die er vorher als Halsabschneider belächelt hatte. Die er als Mediziner betrachtet hatte, die dem Herrgott ins Handwerk pfuschten.

In einer Klinik am Starnberger See war er bei einem berühmten Professor mit den Kniffen dieser Branche vertraut gemacht worden. Er war geschickt und fand mehr und mehr Freude an dem Beruf. Mit dem Geld, das er zur Seite gelegt hatte, übernahm er die Praxis eines älteren Kollegen in Hamburg, der sich zur Ruhe setzte. Seine Liebe zu Bayern und den Bergen legte er dabei nie ab.

Schönheitschirurgen sehen oft gut aus. Simon war nicht nur gut aussehend, er war über die Maßen attraktiv. Er hatte eine Stimme mit Nachklang und kleidete sich gut, aber nie aufdringlich oder pompös. Sein Charme fesselte jedermann. Von den Frauen wurde er umschwärmt, von seinen Patientinnen verehrt. Er hatte die Wahl. Und er kostete seine Freiheit aus.

Und jetzt die Sache mit Karla. Er joggte durch den Wald und überlegte, wie er da hineingerutscht war. Was an ihr so anders war als an den anderen. Was ihn an ihr faszinierte. So stark faszinierte, dass der Gedanke an sie zu einem Dauerzustand wurde. Jedes Mal, wenn seine Praxis aus der Hansestadt anrief, hoffte er beim ersten Klingelton, sie sei es. Doch jedes Mal irrte er. Hatte sie ihn vergessen?

Er war eine Strecke bergab gelaufen und wendete sich nun nach Westen, wo der Pfad wieder bergauf zum Hotel führte. Irgendwann im Halbdunkel zwischen hohen Bäumen und Gestrüpp stolperte er beinahe über eine Gestalt in kurzen Hosen mit langem angegrauten Haar und Rauschebart. Dieser Mann hatte im Hotel den Rabatz gemacht, bevor Karla abgereist war.

Der Mann sah zum Fürchten aus. Er musterte Simon durch seine Nickelbrille, rümpfte die Knollennase und marschierte grußlos weiter. Gewöhnlich grüßte man sich hierzulande, wenn man sich in der Einsamkeit begegnete. Seltsamer Typ, dachte er und lief weiter bergauf. Der Seltsame warf ihm etwas hinterher, das wie ein Fluch klang.

Als er nach einer knappen Stunde keuchend und schwitzend im Himmelreich ankam, musste er feststellen, dass er mit seinen Gedanken die meiste Zeit bei Karla gewesen war.

»Grüß Gott, Herr Professor!«, wurde er schon von Weitem vom Bene begrüßt. Der Alte stand im Arbeitsanzug mit Maximilian an der Hand in der Einfahrt. »Heut waren S' aber lang unterwegs. Reschbeckt, Herr Professor!«

Simon lächelte gequält und winkte zurück. Die Ungewissheit zerschliss sein Nervenkostüm. Doch er war es gewohnt, sich selbst aus dem Sumpf zu ziehen und seinem Abenteurergeist neuen Auftrieb zu geben.

Sein Gedankengang wurde radikal unterbrochen, als er im Haus dem Herrn Karl begegnete. Zum ersten Mal fiel ihm auf, dass der Inhaber eine gewisse Ähnlichkeit mit Schuhbeck, dem Fernsehkoch, hatte. Die Nase, die vorstehenden Augen, die Beleibtheit, das schüttere rötliche Haar. Vielleicht pflegte er diese Ähnlichkeit auch, denn er trug seit Neuestem nicht mehr eine einfache weiße Schürze als Arbeitsanzug, sondern eine blütenweiße hochgeschlossene Jacke, die über dem Bauch ziemlich spannte, und eine schwarze Hose mit dezent weißen Streifen.

»Die Frau Dr. Winter hat angerufen«, verkündete der Herr Karl hinter vorgehaltener Hand, als würde er einen Goldschatz in seinem See verraten. »Und ich soll Sie herzlich grüßen.«

Simon durchzuckte ein Blitz. Doch um alles in der Welt musste er cool bleiben. »Aha«, sagte er. »Und was wollte sie, die Frau Doktor?« Er fühlte sich innerlich wie ein Schüler vor einem Date. Mit anderen Worten: Seine Nerven lagen plötzlich blank.

Karl schaute sich um. Doch außer Maximilian, der Simon gefolgt war, und Caruso, der Maxi gefolgt war, stand niemand herum. »Eigentlich sollte ich nicht darüber sprechen«, sagte er, »aber Sie gehören ja fast schon zur Familie. Die Frau Doktor hat sich doch so intensiv nach Hochzeitsdingen erkundigt. Das Kircherl und so. Und nun will sie tatsächlich eine Hochzeit planen.«

Simon blieb fast das Herz stehen. Er blies die Backen auf, was gar nicht seine Art war. »Sie will heiraten?«, fragte er nervös.

Caruso spürte die aufkommende Unruhe. Er nahm den Kopf runter, stupste Simon mit der Schnauze in die Kniekehle und jaulte ein bisschen. Jaulen bedeutet in der Hundesprache so etwas wie Mitgefühl, Ansporn, Bedauern, Verständnis.

Der Maxi legte einen Arm um Caruso. »Lieber Herrgott«, sagte er leise, »lass sie heiraten. Bei uns.«

»Nein!« Karl schüttelte heftig den Kopf. »Nicht sie selbst will heiraten. Sie macht das für ihre beste Freundin. Das bedeutet, wir werden eine weitere Hochzeit ins Himmelreich bekommen.«

Kaum hatte er ausgesprochen, als ein ziemlicher Tumult im Eingangsbereich begann. Bessy wollte herein, doch Resi wollte nicht, dass Bessy hereinkam.

»Bleib draußen, du dreckiges Hundsviech«, rief sie zornig. »Ich hab keine Lust, alles wieder sauber zu machen.«

»Lass nur, Resi«, besänftigte sie der Bene, der an der Schwelle stand. »Ich mach das schon, falls sie Dreck hereinbringt. Sie ist gerade mit dem Bus gekommen und will zu ihrem Freund.«

Die Bessy war aber nicht mit dem Bus gekommen, sondern von unten am Berg. »Du musst sofort mitkommen«, raunte sie Caruso zu. »Sonst ist alles vorbei. Der Bellheim wartet schon.«

So viel Zeit musste sein. Die beiden Verliebten turtelten auf dem Weg zur Nerzhütte herum, dass man rot hätte werden können, wenn man sie beobachtet hätte. Zwischen den Bäumen spielten sie Fangen wie zwei übermütige Kinder, ihre Verehrung füreinander und ihre Zärtlichkeit waren hautnah und wollten kein Ende nehmen. »Schau mir in die Augen, Kleines!«

Dann waren sie da. Bellheim hatte sich am Zaun der Nerzhütte auf die Lauer gelegt. Die Ohren standen senkrecht nach oben und bewegten sich im Takt der Geräusche, denen er lauschte. Wegen Bessy und Caruso wendete er kaum den Kopf. »Schaut hin!«, rief er leise mit einem Kopfnicken aus.

Sie schauten hin.

Auf seinem Grundstück arbeitete Rosenblatt mit einer Schaufel. Um ihn herum wuselten die Nerze. Sprangen ihm zwischen den Beinen herum und auf die Schulter. Er war's offenbar gewohnt. Je tiefer er hineinstach und je mehr Erde er herausholte, desto intensiver wurde der üble Geruch, unangenehm sogar für Hundenasen. Caruso hielt nichts mehr zurück. Er schlich an Bellheim vorbei so nahe an den Zaun heran, wie es nur eben ging.

Ihm blieb nur kurz die Luft weg. Der Mann grub Leichen aus. Und der Gestank, der dick wie Brei in der Luft lag, war Aasgeruch.

Das, was Rosenblatt ausgrub, waren Nerze. Tote, halb verweste Nerzkörper. Von der gleichen Art wie die Tierlein, die lebendig um ihn herumsprangen. Weder Bellheim noch Caruso, schon gleich nicht Bessy konnten mit diesen Aktivitäten etwas anfangen. Warum grub dieser Mensch Kadaver aus?

***

*Lieber Herrgott,*
*heute hab ich mitgekriegt, wie die Karla angerufen hat. Sie hat sich nach Hochzeitssachen erkundigt. Ist schon verdächtig. Erst rennt sie hier rum und schaut sich alles an, was für eine Hochzeit wichtig ist, und erkundigt sich nach allem Möglichen. Und jetzt hackt sie noch einmal drauf rum. Ganz schön cool.*
*Du kannst dir vorstellen, dass ich schwanke. Bisher war ich immer a bisserl in die Resi verliebt. Aber seit die Karla da war, bin ich nicht mehr so sicher, wen ich einmal heiraten soll. Kannst du mir da nicht weiterhelfen? Bitte, lieber Herrgott? Denn wenn ich in die Karla verliebt bin, sieht es ganz so aus, als würde mir der Professor in die Quere kommen. Und wenn ich auf die Resi steh wie bisher, krieg ich Schwierigkeiten mit dem Papa. Das Leben ist ganz schön haarig und verdammt schwer!*
*Der Caruso hat's da leicht. Ich weiß, dass der auch in die Bessy verliebt ist. Niemand sonst weit und breit. Nur die Bessy. Kein Professor, kein Papa. Heute sind sie wieder losgerannt, keine Ahnung, wohin. Aber ich weiß, dass sie dem Mörder auf der Spur sind.*

*Und damit komme ich zum Thema, das mich auch so beschäftigt. Eigentlich solltest du das ja selbst wissen, weil du der liebe Gott bist, der alles weiß. Aber ich schreib dir's vorsichtshalber.*
*Wer hat die Hühner und die Ziegen umgebracht? Kannst du mir das verraten? Das hätte ich gern von dir gewusst. Aber so einfach ist das wahrscheinlich nicht. Wie sollst du es mir auch sagen oder mich sonst wie wissen lassen? Reden hat dich noch keiner gehört, hab ich mir sagen lassen. Aber du könntest wenigstens denen helfen, die auf der Suche nach dem Mörder sind. Also dem Caruso und dem Bellheim. Und der Polizei. Denn diesem Viech möchte ich schon ins Gesicht sagen, dass es eine Drecksau ist, eine elendige, wenn es wehrlose Hühner und Ziegen umbringt.*
*Ich hab die armen Tiere gesehen, lieber Herrgott, du weißt es. Ich heule ja nicht so leicht, und ich baue auch viel Scheiß. Aber da sind mir schon die Tränen gekommen. Geht einfach hin und schneidet denen den Hals ab, die Drecksau, die elendige. Entschuldige, wenn ich das so schreibe. Aber wir sind ja hier nicht in der Kirche.*
*Also abgemacht? Ich versprech dir, ich hör auf, den Professor zu ärgern und dem Caruso auf den Schwanz zu treten, wenn ich merke, dass du verstanden hast und zupackst. Okay?*
*Bis bald, Bussi, lieber Herrgott, dein Maxi.*
*P.S.: Falls das mit der Resi und der Karla beides nicht funktioniert, wie wär's dann mit der Carmen Wiesenschön? Kannst du mir da einen Tipp geben?*

# 13

»Kommen Sie, Herr Professor, ich zeig Ihnen was.« Der Herr Karl nahm Simon am Arm, was sonst gar nicht seine Art war, und führte ihn nach draußen.

»Was denn? Die Hochzeitskirche kenn ich schon.«

»Die Luitpoldhöhle will ich Ihnen zeigen. Sie liegt ganz versteckt. Die muss man gesehen haben. Ich kann gerade freimachen, und da hab ich mir gedacht –«

»Warten Sie, ich zieh mir gerade noch was Passendes an.«

»Etwas, das auch dreckert werden kann, bitte. Wir werden anfangs ein bisserl kriechen müssen.«

Fünf Minuten später stand Simon wieder neben Karl. Sie sahen sich an und mussten lachen. Beide hatten über ihren Wanderstiefeln Jeans und ein kariertes langärmeliges Hemd an und trugen jeder eine Fleecejacke über dem Arm. Karl hatte dazu einen mittelgroßen Rucksack dabei. Niemand hätte Simon für einen Schönheitschirurgen gehalten oder Karl für einen Meisterkoch.

Karl ging voraus. Sie marschierten sozusagen über Stock und Stein, wobei der Stein sich mehr und mehr zu ansehnlichen Felsbrocken entwickelte. Der Herr Karl erwies sich als geübter, erstaunlich behänder Kletterer.

»Hundert Jahre Bergwacht«, meinte er fast entschuldigend, denn Simon hatte mehr und mehr Mühe mitzukommen und war froh, als sie ein Stück weiter oben über freies Feld und eine nur leicht ansteigende Schotterebene kamen.

Schroffe Wände tauchten vor ihnen auf, in gleißendes Licht getaucht. Simon meinte, das Wasser des Bachs riechen zu können, an dem entlang sie eine Strecke bergauf schritten. Er blieb kurz stehen und beobachtete eine Libelle, die im Slalom tief übers Wasser fuhr.

»Dieser Bach entspringt in unserer Höhle«, rief der Herr Karl. »Gleich haben wir's geschafft!« Hier in freier Natur und in Freizeitkleidung sah er viel jünger und schlanker aus als in seinem Beruf als Gastgeber.

Simon gab sich ganz der Melancholie der Landschaft und der Einsamkeit hin. Er hätte noch Stunden so weiterlaufen können. »Ein wunderschöner Tag«, rief er aus. »Danke, Herr Karl!«

Sein Führer machte eine segnende Gebärde. »Jeder Tag ist ein kleines Leben«, sagte er bedeutungsvoll. Und nach einer kurzen Pause: »Da sammer. Hier ist die Höhle. Oder Grotte, wenn Ihnen das besser gefällt.«

Simon hielt Ausschau nach einem Loch im Fels, einer Öffnung im Boden, nach irgendeiner Form des Einstiegs. »Wo?«

»Durst?«, stellte Karl die Gegenfrage. »Ich hab Wasser dabei.« Er ließ den Rucksack zu Boden. Als Simon verneinte, stieg er über einen wilden Ginsterbusch, schob mit der einen Hand eine Felsplatte zur Seite und machte mit der anderen eine einladende Handbewegung. »Die Luitpoldhöhle.«

Durch einen schmalen Schlitz, dessen Durchquerung einem Fuchs Ehre gemacht hätte, krochen sie ins Innere und mussten gleich ein weiteres Hindernis überwinden. Ein Tropfsteingebilde, das ihnen den Weg versperrte. Der Schein von Karls Stirnlampe am roten Helm wanderte zielbewusst umher. Nach dem Hindernis stießen sie auf einen kleinen See, hinter dem sich die Höhle ins Unendliche zu erstrecken schien.

»Dort hinten ist die Quelle«, sagte Karl und richtete den Schein seiner Lampe auf etwas Undeutliches im Hintergrund. »Die Quelle speist diesen unterirdischen See, und der bildet draußen den Bach, an dem wir raufgekommen sind.«

»Au!«, stieß Simon aus. »Ich glaub, ich hab mir den Fuß verstaucht.«

»Ja, man konnte es hören«, murmelte Karl unwirsch. Weiter ging er nicht darauf ein. »Diese Höhle hab ich mit Elisabeth entdeckt.«

Nach einem Augenblick der Stille erklärte er: »Meine verstorbene Frau.« Die Trauer war ihm selbst im flackernden Licht des Halbdunkels noch anzumerken. »Es war reiner Zufall. Sie ist gegen irgendein Hindernis gestoßen, und ratzfatz war da das Loch im Fels. Der Eingang. Wir haben die Höhle der Bergwacht vermacht, und Elis hat ihr damals den Namen gegeben. Nicht nach dem Prinzregenten, dem mit der gleichnamigen Torte. Nein, nach ihrem Vater. Luitpoldhöhle. Die steht jetzt offiziell mit diesem Namen im Höhlenatlas.«

Eine Weile drangen sie noch weiter ins Innere vor.

»Geht's noch?«, fragte Karl zwischendurch ungerührt.

»Ja«, keuchte Simon durch zusammengebissene Zähne.

Karl beleuchtete Wände, Decken, Stalagmiten, Stalaktiten, Stalagnate, erklärte den Blumenkohlsinter und die Höhlenperlen und das … bis er schließlich merkte, dass dem Professor im Stehen die Augen unter dem Helm zufielen. Da riet er zur Rückkehr.

Ächzend schaffte es Simon, sich durch den Eingangsspalt der Höhle nach draußen ins Licht zu zwängen. Er hielt sich die Hand vor die Augen und blinzelte in die pralle Sonne.

»Lassen Sie mal sehen.« Karl bückte sich und nestelte ungefragt an Simons Jeans herum. Er tastete die Gegend um den rechten Knöchel herum ab. »Hm. Spüren und sehen tut man nichts. A bisserl rot ist es halt. Im Rucksack hab ich eine Salbe dabei. Ich könnte vorsichtshalber –«

»Nein, nein, lassen Sie nur. Das wird schon gehen.«

»Ich muss also nicht die Bergrettung alarmieren.«

Simon konnte Karls Ironie nicht einschätzen. War es ernst gemeint, oder wurde er auf den Arm genommen?

Karl marschierte voraus und sah sich suchend um. An einem quer liegenden Baumstamm machte er halt. »Kleine Brotzeit gefällig?«, forderte er unweit des Höhleneingangs auf.

Simon nickte erfreut. Er war müde. Erschöpft, besser gesagt.

»Darf ich Sie was fragen, Herr Professor?« Um Karls Mund zuckte es.

Mit unendlicher Langsamkeit kam Simon nach der Enge und der Drangsal in der Höhle wieder zu sich. Durch ein Dach aus Blättern und Nadeln nahm er die Wärme der Sonnenstrahlen wahr, die Farben um ihn her, den Reigen der wogenden Heidelbeersträucher, das sanfte Rauschen des Windes in den Bäumen. Es war mitten am Tag, und die Welt war friedlich.

Mehr und mehr fühlte er sich erleichtert und beschwingt wie nach einer gelungenen Operation. Und diese Natur! Salami aus der Hand, ein Kanten Bauernbrot und Quellwasser im Pappbecher statt Roastbeef mit Messer und Gabel.

»Aber gern«, sagte er. »Fragen Sie nur.« Er war gespannt darauf, was kam.

Der Herr Karl kaute auf seiner Unterlippe herum und fragte schließlich. »Sie haben viel mit Frauen zu tun, hab ich recht?«

Simon nickte unmerklich.

Sehr schnell schälte sich heraus, was Karls Problem war und woher seine Furcht rührte. »Alles geht kaputt, weil heutzutage jeder immer alles haben will. Das gilt für Männer und Frauen. Als ich meine Elisabeth geheiratet hab, war es ganz selbstverständlich, dass man ein Leben lang zusammengehörte und sich mit keinem anderen einließ. Das soll nicht heißen, dass Mann und Frau nicht jeder ihre Freiheit haben sollen. Die steht ihnen auch zu. Sie müssen wissen, dass die Frauen in früheren Zeiten hier auf dem Land wie … na ja, wie Sklavinnen gelebt haben …«

Simon war während Karls Monolog unruhig hin- und hergerutscht und hatte vermieden zu essen, um nicht mit vollem Mund sprechen zu müssen. Nun aber unterbrach er den Redefluss. »Was ist es, Herr Karl«, sagte er, »was Sie mich fragen wollen?«

Karl hob eine Hand. »Gleich, gleich. Ich weiß schon, was ich Sie fragen möchte. Ist es nicht so, dass wir Verantwortung für den anderen übernehmen, wenn man in einer Partnerschaft lebt? Ich sag's Ihnen. Ja, wir übernehmen Verantwortung. Jeder für den anderen mit. Wenn einer versagt oder wenn beide zusammen versagen, sind sie schlecht dran. Und jetzt kommt meine Frage.« Karl verschränkte die Arme vor der Brust und sah dem anderen in die Augen.

»Na, Sie machen's aber spannend.«

»Offiziell ist's nicht. Aber Sie werden vielleicht gemerkt haben, dass ich mit der Resi zusammen bin. Schon ein gutes Jahr geht das so. Meine Elis ist jetzt gut vier Jahre tot. Sie war eine toughe Frau. Bergführerin. Skilehrerin. Mit mir bei der Bergwacht. Naturschützerin. Sie ist in einer Lawine gestorben damals. Da war die Resi schon im Betrieb. Und erst seit einem Jahr hab ich was mit ihr. Sie könnt ja meine Tochter sein, die Resi. In ihrer Generation sieht man alles viel lockerer. Viel Freiheit und keine Verpflichtungen. Aber andersrum – mich will sie an die Kandare legen. Als ich mit der Dr. Winter neulich ein bisserl rumgeflirtet hab – nur so aus lauter Spaß an der Freud –, war ich gleich unten durch bei der Resi. Einen geilen Bock hat sie mich geschimpft. Und gleich am nächsten Tag meinte sie, dass sie nichts mehr mit mir zu tun haben will. Finden Sie das gerecht?«

Richtiggehend in Rage geredet hatte sich der Herr Karl. Nun musste er einen Moment Luft holen.

Simon war aufgestanden und hörte sich die ganze Geschichte im Stehen an. Die Hände hatte er in die Gesäßtaschen seiner Jeans gesteckt. Von verstauchtem Fuß merkte man ihm nichts an. Keine Spur, denn er trat von einem Fuß auf den anderen. Es war deutlich, dass er den Karl ausreden lassen wollte.

»Meine Frage ist: Soll ich die Resi heiraten?« Jetzt war es raus. Karl blies die Backen auf und ließ die Luft in einem zischenden Ton wieder ab.

Simon hatte einige Mühe, ein Schmunzeln zu unterdrücken. »Ja, ja, die Frauen«, sagte er. »Die Rätselecke in Gottes großer Weltzeitung.« Dann wurde er wieder ernst. Er setzte sich neben Karl auf den Baumstamm und sprach leise. »Wissen Sie, warum ich nie geheiratet habe? Weil ich es mir, nur um eine einzige Frau zu gewinnen, mit allen anderen verdorben hätte. Ich hätte hundertmal heiraten können. Aber nach reiflicher Überlegung habe ich schließlich darauf verzichtet.«

Karl konnte Simon nicht ansehen, ob er das jetzt ernst meinte oder nicht. Über ihnen nahm eine Krähe krächzend Reißaus vor etwas Unbekanntem, das sie erschreckt hatte. Blätter taumelten wie kleine Fallschirme zu Boden. Ameisen versteckten sich in ihrem Schatten.

»Ob Sie die Resi heiraten sollen? Lassen Sie mal überlegen.« Er räusperte sich. »Es geht Ihnen ja nicht in erster Linie darum, die Art zu erhalten. Lieben Sie die Resi? Wollen Sie Freude geben und empfangen? Aber deswegen müssen Sie nicht heiraten. Wenn man sich sicher ist, dass man liebt, kann man heiraten, muss aber nicht. Liebe – was ist das denn? Ein Rock 'n' Roll der Hormone. Zuneigung on the rocks. Der Versuch der Natur, den Verstand aus dem Weg zu räumen. Die Gabe, einen Menschen so zu sehen, wie er nicht ist. Der Frau recht geben, wenn sie unrecht hat. Eine schwere Geisteskrankheit, hat schon Platon gesagt.«

Simon lehnte sich zurück und faltete die Hände hinter dem Nacken. »Schwer zu sagen, Herr Karl. Speziell bei der Resi. Wie Sie schon sagen, sie könnte Ihre Tochter sein. Und Sie sind für ihre Verhältnisse wahrscheinlich eine gute Partie, wie man so sagt. Aber wenn Sie das Gefühl haben, nicht ohne Resi leben zu können – sie immer bei sich haben zu wollen –, wenn Sie das Bedürfnis haben, sie zu beschützen und in den siebten Himmel zu heben, wenn es auch ökonomisch praktisch ist und Sie das Hotel zusammen führen wollen, gleichberechtigt, versteht sich, dann heiraten Sie Ihre Resi, verdammt noch mal. Warum zögern Sie?«

Karls Augen leuchteten wie die eines Sechsjährigen beim Kindergeburtstag. Er stemmte sich mit den Armen hoch, sagte »Ja mei, wenn Sie das sagen« und ging auf dem Weg nach unten voran. »Nicht schlecht, was Sie da raten«, warf er Simon noch zu. Dann schmetterte er die »Habanera« aus der Oper Carmen, »Die Liebe ist ein wilder Vogel«, auf Französisch durch den Bergwald. Außer dem Gesang war es still im Gehölz. Man hatte den Eindruck, alle Tiere lauschten.

Zuerst meinten sie, es seien die Geräusche des Waldes. Doch je weiter bergab sie gerieten, desto mehr hörte es sich wie Hundegebell an.

Simons Fußgelenk schmerzte, aber er wollte sich keine Blöße geben. Schmerz war etwas für Mädchen.

»Ein Hund«, sagte Karl und deutete in die Richtung.

»Nein, das sind mehrere Hunde«, sagte Simon mit großer Bestimmtheit. Mit Hunden kannte er sich aus. Bellende, von Flöhen bewohnte Organismen. Caruso war eine Ausnahme. Der einzige Hund, den Simon mochte.

Das konnte er sofort unter Beweis stellen. Sie waren den Geräuschen gefolgt, traten aus dem Wald und kamen auf eine Lichtung, auf der Büschel von Margeriten und Arnika wuchsen. Dort war Caruso. Caruso wütete. Es schien, er bellte etwas an, das am Boden lag. Ihm gegenüber stand lauernd ein ergrauter Hund, blickte ebenfalls nach unten und krächzte laut.

»Bellheim«, sagte der Herr Karl.

Simon hatte sich auf einem bemoosten Felsbrocken niedergelassen, Karl setzte sich daneben ins Gras.

»Sehen Sie das Gleiche wie ich?«, fragte Simon.

»Zwei Hunde und ein Fuchs«, sagte Karl.

»Sie nehmen den Fuchs in die Zange. Was haben sie vor?«

Karl zuckte mit den Achseln. »Spielen wollen sie bestimmt nicht mit ihm.«

Fünfzig Meter hinter ihnen fuhr ein Traktor auf dem Forstweg vorbei. Wie in einem Film schien sein Motorgeräusch die Szene mit den Tieren einzufrieren.

Fasziniert sahen die beiden Menschen hin.

Es war nicht einfach gewesen, den Fuchs aufzutreiben. Sie hatten ihn schließlich in seiner Höhle gefunden. Bellheim bewachte den Ausgang des Fuchsbaus, Caruso versuchte, den Bewohner herauszutreiben.

»Er ist noch drin«, meinte Caruso.

Zur Bestätigung tappte Bellheim zweimal mit der Vorderpfote auf den Ausgang der Röhre. Sand bröselte. Ein scharfer Geruch zog ihnen in die Nase.

»Komm heraus, komm heraus, wir müssen mit dir reden!«, rief Caruso bestimmt. »Wir tun dir nichts. Nur ein paar Fragen stellen. Komm heraus, Fuchs, wenn du kein Feigling bist.«

Bellheim gab ihm einen Wink und nickte zur Lichtung hin.

Caruso warf einen kurzen Blick nach hinten. Das hatte gerade noch gefehlt. Der Chef mit seinem Besuch. Doch die Menschen blieben stehen und kamen nicht näher.

»Komm heraus!«

Danach schwieg er. Der ganze Wald schwieg. Der Fuchs keckerte »K-k-k-k« vom Eingang her. Darauf folgte ein heiseres Husten. Schließlich zeigte sich eine rot-weiße Pfote, nach einer Weile der ganze Fuchs.

»Was wollt ihr von mir?«, fragte er. »Ich kaufe nichts an der Haustür.« Seine Ironie klang wie angstvolles Rufen im finstren Wald.

Bellheim platzierte sich neben Caruso, als der Traktor bergwärts fuhr. Wie im Verhörraum hatte der Fuchs vor seinem Bau die Vorderläufe auf der Erde ausgestreckt, den buschigen roten Schwanz hinter sich geringelt.

Bellheim setzte seine ernsteste Miene auf. »Wo warst du in der Nacht vom Vierzehnten –«

»... auf den Fünfzehnten?«, unterbrach der Fuchs gewichtig. »Eure Fragerei hat sich rumgesprochen. Hier ist meine Antwort: Ich war auf Streifzug. Wie meistens nachts. Aber nicht im Entferntesten in der Gegend um das Himmelreich.«

Er war ein hübscher Rotfuchs. Oben rotbraun mit einem schwarzen Streifen auf dem Rücken, der Bauch weiß-braun gescheckt. »Ich bin absolut unschuldig. Und an Ziegen würde ich mich nie heranwagen.«

»Aber an Hühner?«, stieß Bellheim schlagartig in die Lücke.

Der Fuchs wedelte mit dem Schweif die Nadeln hinter sich auf. Es roch nach Tannengrün. »Die Frage habe ich erwartet. Wie gesagt, ich bin recht selten im Himmelreich. Und wenn, dann suche ich nach Abfällen aus der Küche. Ist doch viel bequemer als Hühner killen.«

Bellheim baute sich in seiner ganzen Größe vor ihm auf. »Und die roten Haare, die wir im Zaun gefunden haben? Sie sind identisch mit deinen Haaren.« Niemand hätte Bellheim zugetraut, wie behände er war. »Hier«, sagte er triumphierend. »Bitte.« Bevor der Fuchs es sich versah, hatte der Hund ihm ein Büschel Haare aus der Seite gepflückt.

»Au«, machte der Fuchs mit einer Mischung aus Beleidigtsein und Zorn im Gesicht. »Du vergehst dich an einem freien Bürger. Die Freiheit ist unverletzlich. Das deutsche Grundgesetz gilt auch für Füchse.«

»Papperlapapp. Wir werden jetzt noch deinen Bau untersuchen. Wer weiß, was sich da noch alles versteckt.«

Caruso warf einen verstörten Blick auf Bellheims Körperumfang.

»Nicht ohne eine Durchsuchungsanordnung«, protestierte der Fuchs. »Und nur über meine Leiche.« Auf dem Hinterteil rutschte er zurück und versperrte den Eingang zum Bau. »Hier sitze ich und kann nicht anders.« Sein Schweif machte sich selbstständig und legte sich wie ein Schnurrbart vor sein Maul. »Wenn ihr brav seid, kann ich euch vielleicht einen Tipp in eurer Angelegenheit geben.«

Die Hunde sahen sich an und verständigten sich durch Blicke. Der Kerl hatte kein zugkräftiges Alibi, so viel war klar. Aber sie hatten so gut wie keinen Beweis. Ihn wenigstens anzuhören wäre ein gangbarer Kompromiss in dieser verfahrenen Situation. Von Kompromissen lebte schließlich das gesamte Rechtssystem.

Carusos Spannung stieg, und er hatte das nagende Gefühl, dass es etwas bringen könnte, den Kerl reden zu lassen. »Lass hören!«, knurrte er.

Er sollte recht behalten. Das, was sie zu hören bekamen, war vielleicht das viel gerühmte Licht am Ende des Tunnels.

# 14

Der Traum ist die Reparaturwerkstatt der Seele. Das wurde auch dem Herrn Karl klar, als er am nächsten Morgen wie jeden Tag schon sehr früh ins Zimmer seines Sohnes schaute. Der kleine Maximilian wälzte sich in seinem Bett hin und her, er schlug um sich, die Augenlider klappten auf und zu, und doch war er vollkommen abwesend, als sein Vater ihn endlich wach bekam und ihn im Arm hielt.

»Maxi, was ist? Was hast du geträumt?« Mit seinem blütenweißen Taschentuch wischte er die Tränen aus dem bleichen Gesicht. Maxi wusste es nicht genau. Er war noch vollkommen geschockt.

»Ich glaub, von Mama hab ich geträumt.«

Diesen Traum kannte sein Vater schon. Maximilian sah seine Mama, wie sie mehr und mehr und immer weiter in die Lawine eingewickelt wurde, ohne sich befreien zu können. Manchmal bekam sie in diesem Traum keine Luft mehr und erstickte. Manchmal aber lebte sie, und das waren die besonders schrecklichen Träume. Es war schon vorgekommen, dass Karl mitten im Sommer mit Maxi in die Berge fuhr, um ihm zu zeigen, dass seine Mama nicht da draußen umherirrte.

»Nein, ich glaub, ich hab von den Ziegen geträumt.« Der Bub war verzweifelt. »Hab ich Alzmeier?«, fragte er. »Ich muss doch wissen, was ich geträumt hab.«

Sein Vater wechselte das Thema. »Weißt du, was der Professor und ich gestern im Wald gesehen haben?«

Maxi strich sich ein letztes Mal mit dem Handrücken über die Augen und lächelte erwartungsvoll. »Ein Gespenst? Wahnsinn!«

Karl musste lachen. »Ja, so was Ähnliches. Wir haben gesehen, wie sich Caruso und der … der … der große Hund ausm Dorf …«

»Der Bellheim?«

»Ja, der. Wie die sich mit einem Fuchs unterhalten haben. Es war, als ob sich die Blümleins an ihrem Tisch unterhalten. Natürlich haben sie sich nicht wirklich unterhalten, sie haben ganz normal gebellt. Aber für unsere Ohren hat es so geklungen.«

»Freilich«, redete der Maxi gescheit daher, »Füchse und Hunde sprechen die gleiche Sprache. Wölfe reden ganz anders. Die könnten einander nicht verstehen.« Er glitt mit den Füßen voraus aus dem Bett.

»Wieder alles klar?«, vergewisserte sich der Herr Karl.

»Alles klar, Papa. Ich bin wahnsinnig putzmunter.«

»Weißt was, Maxi? Heute gehst du einmal mit dem Norbert Blümlein spielen. Der Bub fühle sich a weng vernachlässigt, sagt die Frau Blümlein. Ist das okay?«

»Okay. Der Norbertle ist wie ein Feuer, das entzündet werden muss«, verkündete er mit glänzenden Augen.

Sein Vater staunte nicht schlecht. »Und jetzt putz dir die Nase«, sagte er.

Das breite klapprige Tor quietschte laut, als Maximilian es zur Seite schob. Geruch von vermodertem Heu schlug ihnen entgegen.

»Komm, Norbertle. Hier drinnen ist das Geheimnis.«

Sobald sich Norberts Augen an die Dunkelheit gewöhnt hatten, meinte er, im Hintergrund der Scheune ein unruhiges Flimmern wahrzunehmen, wie von einem Fernsehgerät. »Des gibt's ned«, flüsterte er.

»Pssst! Leise«, flüsterte Maxi.

Gebückt, alle Nerven gespannt, drang Norbert weiter vor. Da waren Stimmen. Aufgeregt. Schreie. Schüsse. Der Geruch nach Pulverdampf.

»Aufpassen!« Maxi nahm ihn an die Hand.

Der Apparat stand auf einem Holzbrett, das provisorisch über zwei Balken gelegt war, und tauchte eine Szenerie in sanftes Licht, die den fremden Buben so in ihren Bann zog, als stünden Cinderella und der Wolf leibhaftig vor ihm. Es war tatsächlich ein Fernseher.

Davor kauerte ein Huhn.

»Das ist Frieda«, erklärte Maxi.

Frieda hockte vor dem Fernsehschirm, hatte sich mit dem linken Bein auf einer Stuhllehne festgehakt und das rechte Bein eingefahren. Frieda verfolgte einen Western im Mittagsprogramm.

Das Norbertle prustete los, krümmte sich vor Lachen und deutete immer wieder auf das Huhn, das sich in seiner Fernsehandacht nicht weiter stören ließ. Norbert sah weg, drehte sich um und sah wieder hin. »Das muss ich … hahahahaha, der … hihihi … nachher … der Mama sagen.«

Maxi wurde von dem Gelächter angesteckt, und beide Buben kriegten sich nicht mehr ein. »Wahnsinn!«

Unbeirrt starrte Frieda auf die Mattscheibe. Ab und zu gackerte sie zaghaft und beifällig, hie und da wechselte sie das Standbein.

»Was ist denn hier los?«, ließ sich eine gewaltige Stimme vom Scheunentor her hören.

Benedikt. Er hatte einen blauen Monteuranzug an, eine Kappe auf und steckte in Gummistiefeln.

»Ach so, ihr seid's. Geht's euch gut?«

»Ich wollt dem Norbert nur …«

»Freilich, ist schon gut. Unsere Frieda. Gefällt dir unsere Frieda, Norbertle?«

»Gefallen« war kein Ausdruck für Norberts Zustand. Er schwebte an der Decke und kam nicht mehr runter.

»Hat dir der Maxi die ganze Geschichte von Frieda erzählt? Nein? Also.«

Frieda kommentierte die Werbeeinblendungen mit kritischem Gekrächze. Sie schimpfte auf die Zahnpasta und imitierte das Geräusch eines aufheulenden Motors. Sie äußerte ihren Unmut über das alkoholfreie Sportlerbier und fiel über die Risikolebensversicherung her. Ab und zu wetzte sie den Schnabel an der Stuhllehne, auf der sie saß.

Die drei Männer hatten sich hinter ihr ins Heu gesetzt.

»Ich bin der Frieda ihre Mutter«, erklärte der Maxi stolz.

»Das stimmt«, bestätigte der Bene. »Im vergangenen Sommer hat es angefangen. Frieda ist aus ihrem Ei geschlüpft, und der Maxi war die erste Person, die das winzige Küken kennengelernt hat. Es passte gerade mal in eine Hand und ist immer nur hinter dem Maxi hergewieselt. Er ist sie nicht mehr losgeworden. Sie ist ihm auf die Terrasse gefolgt, mit ihm über die Treppenstufen hinauf in sein Zimmer halb geflogen und halb getrippelt, hat ihn bis zum Bus begleitet, wenn er zur Schule gefahren ist, und ihn dort wieder abgeholt. Abends haben sie gemeinsam ferngeschaut.

Der Herr Karl hatte anfangs was dagegen, aber Klein Frieda hat sich mit ihrem gackernden Charme durchgesetzt, und der Maxi konnte nicht mehr ohne sie.«

Maximilian nickte, klatschte sich auf die Oberschenkel und deutete mit dem Zeigefinger auf seine Brust. »Ich Tarzan. Du Jane.«

»Zuerst ist unsere Frieda brav neben Maxi am Boden gesessen. Als sie größer wurde, ist sie dann hie und da auf einen Stuhl geflattert, und als sie im Winter ausgewachsen war, hat sie ganz selbstverständlich wie auf einer Stange im Hühnerstall auf einer Stuhllehne Platz genommen.«

Der Bene stand auf, schob die Kappe aus der Stirn, fasste sich mit beiden Händen ins Kreuz und bog den Rücken nach hinten durch. Er ächzte.

»Unsere Frieda ist richtig fernsehsüchtig geworden. Die Sendungen am Abend genügten ihr nicht mehr. Immer häufiger beehrte sie jetzt den Fernsehraum für die Gäste. Dem Herrn Karl war das natürlich überhaupt nicht recht. Doch Frieda blieb hart. Sie stelzte zu Fuß ins Fernsehzimmer oder flog durchs offene Fenster hinein. Dann setzte sie sich auf irgendeine Stuhl- oder Sessellehne und wartete drauf, dass das Bild anging. Aber sie wartete nicht lang, dann fing sie an, fürchterlich zu kreischen und zu gackern. Und irgendeinen Deppen hat's immer gegeben, der auf das Knöpfchen gedrückt hat.«

Maximilian und der Norbertle hatten sich an die Hände gefasst und kicherten in einer Tour, während Frieda kreischte und mit der Zunge trillerte, als würde sie alles, was der Bene sagte, verstehen.

»Ja, lacht ihr nur«, rief Bene in gespielter Strenge und setzte sich wieder hin. »Frieda wäre kein Huhn, hätte sie nicht ihre Spuren hinterlassen. Und es war nicht immer nur ein Ei, das im Sessel lag. Das wurde dann dem Herrn Karl zu viel. Frieda erhielt Fernsehverbot. Da wurde sie so rabiat, dass sie auf die Gäste losging, den Caruso mit ihrem scharfen Schnabel ins Bein hackte und selbst den Maximilian in die Hand zwickte. Den Maxi, ihre Mutter! Gell, Maxi?«

Zur Bestätigung hielt der Bub die rechte Handfläche mit der violett verfärbten Narbe hoch.

»Was blieb uns jetzt noch übrig? Schlachten konnten wir sie ja schlecht. Im Tierheim hätten sie uns für verrückt gehalten. Also bin ich hingegangen, hab mein Sparschwein geräubert und mit dem Geld diesen Fernseher gekauft.« Benedikt lächelte schief und fügte wie zur Entschuldigung hinzu: »Gebraucht natürlich. Nun hockt die Frieda den ganzen Tag hier im Schuppen rum, kennt alle Programme und ist zufrieden. Fernsehen ist ihr Leben. Fernsehen ist ihr inzwischen wichtiger als ihre Mama.« Er warf Maxi einen liebevollen Blick zu. »Ich hab mit dem Herrn Karl schon eine Wette abgeschlossen, dass sie sich irgendwann eine Fernsteuerung wünscht. Rentieren würde sich die Investition. Frieda ist jetzt ein Jahr alt, und Hühner erreichen ein Alter von sechs bis acht Jahren. Die Fernbedienung bräuchte dann aber nur eine grüne An-Taste. Die rote Aus-Taste könnte man sich sparen.«

Als der Bene geendet hatte, klatschte der Norbertle in die Hände, sprang auf und rief: »Is des werkli wohr? Gell, des ham Sie blouß erfunden, Herr Benedikt, gell?« Zur Bestätigung sah er Maximilian an. Doch der blieb schweigsam wie ein Grab und rätselhaft wie eine Sphinx.

»Schweinsbraten als Hauptgang mit Käsekuchen zum Nachtisch. Das Hundhamer Echo. Nur im engsten Kreis. Also keine hundert Leut.« Der Herr Karl wischte sich den Schweiß von der Stirn, die Resi atmete auf und wickelte sich unablässig eine weiche Locke um die Hand, der Bene schnipste mit den Fingern, gleichzeitig schnalzte er mit der Zunge.

»Ja, die Frau Sommer hat angerufen«, fuhr der Herr Karl fort. »Alles ist anders, Kommando zurück. Eine ganz einfache, stinknormale Hochzeit. Warum, hat sie nicht gesagt. Sie hat auch den Termin nach hinten verlegt. Am zweiten Adventsonntag soll die Hochzeit jetzt stattfinden. Mei, bin ich froh. Las Vegas hat bisher weder zurückgerufen noch gemailt, und bei den Wiener Philharmonikern bin ich mir nicht einmal sicher, ob ich die korrekte E-Mail-Adresse hab. Also alles gekänselt, ihr wisst hiermit Bescheid.«

So lang hatte man den Herrn Karl noch selten reden hören.

Da musste er schon sehr guter Laune sein, wenn man das erleben wollte. Guter Laune war er beispielsweise, wenn er mit seinem Söhnlein am Bach beim Pfeifenschnitzen war. Guter Laune war er auch, wenn er mit Resi einmal in der Woche in aller Ruhe frühstücken konnte. Und bester Laune war der Herr Karl, wenn er einfach nur die Beine ausstrecken konnte und gar nichts tun musste.

Mehr gute Laune gab's nicht. Da hing ihm Elisabeths Tod zu sehr nach. Und die Sorge, den Maxi allein nicht richtig erziehen zu können, belastete ihn jeden Tag. Obwohl ihn Maxis Kindheit original an seine eigene erinnerte. Er war schließlich auch hier oben aufgewachsen, mitten im Gastronomiegetümmel, frei wie ein junger Adler, Tiere und Bäume waren seine Freunde, und seine erste Liebe war die damalige Kellnerin gewesen.

Befreit stand Karl auf und trat ans Fenster. Die Südwestseite des Hotels war die Obst- und Gemüseseite. Da standen Kirsch- und Apfelbäume, an denen schon die kleinen Früchte hingen, es gab mehrere Terrassen mit jungen Weinstöcken, die darauf warteten, einmal edle Muskatellertrauben hervorzubringen, und da war der kleine ummauerte Gemüsegarten mit allem, was das Herz begehrte. Hier und da ein Oliven- und ein Feigenbaum an geschützter Stelle. Drüben suchte eine sandige Straße, auf welcher der Bene im Frühjahr mit dem Traktor das Holz herbeischaffte, in engen Serpentinen ihren Weg zum Pass, wo vier, fünf weitere Höfe an Almen und Felsen klebten.

Karls Blick wurde abgelenkt. Zwei Kleiber stritten sich direkt unter dem Fenster um Futter. Der eine hielt einen dicken Wurm im Schnabel, der andere machte ihm den mit peitschenden Schnabelhieben streitig.

Jetzt hatten sie Zeit für die Hochzeitsvorbereitungen. Zeit war ein Raubtier, und man musste aufpassen, nicht verschlungen zu werden.

»Herr Karl, Herr Karl!« Mit einem Schlag wurde die Tür von außen sperrangelweit aufgerissen und krachte gegen die Wand. Das Norbertle hüpfte wie ein Gummiball herein. »Frau Resi, Frau Resi!« Der Bub war bleich wie der Tod. »Wahnsinn!«, rief er, die kalte Angst drang ihm aus allen Poren.

Zuerst stand er wie festgemauert, dann kam Leben in ihn. Er wirbelte mit den Armen, was wohl seine Art des Winkens war. »Kommt!«, rief er mit rauem Stimmchen. »Kommt! Der Maxi!« Darauf wurde der Kleine sehr still – und sein Gesicht füllte sich mit grauer Farbe. Es wurde so grau, dass es zum Fürchten aussah.

Der Herr Karl reagierte als Erster. Er packte den Norbert bei der Hand und rannte mit ihm durch die Tür. Nebenher versuchte er, den Jungen auszufragen. »Wo ist der Maxi? Was ist denn passiert?«

Norbert brachte nur ein unverständliches Gestammel heraus. Allerdings deutete er in die Richtung, in der der alte Schuppen stand.

»Ist er im Schuppen?« Karl saugte sich an Norberts Lippen fest.

Ein heftiges Nicken ohne Worte. Dann schlug Norbert die Hände vors Gesicht und weinte sich die Seele aus dem Leib. Seine Schluchzer und Tränen kamen als bittere, hemmungslose Flut. Resi kam angeflogen und kümmerte sich um den kleinen Nürnberger.

»Maxi! Maximilian, mein Sohn!« Karl rannte auf den Schuppen zu. Von Weitem schon sah er die Bescherung. Maxi lag am Boden, Frieda flatterte auf dem Dach herum. Neben dem Jungen stand Caruso, beschnupperte ihn und wedelte zurückhaltend mit dem Schwanz. Sofort wurde Karl von einer aufsteigenden Ahnung gewürgt.

Als Bergführer, Skilehrer und gewohnt, mit Gästen umzugehen, war er ein Mann von außerordentlicher Selbstbeherrschung. Doch nun warf er sich mit seinem ganzen Gewicht neben den kleinen Körper, scannte ihn mit den Augen und tastete ihn mit Händen ab. Die Symptome waren ihm geläufig. Caruso, der ihm das Gesicht abschlecken wollte, schob er mit ungewohnter Heftigkeit zur Seite.

»Gehirnerschütterung!«, rief er laut. »Bene, ruf den Notarzt.« Er hielt den Arm unter den kleinen Körper, küsste ihn übers ganze Gesicht und murmelte immer und immer wieder: »Lieber Herrgott, hilf. Hilf, lieber Gott!«

Die Henne auf dem Dach, sein Sohn am Boden. Mit einem Blick hatte der Herr Karl erfasst, was geschehen sein musste.

Maxi hatte dem Blümlein-Jungen die Frieda vorgeführt. Frieda war ausgerissen und aufs Dach geflogen. Maxi hatte versucht, sie einzufangen, war ausgeglitten und heruntergefallen. Ja, so musste es passiert sein.

Und so war es auch passiert. Er bekam die Bestätigung vom Norbertle einige Zeit, nachdem der Notarzt und der Krankenwagen da gewesen waren und Maximilian ins Krankenhaus gebracht worden war.

»Auf den ersten Blick nicht«, kommentierte der Doktor die Frage des Herrn Karl, ob es kritisch sei. »Aber der Bub muss gründlich untersucht werden.«

Benes verwittertes Gesicht war innerhalb von Minuten noch kantiger geworden. »Was ich schon immer gsagt hab: Wir sollten dem verdammten Huhn endlich die Flügel stutzen.« Da der Neufundländer mit betretener Miene vor ihm saß, fragte er ihn: »Meinst du nicht auch, Caruso?«

Zweimal bellte der Hund. Hinter sich wischte er den Boden auf.

Der Bene strich ihm sanft über den Kopf. Als er Gegendruck spürte, wusste er, dass Caruso seiner Meinung war.

# 15

»Das ist eine pelzsträubende Geschichte«, beschrieb Caruso das Ereignis. Alle waren sich einig: Frieda war schuld. Es gab immer jemanden, der an etwas schuld zu sein hatte. Das dumme, fernsehsüchtige Huhn war schuld.

»Aber jetzt zu unserem Fall«, setzte sich Bellheim in Szene. Sein mahnender Blick veranlasste Bessy, von Caruso abzulassen. Sie hatte an seinem Ohr geknabbert. Ihre Augen blitzten nur so vor Gesundheit und guter Laune. »Was wissen wir?«

Wieder einmal war es ein herrlicher Sommertag gewesen. Es hatte seit zwei Wochen nicht geregnet. Doch nun zogen Wolken auf und warfen kühle Schatten auf den Rasen. Die drei hatten sich auf der Südwestseite unter einer Kirsche neben den Gemüsebeeten positioniert. Der Bene hatte gewässert, es war angenehm kühl und roch nach feuchter Erde. Caruso und Bessy lagen eng nebeneinander am Boden, Bellheim, alt und grau und würdevoll, saß chefmäßig vor ihnen.

»In der Nacht vom Vierzehnten auf den Fünfzehnten wurden vier Hühner auf grässliche Weise umgebracht«, begann Bellheim.

»Die Resi hat die Leichen gefunden«, ergänzte Bessy.

»Hugo Gockel war dabei und hat angeblich tief geschlafen«, meinte Caruso.

»Können wir ausschließen, dass Resi oder Hugo die Täter sind?«, stellte Bellheim die naheliegende Frage.

»Bei Resi ja, bei Hugo fraglich. Aber solche Wunden kriegt kein Hahn zustande.«

»Gibt es Parallelen zum zweiten, dem Ziegenfall?« Bellheim war ganz in seinem polizeilichen Element. »Wieder wurden vier Tiere umgebracht. Ihre Hälse waren verstümmelt. Bei zweien waren die Beine abgetrennt. Gibt es Parallelen?«

»Wieder wurden sie von der Resi gefunden«, stellte Bessy fest.

»Bla, bla, bla«, machte Bellheim. »Traust du der Resi solche Grausamkeiten zu?«

»Bessy hat recht«, schaltete sich Caruso ein. »Wir müssen objektiv bleiben. Wenn man nur danach urteilt, wem man einen Mord zutraut und wem nicht, wäre die Welt voller Mörder. Oder man würde nie einen fassen. Hier war der Vesuvio dabei gewesen, der alte Bock, und hat nichts gemerkt. Sehr seltsam. Ich schlage vor, wir kümmern uns noch einmal um Hugo und Vesuvio.«

»Was haltet ihr von Eichhorn?«

»Glaubwürdig«, sagte Bessy und wedelte mit dem Schwanz.

»Wumba?«

»Vegetarier. Glaubhaft.«

»Und der Fuchs? Ich denke, sein Alibi ist okay«, sagte Bessy. »Ihr könnt euch auf meine weibliche Intuition verlassen.«

»Weibliche Intuition? Ein großes Wort. Und nichts als die Fähigkeit, aus nicht vorhandenen Fakten falsche Schlüsse zu ziehen«, brummte Bellheim mürrisch.

Caruso und Bessy warfen ihm beide einen bösen Blick zu.

»Was uns der Fuchs als Tipp verkauft hat, passt zu den Aussagen von Locke und Eichhorn«, sagte Caruso. »Monsieur Clochard sei in einer Mondnacht bergab den Wald heruntergestreift. Aus Richtung Himmelreich sei er gekommen. Die Frage ist nur: Was hat er gewollt? Warum ist er hier oben herumgelaufen, obwohl er schwach und entkräftet war?«

Bessy ließ den Kopf sinken. »Wir werden's nicht mehr erfahren.«

Eine Weile blieben alle nachdenklich. Niemand bewegte sich. Schließlich brach Caruso das Schweigen. »Was hat sich denn verändert?«, fragte er nachdenklich. »Was war nach den Morden anders als vorher?«

»Hmmm, gute Frage«, knurrte Bellheim. »Aber was soll sie, diese Frage?«

»Ich hab's schon«, sagte Bessy bestimmt. Sie streckte die Hinterläufe aus, dehnte sich und stand auf. »Der Ballon. Den Ballon hat's bei uns noch nie gegeben.«

»Und dieses Fluggerät, das so viel Lärm macht«, ergänzte Caruso und warf der Freundin einen anerkennenden Blick zu, »das hat's vorher auch noch nicht gegeben.«

»Ihr meint also«, überlegte Bellheim, »das könnte der Auslöser für die Taten sein?«

»Wir sollten es zumindest in Betracht ziehen«, gab Caruso zurück. »Wir haben schließlich keinen einzigen echten Anhaltspunkt. Wir sind auf Spekulationen angewiesen. Die Lösung unseres Falls wird zwangsläufig unangenehm sein. Vielleicht sogar nahezu unvorstellbar. Lasst uns nachdenken: Was können die beiden Fluggeräte mit den Morden zu tun haben? Könnte es nicht sein, dass die ungewohnten Geräusche die Morde veranlasst haben könnten?«

Bellheim dachte eine Weile nach. »Unwahrscheinlich«, brachte er schließlich hervor. Doch auch er erhob sich ächzend und schüttelte sich ausgiebig. »Ich geh heim und steig in die Kiste«, sagte er. »Ich bin hundemüde. Morgen um die gleiche Zeit treffen wir uns wieder hier am selben Ort. Okay?« Ohne eine Antwort abzuwarten, trabte er ums Haus und schlenderte gemächlich talwärts.

Das Liebespaar tobte eine Weile so übermütig um die Obstbäume, durch den Gemüsegarten und über den Rasen, dass die Fetzen flogen. Die Verliebten schlugen Haken, jagten wild hintereinanderher und verbissen sich zärtlich ineinander, bis sie schließlich mit hängender Zunge mitten in den Weinstöcken stehen blieben.

»Und wir?«, lockte Bessy schwer hechelnd, aber mit unwiderstehlichem Augenaufschlag. »Steigen wir in deine Kiste oder in meine?«

***

Am nächsten Tag, dem Tag eins nach dem Unfall seines Sohnes, wachte der Herr Karl in der Früh um halb drei auf, dann wieder um halb vier. Er meinte, überhaupt nicht geschlafen zu haben, als er fünf Glockenschläge vom entfernten Kirchturm drunten im Dorf hörte.

Resi schlief auf der breiten Couch an der gegenüberliegenden Wand. Sie hob den Kopf aus den Kissen, seufzte ein wenig und rollte auf die andere Seite.

Die Sonne war inzwischen aufgegangen, das Licht drang durch die Vorhänge und warf zwei helle Streifen auf beide Seiten von Karls Doppelbett. Es war immer noch dasselbe Mahagonibett, in dem er schon mit Elisabeth geschlafen hatte. Obwohl ihr Tod nun gut vier Jahre zurücklag, hatte er doch Hemmungen, eine andere Frau darin aufzunehmen. Wenn er mit Resi schlief, taten sie das auf der Couch oder sonst wo im großen Haus. Resi hatte Elis noch gekannt, und sie respektierte sein Verhalten. Zumindest noch für einige Zeit, sagte sie sich. Sie mochte ihn nicht verärgern und wollte, dass er zufrieden war.

Besonders Maximilians Kopfverletzung machte Karl schwer zu schaffen. Am Abend hatte er noch mit der Klinik telefoniert. Mit »Abwarten« hatte man ihn vertröstet. Nun lassen Sie mal einen liebenden Vater abwarten, ob sein Sohn zum geistigen Krüppel wird oder nicht. Er spürte das dringende Bedürfnis, ans Telefon zu gehen und sofort noch einmal anzurufen. Doch um diese Zeit in der Früh würde er keinen kompetenten Ansprechpartner bekommen, das war ihm klar. Er musste selbst in die Klinik, ans Bett seines Sohnes, und sich ein eigenes Bild von Maxis Zustand machen.

Resi rührte sich im Traum, sie würde sicher noch ein Stündchen weiterschlafen, wenn sie nicht im Betrieb gebraucht würde. Einen Augenblick fühlte Karl ihren warmen, weichen Atem auf seiner Hand, als er ihre Stirn und ihre Wangen streichelte. Dann reckte sie sich, wahrscheinlich hatte sie Karls Gegenwart gespürt. Aus einer Regung heraus legte Karl sich neben sie, umarmte den schlafenden Körper. Er hielt Resi fest, hörte, wie sie schnell und rau atmete. Bis sie die Augen aufschlug. »Geh nicht weg«, murmelte sie im Halbschlaf.

Karl schwieg zunächst. Er lockerte seinen Griff und strich ihr übers Haar. Es war dicht und lockig, zerzaust wie jeden Morgen. Die Bettdecke bewegte sich, als zöge jemand daran. Behutsam schob Karl sie beiseite. Er legte eine Hand auf ihren Körper, sie hatte sich einen Bettzipfel in den Mund gestopft.

»Kleines Mädchen«, sagte er zärtlich. »Ich werd in die Klinik fahren. Zu Maxi. Bleib du bitte hier und pass auf den Betrieb auf.«

Die Augen geöffnet, lag Resi steif da und atmete mühsam durch die Nase. Tränen standen in ihren Augen, bereit, beim nächsten Blinzeln überzulaufen und über die Wangen zu rollen. Sie blickte

Karl an, bittend, zornig, beides zugleich. Ihre Mimik entspannte sich, verkrampfte sich kurz darauf wieder.

Langsam versuchte Karl, ihr das Laken zu entringen. Und auf einmal öffnete Resi den Mund und riss den Zipfel des Lakens selbst heraus. »Warum nimmt du mich nicht mit?«, fragte sie. »Der Maxi ist mir doch wie ein eigener Sohn.«

»Fahrt nur, ihr zwei«, beruhigte sie der Bene. »Dass ihr den Maxi besucht, ist jetzt wichtiger als Eierkochen und Besteckauflegen. Das werd ich schon allein schaffen.«

Dass ihm Simon dabei helfen würde, sollte sich erst später herausstellen. »Ein Schönheitschirurg hat schließlich Sinn für Ästhetik«, betonte der. »Man kann an der Konstruktion eines Frühstücksbuffets durchaus Interessanteres finden als an der Nachbesserung der Bauweise eitler Frauen oder Männer.«

Im Krankenzimmer war es übermäßig hell. Nirgends Farbe – weiß, Metall, Glas, Plastik, grau. Ein wenig einladender Raum mit Lamellenvorhängen vor den Fenstern, einem leeren Bett neben Maximilians Bett.

Maxi saß an dem Tisch in der Mitte des Raumes, der sonst Besuchern vorbehalten war. Vor ihm eine Tasse Kakao. Er war sehr blass, seine Augen gerötet. »Mir geht's gut«, sagte er. »Wie geht's Frieda? Ist sie heil vom Dach gekommen?«

Als er sich auch noch nach dem Norbertle erkundigte, wusste der Herr Karl, dass das Schicksal es gut mit ihnen gemeint hatte. Sein Sohn war in Ordnung.

Die Resi nahm den Maxi gerade in den Arm, als der Oberarzt sagte: »Noch zwei, drei Tage zur Beobachtung. Dann können Sie ihn mitnehmen. Dann hat er's überstanden.«

Karl legte seinen Arm um Resis Schulter, als sie aus dem Zimmer gingen und sich noch einmal umdrehten. »Gesundheit ist ein Zustand, den man erst durch solche Unfälle oder durch Krankheiten wirklich zu schätzen weiß«, sagte er, als sie draußen waren. Worauf die Resi stehen blieb, seinen Kopf zwischen die Hände nahm und ihm einen dicken Kuss auf den Mund gab.

»Danke, dass du mich mitgenommen hast.«

Erfüllt von dem Glück, dass sein Sohn okay war, schaute Karl sie an und fragte: »Warum liebst du mich eigentlich, Resi?«

Ihr Lächeln war von einer anderen Welt. »Weil du so grausam aussiehst und trotzdem so gütige Augen hast«, sagte sie.

Sie staunten nicht schlecht, als sie schon beim Hereinkommen sahen, wie Professor Feyertag Kaffee und Kakao an den Tisch der Blümleins brachte und Besteck auflegte.

»Is des ned under Ihrer Würde?«, fragte Frau Blümlein und nahm einen ersten Schluck aus ihrer Tasse.

»Was ist schon Würde, liebe Frau?«, sagte Simon. »Würde ist doch nur der Mantel, der Dummheit und Unsicherheit verbirgt.« Dann goss er dem Norbertle seinen Kakao nach und verbeugte sich leicht.

Während der Herr Karl sich unmittelbar in der Küche zu schaffen machte, legte Resi eine Hand auf Simons Unterarm und bedachte ihn mit einem Lächeln, das einen mittelgroßen Felsbrocken zum Schmelzen gebracht hätte. »Wären Sie so lieb, Herr Professor, mich noch eine kurze Weile zu vertreten? Ich hab's heute noch nicht geschafft, nach den Tieren zu schauen.«

In ihren Augen schimmerte eine wie hinter einem Nebel schlummernde Leidenschaft. Eine Anziehungskraft, die Simon bisher nicht aufgefallen war.

Das war auch kein Wunder. Hatte er doch noch nie beobachtet, wie manchmal die kleine Bestie aus der Resi herauskam, die er nur für eine kleine Bedienung und die Mätresse des Chefs gehalten hatte. Wie sie sich dann aus einem der Vorderfenster lehnte, wenn sie gerade nichts zu tun hatte. Oder über den Tisch beugte, wenn sie die Rechnung brachte. Wie schläfrig ihre Stimme schnurrte. Wie ihre dirndlummantelten Hüften sich sanft bewegten, bald gegen die Tischkante gedrückt, bald wie eine Uferwelle im stürmischen Bergsee zurückweichend und dann wieder an den Tisch gepresst. Welche andere Kellnerin konnte je so viel verhaltene Bedeutung in Worte legen wie: »Darf ich sonst noch was für Sie tun?«

Nein, das war Professor Simon Feyertag bisher noch nie aufgefallen. »Selbstverständlich, Resi«, flötete er. »Kümmern Sie sich ruhig um Ihre Tiere.«

»Das ist vielleicht nett, Herr Professor«, sagte der Bene und nickte ihm freundlich zu. Wie aus dem Nichts war er aufgetaucht. Er schien auch die geheimsten Gedanken oder die offensichtlichen Blicke mitgekriegt zu haben. »Richtige Männer stehen auf richtige Kurven, gell, Herr Professor«, erklärte er. »Nur Hunde spielen mit Knochen.«

Doch Simon war in Gedanken bereits ganz woanders. Seltsamerweise hatte er an Karla denken müssen, während er der Resi ins Auge und in den Ausschnitt blickte. Karla! Er musste sie endlich einmal anrufen.

Rosinante und Emilio blökten um die Wette. Schon von Weitem konnte Resi sie hören. Iah, iah, iah – das war Rosinante. Wenn Emilio schrie, klang das anders, das war wie eine verstopfte Blechtrompete. So hielt sie die beiden auseinander. Es war auch normal, dass sie ihre Freude äußerten, sobald sie Resi hörten. Es lag aber nicht nur das Eselsgeschrei in der Luft. Je näher sie der Koppel kam, umso erbärmlicher begann es zu stinken. Ein Geruch wie Aas, den Resi nicht entziffern konnte und den sie so noch nie erlebt hatte.

Als ihr dann auch noch Caruso in Riesensätzen und mit fliegenden Ohren entgegengesprungen kam, wusste sie, dass etwas Außergewöhnliches in der Luft lag. Dass etwas faul war. Sie beschleunigte ihre Schritte. Der Hund bremste vor ihr wie Pluto im Comic, setzte sich auf die Hinterbeine und sah sie an, als wollte er sagen: »Schau mir in die Augen, Kleines!« Tief grollte es aus seiner Brust. Wie beim Schlürfen zog er die rosa Zunge an den Zähnen vorbei durchs Maul. »Komm mit, ich muss dir etwas zeigen.«

Sie folgte ihm. Der Gestank wurde immer unerträglicher, die Eselsrufe immer lauter und schriller. »Hoffentlich ist ihnen nichts zugestoßen«, flehte sie, während sie lief. Als der Hund kurz innehielt und sich schüttelte, fielen ihr die kleinen Partikelchen auf, die aus seinem Fell wie zerstäubter Puder in alle Richtungen verstreut wurden. Magnetisch angezogen kamen diese Teilchen auf sie zu und legten sich wie ein Film über ihre Kleidung, ihr Gesicht, ihr Haar. Es war schrecklich. Caruso musste sich in etwas Unbeschreiblichem gewälzt haben.

Nun lag er vor der Eselskoppel auf dem Bauch, machte sich ganz lang und angelte mit den Vorderpfoten unter dem Bretterzaun hindurch nach einer ekligen Masse, die aussah wie riesige zu Brei zerquetschte Motten.

Den Eseln schien es nach erstem Anschein gutzugehen.

Caruso gab sein Vorhaben auf und zog sich zurück. Aufrecht und groß stand er vor Resi. In seinen Augen stand deutlich geschrieben: Schütteln!

»Neiiiin!« Sie wehrte ihn mit Händen ab, Caruso erbarmte sich. »Wir müssen beide unter die Dusche«, rief Resi. Woher dieser abscheuliche Gestank kam, wusste sie noch immer nicht.

Caruso war ein ganz besonderer Hund. Er war brav, gelehrig und üblicherweise gehorsam. Er sah gut aus, war beliebt und welterfahren. Er war der erklärte Boss von Hundham. Als eingefleischter Neufundländer liebte er jede Art von Wasser. Er schwamm leidenschaftlich gern in See und Bach, watete durch jede Pfütze, genoss den strömenden Regen, kurz: Nur in Rindsbouillon hätte er sich noch lieber aufgehalten als in Wasser.

Doch in einem winzigen Punkt unterschied er sich keinen Millimeter vom Rest der Hundewelt: Er hatte eine unerklärliche Abneigung gegen die Kombination aus Wasser und Seife oder Shampoo. Dazu kam, dass jeder frisch gewaschene, also geruchlose Hund von seinen vierbeinigen Freunden so lange ausgestoßen wird, bis er wieder zu sich selbst gekommen ist.

Caruso ahnte schon, was ihm bevorstand. Klammheimlich versuchte er auszureißen. Doch der Herr Karl war schneller und schleppte ihn in den Keller, wo sich ein Raum befand, der einer Todeszelle ähnelte. Quadratisch, gefliest, in der Mitte ein Gerät, aus dem der künstliche Regen kam. In einer Ablage die Todesspritze: ein Behälter mit grässlich riechendem, schmierigem Shampoo. Vergeblich stemmte sich der Hund gegen die Türpfosten, doch Karl war stärker.

Caruso hatte lange niemanden mehr ernsthaft gebissen. Den Chef hätte er glatt zerfleischen können. Einen kurzen Augenblick überlegte er in dieser Richtung, doch dann siegte die Liebe zu seinem Herrn.

Mit leiser, beruhigender Stimme sprach Karl zu ihm. Als ob er einen Deppen oder vielleicht Locke vor sich hätte. »Du stinkst vielleicht. Wo bist gewesen? Was hast denn getrieben?«, fragte er.

Caruso kannte den Grund genau. Der Herr der Nerzhütte hatte bei den Eseln die Kadaver ausgelegt, die er zuvor auf seinem Grundstück ausgegraben hatte. Sie stanken dermaßen, dass es selbst die Esel grauste. Doch er, Caruso, nahm die einmalige Möglichkeit wahr und wälzte sich im Schlamm. Er würde es immer wieder tun. Sobald er hier rauskam, musste er unbedingt Bessy verständigen. Und Bellheim. Denn nun stand fest: Der Mann mit den kurzen Hosen hatte die Nerzleichen ausgegraben, um sie hier oben auszulegen. Warum auch immer. Dem mussten sie nachgehen.

Wasser von oben. Ganzkörperschütteln. Schmierkram aufgetragen. Schütteln. Herrn die Bürste entreißen. Schütteln. Herrn unters Wasser zerren. Zusammen schütteln. Mitleid. Bürsten über sich ergehen lassen. Zittern. Wasser von oben. Fertig! Schütteln und freudvoll bellend aus der Todeszelle flüchten. Treppe und Haus schüttelnd durchjagen. Nur hinaus! Im Kies wälzen. Hecheln. Nachdenken. Warten, bis Herr kommt. Herrn küssen.

»Gleiche Zeit wie gestern!«, hatte es geheißen. Bessy hatte Bellheim im Dorf abgeholt und war mit ihm hinaufmarschiert. Mit Caruso trafen sie sich wieder im Schatten des knorrigen Olivenbaums nahe den Weinstöcken.

»Was ist mit dir?«, fragte Bessy und drehte mit der Nase eine Runde in Carusos Fell. »Haben sie dich vergewaltigt?«

Caruso wusste selbst, dass er wie eine spezialgereinigte Glasplatte roch. Er brauchte aber nicht noch den Spott zu all dem Kummer. Deshalb ließ er die Bemerkung im Raum stehen. Er biss Bessy nur in die Schwanzwurzel, dort, wo er wusste, dass es wehtat. Dann berichtete er von seinem Erlebnis auf der Koppel. »Der Kurzhos hat die kleinen Kadaver bei den Eseln ausgelegt.«

Caruso lief nervös auf und ab, scharrte hier ein wenig, kratzte dort ein bisschen. Schließlich sagte er: »Genau diese Beobachtung haben wir ja gemacht. Wir haben gesehen, wie der Mann die

Kadaver ausgegraben hat. Wir haben nur nicht gleich verstanden, was es war, wonach er grub. Irgendetwas muss es mit den toten Nerzen auf sich haben. Etwas, das wir noch nicht zu verstehen in der Lage sind. Wir müssen weiter beobachten und Augen und Ohren offen halten.«

Bessy hielt sich die Pfote vors Maul. Sie sah aus, als ob sie eine Frage auf den Lippen hatte, aber entschlossen war, sie hinunterzuschlucken. Das fiel nicht weiter auf, denn die Hündin hatte die Angewohnheit, die Lippen zusammenzupressen, was ihr dann einen abweisenden Gesichtsausdruck verlieh.

Weiter drüben über der Hügelspitze waren plötzlich Stimmen zu hören. Die Hunde stellten die Ohren auf.

»Resi«, sagte Caruso.

»Euer Chef«, fügte Bessy hinzu.

»Ich hör nix«, sagte Bellheim.

»Die Resi schimpft.«

»Das ist der Gast, der nicht bayerisch spricht.«

»Sie reden über den höllischen Gestank.«

»Ich hör nur die Esel«, sagte Bellheim. »Aber es wird Regen geben«, fuhr er fort. »Ich hab's im Urin.«

Der Alte sollte recht behalten. Wenn schon die Nase nicht mehr richtig funktionierte – sein Instinkt trog ihn selten. Bald kam das Wasser in dicken Tropfen von den Bäumen und vom Dach von Friedas Schuppen. Die Hunde streckten ihre Zungen in den Regen, und die Dachrinnen über dem Hotel rauschten vor Glück. Dunkle Wolken begannen, den Himmel zu beherrschen, und es wurde schlagartig kühl. Ein leichter Nebel trieb um das Haus, und aus jedem Schornstein stieg eine blaue Säule mit dem Rauch von brennendem Kiefernholz auf, sodass die Luft rein und frisch und voller Wohlgeruch war.

***

»Wir heizen hier grad, gnädige Frau«, sprach der Herr Karl ins Telefon. »Endlich hat's bei uns geregnet. Das war auch dringend nötig.«

»Ist das der Grund, warum Sie mich anrufen?«, kam es spitz

von Thea Sommer zurück. »Um mir den Wetterbericht durchzusagen?«

Karl strich sich nachdenklich übers borstige Kinn. Als wäre er bei einer großen Dummheit ertappt worden. »Nein, gnädige Frau«, sagte er zögernd. »Es geht um die Vermählung Ihrer Frau Tochter am zweiten Adventsonntag. Das ist zwar noch etwas hin, aber ich muss Sie trotzdem über etwas informieren.« Er hielt kurz inne und überlegte, wie er der Frau Sommer die Botschaft am besten übermitteln sollte.

»Na, dann sagen Sie schon. Was ist denn?«

»Irgendjemand äh, tötet äh ... unsere Tiere.« Er beschrieb ein wenig zu ausführlich, was geschehen war. Vier Hühner, vier Ziegen ... »Ich war der Meinung, das sollten Sie wissen, wenn Sie in unserem Haus schon feiern wollen.«

Es folgte ein kurzes Schweigen, dann ein lautes Atmen, dann: »Ich bin entsetzt! Selbstverständlich sind Sie uns das schuldig, dass Sie mir diese Verbrechen beichten. Das ist ja die Höhe! Ist der Tierschutz schon darüber in Kenntnis gesetzt worden? Nein? Also – also – ein Haus, das jeglichen Sinn und Zuspruch für Tiere vermissen lässt, also – in so einem Haus hat unsere Familie nichts verloren. Das ist unmöglich, ja, was sage ich ...«

So ging es mehrere Minuten weiter, ohne dass Thea Sommer Luft holte und ohne dass Karl zu Wort kam. Schließlich beendete sie das Telefonat mit den Worten: »Wenn ich das meiner Tochter erzähle, wird sie noch mehr an die Decke gehen als ich. Sie ist die begeistertste Tierfreundin auf Gottes Erdboden. Und dann so etwas.« Schnaufen. Husten. »Unglaublich.«

Im Kamin prasselte das Feuer, draußen nieselte es in feinen Fäden. Der Herr Karl seufzte, ging in die Wirtsstube und zapfte sich ein Weißbier.

# 16

Am nächsten Morgen war der nasse Spuk vorbei. Golden funkelte das Dach in der Sonne, Fahnenseile schlugen gegen die weißblau gewendelten Masten, und fröhlich kreischend kommentierte Frieda das Frühstücksprogramm.

Unterhalb des Himmelreichs vertiefte sich das Blau des Sees, von leichtem Wind gekräuselt. Die Angler, die der Meinung waren, die Renken bissen vor allem im Morgengrauen an, verließen ihre Felsensitze am See, und andere, die daran glaubten, die Fische in der Morgenluft besser zu ködern, nahmen die frei gewordenen Plätze ein. Übrigens ein großartiger Beweis für die Gleichheit der Menschen – vor den Fischen sind alle Menschen gleich.

Gegen neun Uhr wechselte der Wind und blies leicht vom See über den Wald herauf, allerhand Gerüche mit sich führend. Die Gerüche auf der Eselskoppel waren vom Regen gedämpft, kaum etwas erinnerte mehr daran, dass Rosenblatt seinen Unrat dort vergossen haben mochte.

Auf der lindenbeschatteten Hauptstraße von Hundham fuhr ein Pferdefuhrwerk, mit Langholz beladen, an Häusern aus früherer Zeit vorbei. Ein sympathischer Anachronismus, könnte man meinen. Doch es war die witzige Idee der Tourist-Info und ihrer rührigen Leiterin Edith Kirsch. Für Touristen war das Fuhrwerk eine Attraktion, und nur dafür fuhr der Holzknecht durchs Dorf.

Der winzige Friseursalon hieß »Coiffeur«. Darinnen warteten wohlbeleibte Damen und Herren, in deren Blick die müde Weisheit lag, die uns oft aus den Augen von Schweinen anblickt. In einem Seitenarm der Hauptstraße, dem Wacholdergässchen, hängte Sepp Wildbeer, der Schuster, über seine Werkstatt ein Schild mit der Aufschrift »In fünf Minuten zurück« und ging für die nächsten zweieinhalb Stunden auf zwei, drei Halbe ins Wirtshaus »Zur blauen Geranie«.

Im winzigen Hühnerhof der dreiköpfigen Polizeiinspektion

klagten die Hühner mit gelassenem Krächzen und Glucksen über ihr kümmerliches und kurzes Dasein. Eine kleine Gruppe Menschen, die die Nacht und den Vormittag auf einer Almhütte verbracht hatten, verabschiedete sich von Freunden und begab sich für die Abreise zur Bushaltestelle.

Westlich von Kirche und Friedhof, drüben am Segelflugplatz, schmierte Toni Vogel, der Platzmeister, die Seilwinde, um sie geräuschloser zu machen. Pfarrer Enzian bereitete im Pfarrhausgarten seine Sonntagspredigt vor, und Michi, ein Drei- oder Vierjähriger, schwang sich auf, sich im frei stehenden Holzbackofen zu verstecken, während seine Mutter auf Zehenspitzen durch den Hausflur schlich, um den alten Kater nicht zu wecken.

Mathilde und Hubertus von Modrow wollten den Einzug in ihr Haus mit Bier, Grill und Musik feiern, während Robert Sonnleitner, der gewichtige Bürgermeister, auf dem Rathausbalkon vor seinem Amtszimmer die Beine aufs Holzgeländer schob und sich eine dicke Prise Schmalzler einwarf.

Doch mit einem Schlag verstummte jedes Geräusch im Dorf, jede Bewegung erstarrte so schnell, wie Rauch durch ein Schlüsselloch zieht. Selbst das Rattern des Zugs, der weiter drüben im Osten durch Wiesen und Nadelwälder Richtung Österreich fuhr, schien auf einmal unhörbar zu werden. Alles wurde niedergewalzt vom Tschop-tschop-tschop eines Hubschraubers, der aus dem Tal kommend die Ortschaft überflog. Als hätte er es drauf abgesehen, Gespräche abzuschneiden und den Wind zu unterbinden. Oder das Heu vom Wagen zu fegen und der Kuh in die Augen zu blicken, so tief flog er.

»Sauerei!«, brüllte der Bürgermeister. »Dich werd ich kriegen, du Hanswurscht.«

»Gott sei uns gnädig«, murmelte Pfarrer Enzian, als das Gerät nur um eine Handbreit den Kirchturm verfehlte.

Und »Zifixluja«, fluchte der Schuster, der in der »Blauen Geranie« aus dem Fenster schaute.

An Hubschrauber war man gewöhnt in Hundham. Vor Jahren, als die große Lawine niederging, waren Hubschrauber das einzige Mittel gewesen, das Dorf zu verlassen und wieder zurückzukommen. Auch mit den Suchaktionen von Polizei und Bergwacht war man bestens vertraut. »Aber der da oben macht einen Krach wie hundert Rasenmäher«, meinte Bürgermeister Sonnleitner.

»Ich hab mal einen Film gesehen«, bestätigte die Sekretärin, wegen ihrer hohen Stimme als Piepsdrossel eingestuft, »da hatte der auch noch ein Maschinengewehr dabei.«

»Und hundert Leichen. Mindestens«, brummte der Sonnleitner und hob die Hand, um den zu erwartenden Redefluss zu stoppen.

Als er ausgebrummt hatte, war der Hubschrauber bereits bergauf entschwunden. Er überflog den Bergwald, die Nerzhütte, den Hundhamer See mit der Roseninsel in der Mitte. Dort verharrte er eine Minute, wohl um die Ansicht zu genießen, und schlug dann den endgültigen Weg zum Himmelreich ein. Tschop-tschoptschop.

»Im Moment keine Verbindung.«

»Der Teilnehmer ist derzeit nicht erreichbar. Bitte versuchen Sie es später noch einmal.«

So leicht war Simon Feyertag nicht kleinzukriegen. Trotzdem war er der Verzweiflung nahe. Seit einer Stunde hatte er immer wieder versucht, seine Stimme zu der Handynummer, die Klara ihm hinterlassen hatte, auf Besuch zu schicken. Vom Zimmer aus, vom Frühstücksraum, von der Terrasse. Ohne Erfolg.

»Keine Verbindung unter dieser Telefonnummer.«

*»The number you've dialled is not assigned.«*

Zum Verrücktwerden. Er machte sich Vorwürfe, nicht schon früher angerufen zu haben. Doch was hätte es gebracht? Die Nummer wäre dieselbe gewesen, der Misserfolg ebenfalls.

»Was machen S' denn? Sie sehen ja ganz blass aus. Hier hab ich was, damit Sie uns nicht magenkrank werden.« Der Herr Karl.

An seiner Seite die Resi, die eine dampfende Schüssel vor sich hertrug. »Weißwürscht«, sagte sie. »Speziell für den Herrn Professor.« Sie warf einen gespielt vorwurfsvollen Blick auf den Herrn neben ihr. »Andere verwöhnt er. Mich nicht.«

»Weißwürste«, seufzte Simon ohne Zögern. Er hätte dieses Aroma von in Schweinedärme gefülltem Kalbfleisch – gewürzt mit Majoran und Petersilie, heiß gehalten in einem Wasserbad – überall erkannt.

»Und Brezn«, jubelte die Resi. »Und dazu werden Sie auch ein Weißbier vertragen, selbst in der Früh, gell, Herr Professor?«

Simon nahm einen Platz am Fenster ein. Die ganze Landschaft bis hinunter zum See konnte er überblicken.

»Gestatten?« Die Resi setzte sich ihm gegenüber.

Wieder hatte er Mühe, seine Augen von ihrem Dirndl-Dekolleté fernzuhalten. Er brach sich ein Stück Breze ab, teilte die Wurst auf dem Teller in zwei Hälften und schälte die Haut ab.

»Bravo!«, rief die Resi. »Schau her, Herr Karl, wie unser Preiß des schon draufhat.«

»Wie geht's eigentlich dem Maximilian?«, fragte Simon mit vollem Mund.

»Karl, wie geht's dem Maximilian?«

Karl wischte sich die Hände am Gewand ab. »Das ist aber nett, dass Sie sich erkundigen. Der Maxi ist okay. Ich mein, für das, was er erlebt hat, ist er okay. Er hätte sich auch das Genick brechen können bei dem Sturz. Übermorgen soll ich ihn abholen können.« Er legte eine Hand auf Resis Schulter.

Resi nahm die Hand in ihre Hand und nickte heftig. »Ja, unser Maxi hat Glück gehabt.« Tief, sehr tief sah sie dem Professor in die Augen. »Die Art von Glück, bei dem der liebe Gott ein Pseudonym benutzt. Er wollte seine Unterschrift nicht persönlich leisten.«

Simon blieb der Mund offen stehen. Ihm haute es die Gabel aus der Hand.

Und kaum fiel das Werkzeug scheppernd auf den Tisch, ging die Tür auf. Sie ging langsam auf, Zentimeter für Zentimeter.

Eine schwarze Hundeschnauze. Zwei braune neugierige Augen. Ein raues, aufforderndes Bellen mit rosa Zunge im Zentrum.

Dann ging die Tür ganz auf, und herein kam Caruso in seiner ganzen Pracht. Er äugte nach links zu Simon und nach rechts zur Resi. Seine Schwanzspitze vollführte Pirouetten der Freude. Der mächtige Körper zuckte, der Tanz artete aus in einem leidenschaftlichen Limbo-Rock. Bis die Nase, diese überaus empfindliche Hundenase, den Duft der Weißwursthaut an Simons Tellerrand auffing. Im selben Augenblick wechselte Caruso die Seiten wie ein Doppelagent der NSA. Kinnlade auf Simons Schoß, Augen auf Teller, Zunge knapp unter Tischplatte.

»Nein!«, fuhr der Herr Karl dazwischen. »Der Hund soll von Gästen nix bekommen. Bitte!«

»Bitte!«, machte Resi. Herzzerreißender Augenaufschlag.

Doch die Wursthaut klebte schon wie angewachsen zwischen Simons Daumen und Zeigefinger. Er hätte sie ganz sicher wieder auf den Teller zurückgelegt, wäre … genau! … Caruso nicht schneller gewesen. Vor Schreck zuckte Simon zurück, und … genau! … der Teller fiel scheppernd zu Boden und zerbrach.

Eineinhalb Weißwürscht lagen einladend auf dem Fußboden, bestrahlt von sechs Menschen- und vier Hundeaugen. Vier? Exakt! Bessy hatte sich unbemerkt dazugeschlichen. Bis Caruso sie etwas umständlich mit »Hi Baby!« begrüßt hatte, waren die zwei Leckerbissen bereits in Bessys tiefem Schlund verschwunden.

Die Geschwindigkeit, mit der Hunde Speisen verschwinden lassen können, gehört mit zu den Wundern der Natur. Das hat damit zu tun, dass Hunden vom lieben Gott die Fähigkeit verliehen wurde, Nahrungsmittel im Ganzen zu verschlingen, ungeachtet der Größe der Portionen. Oft handelt es sich nicht einmal um Nahrungsmittel, sondern wegen eines Flüchtigkeitsfehlers um Tennisbälle, Fledermäuse oder ganze Fotoalben. Öfters ist in Fachkreisen darüber spekuliert worden, weshalb Hunde nicht wie Rinder, Schafe oder Ziegen kauen. Die Antwort liegt auf der Hand: Kauen würde wertvolle Zeit in Anspruch nehmen, die ihnen hinterher beim Schlafen fehlt.

Es geht sicher auch um Futterneid. Bessy beispielsweise hat die Weißwürscht aus einem reinen Gefühl der Unsicherheit heraus hinuntergeschlungen. Sie musste schließlich befürchten, eine Menschenhand oder Carusos Maul könnten auf ihren Besitz zugreifen. Diese Befürchtung dürfte durch längere Erfahrung entstanden und untermauert sein.

»Ist denn der Bus noch nicht da?«, fragte der Herr Karl verärgert mit einem schrägen Blick auf Bessy.

»Gerade angekommen«, antwortete der Bene, der nach der Berner Sennenhündin den Raum betreten hatte.

Eine ganze Weile herrschte Stille.

Dann machte sich zuerst Caruso mit abgrundtiefem Knurren bemerkbar, kurz danach auch Bessy mit ängstlichem Quietschen.

Beide wendeten der menschlichen Gesellschaft den Rücken und strebten über die Eingangshalle dem Kellerabgang zu.

Resi beugte sich zum Fenster und beäugte den Himmel. »Halt, hiergeblieben«, rief sie den beiden nach. »Es kommt kein Gewitter.« Zur Erklärung wendete sie sich an Simon Feyertag. »Der Caruso hat schreckliche Angst vor Gewittern. Und er spürt sie schon am Vormittag, wenn Blitz und Donner erst am Nachmittag kommen. Aber heute müssen wir bestimmt nicht damit rechnen.«

Noch einmal schaute sie aus dem Fenster, wie um sich zu vergewissern. »Die Frau Blümlein!«, rief sie verwundert. »Warum hat die's denn so eilig?«

Zehn Sekunden später stand Frau Blümlein tief atmend unter der Tür. Im Gefolge das auf ewig unvermeidliche Norbertle. »Ein Flugzeug!«, rief sie laut und mit Überzeugung.

»Ein Hubschrauber«, verbesserte ihr Söhnlein mit kritischer Miene.

»Ein Hubschrauber kommt«, bestätigte die Mutter.

Als ob die beiden Hunde den Begriff verstanden hätten, machten sie eine scharfe Wendung nach links durch die Tür und waren im Freien.

Ein Raketenabschuss, die Ankunft des Busses mit der deutschen Fußballnationalmannschaft, ein dreibeiniger Eisbär hätte die Besatzung des Himmelreichs sicher in angemessenes Erstaunen versetzt. Nicht aber die Ankunft eines Hubschraubers. Aha, die Bergwacht. Die Polizei. Der ADAC. So dachte man.

Doch handelte es sich bei näherem Hinsehen um einen altmodisch aussehenden, weiß lackierten Helikopter mit burgunderroten Streifen, wie man ihn nicht alle Tage sieht. Wie er aber schon einmal vor dem Hotel gelandet war.

Thea Sommer!, schoss es deshalb dem Herrn Karl durch den Kopf. Er sprang auf, schlug sich das Knie an und humpelte trotzdem nach draußen.

Karla Winter!, dachte die Resi blitzschnell. Sie hatte den Hubschrauber mit einem Heißluftballon verwechselt. Diese Verwechslung sollte sich jedoch bald wieder einmal als typisch weibliche Intuition herausstellen.

Und Professor Simon Feyertag schlenderte lässig zum Eingangsportal und nahm auch dort die Hände nicht aus den Hosentaschen. Er wippte auf den Zehenspitzen und sprach leise vor sich hin: »Was ist das schon, ein Helikopter? Nichts als eine Ansammlung locker im Verband fliegender Einzelteile, die ausschließlich durch das Genie des Piloten am Auseinanderfallen gehindert werden.«

Vielleicht hätte er noch weitere abfällige Bemerkungen über das Wesen dieses Fluggeräts geäußert, hätten ihn nicht die beiden Hunde eilig zur Seite gedrängt. Sie wollten im Nullkommanichts ins Freie und nichts versäumen. Simon rutschte aus und fiel hin.

Noch im Fallen entstand ein eigenartiges Bild vor seinem inneren Auge: Irgendwie kam ihm dieser Helikopter bekannt vor. Diese eigenartige Altertümlichkeit. So mussten Helikopter früher einmal ausgesehen haben, als sie noch Drehflügler hießen. Wo hatte er ihn schon einmal gesehen? Konnte das überhaupt sein? Simon griff um sich und rappelte sich mit einem Fluch aus seiner Heimat – »Ihr verdarrichte Schietkerls« – wieder auf.

Nach einem ersten misstrauischen Blick auf den Helikopter fing der an zu tanzen. In Baumhöhe in weniger als fünfzig Metern Entfernung, blinkend und leuchtend, tanzte er Walzer in Weiß und in Burgunderrot zu der Musik, die aus Außenlautsprechern kam – »Wiener Blut, Wiener Blut«. Linksherum und rechtsherum. Toller Pilot, dachte Simon anerkennend. In dessen silbergrauem Helm spiegelte sich das Licht, er war nicht zu erkennen.

Caruso und Bessy schien der Tanz zu gefallen. Sie wuselten wie von Sinnen unter dem Helikopter herum, rannten im Kreis und schlugen Haken und zeigten keinerlei Respekt vor dem scharfen Rotor dicht über ihnen, der ihnen die Fellhaare aufstellte.

Der Hubschrauber war inmitten der Wiese gelandet, die sich vor der weiten Hoteleinfahrt talwärts erstreckte. Das Gras tobte in der Verwirbelung des Rotors. Weiße Margeriten, blaue Kornblumen und dazwischen vereinzelt roter Mohn bogen sich zu Boden. Zwei Feldmäuse schlüpften aus ihren Löchern, schauten sich aus blitzenden Knopfäuglein kurz um und jagten erschreckt durch die Beine der Hunde von dannen.

Karl löste sich von Resi und lief hin. Es dauerte einige Zeit, bis er die Hunde vertrieben und dem Hubschrauber Zeichen gegeben hatte. »Frau Sommer, gnädige Frau!«

Jetzt fiel es wie Schuppen von Simons Augen. Natürlich. Diese Frau Sommer war schon einmal mit dem Hubschrauber hier eingefallen. Aber hatte der Herr Karl nicht berichtet …?

Mit einem leisen Zischen verstummte der Motor, flimmerte der Rotor und schaltete schließlich ganz ab. Die Figur am Steuerknüppel winkte. Simon schien, sie winkte *ihm* zu. Doch das konnte nicht sein. Bis die Figur den Helm mit beiden Händen abnahm.

Schmales, blasses Gesicht. Weizenblondes Haar, das über die Schultern fiel. Augen, die ihn anstrahlten. Und der Clou des Ganzen: eine Nase wie ein Erker.

Karla!

Er zwickte sich und sah ungläubig noch einmal hin. Sofort holte er sein Handy heraus und checkte das Display – nicht erreichbar, keine Verbindung, *not assigned*. Das leuchtete ein. Entweder hatte sie das Telefon bei dem Motorlärm nicht gehört, oder die Verbindung funktionierte in solch einem Chopper nicht. Bis Simon Feyertag einen einigermaßen klaren Gedanken fassen konnte, hatte sie sich schon abgeschnallt, war aus dem Cockpit geklettert, hatte Herrn Karl im Vorüberlaufen die Hand gereicht und kam mit ausgebreiteten Armen auf ihn zugerannt.

Seltsam. Karla war keine klassische Schönheit. Doch sie besaß Charme, eine erotische Ausstrahlung und Empathie. Er hatte sich vom ersten Augenblick an von ihr angezogen gefühlt, hatte es bedauert, als sie in ihrem Ballon wieder abgereist war, hatte es aber dennoch lange Zeit nicht übers Herz gebracht, sie anzurufen. War es nicht ein eindeutiges Zeichen gewesen, dass sie ihm ihre Handynummer hinterlassen hatte? Wenn er ehrlich war, musste er zugeben, dass er seinerseits auf einen Anruf gewartet hatte.

Und nun kam sie auf ihn zugeflogen.

Vorsichtig, Simon! Du darfst ihr ruhig in die Arme sinken, musst aber aufpassen, ihr nicht in die Hände zu fallen.

Als sie noch wenige Meter entfernt war, geschah zweierlei.

Erstens kreuzte sich der Bewegungsablauf der beiden Hunde mit dem der Pilotin. Über die Berner Sennenhündin stürzte sie, und der Neufundländer konnte – wie ein Fußballstürmer vor dem Torwart – gerade noch einen weiteren Crash vermeiden.

»Oh Verzeihung«, rief Simon in Vertretung aus und beugte sich zu dem Unfallopfer.

»Oh bitte«, gab Karla zurück.

Sie sah anders aus. Resoluter. Angespannter. Und dreckiger. In ihrem Haar klebte Gras, die Stirn hatte eine leichte Schramme bekommen, die Hände, die Nase ... na ja.

»Schöne Begrüßung«, meinte Karla gedehnt und rang sich ein Lächeln ab.

Sie nahm die angebotene Hand, zog sich daran empor und sah den Hunden hinterher, die sich fluchtartig aus dem Staub machten, dem Himmelreich zu. »Wer kümmert sich um Harry?«, fragte sie.

Als sie Simons fragende Miene bemerkte, musste sie lachen und ergänzte: »Harry ist mein Flieger. Alles klar?«

Zweitens: Simon dachte nach. Er sah die zarten Hände der Frau genauer an: Wieso fliegt sie mit diesen zarten Fingerchen den Hubschrauber selbst? Und wieso fliegt sie den Hubschrauber, der dem der Thea Sommer absolut gleicht?

Professor Simon Feyertag war ein gewiefter, weithin bekannter Schönheitschirurg. Doch er hatte nicht den leisesten Schimmer von Helikoptern und schon gar nicht von Kriminalistik und Spurensuche.

# 17

»Puuuh«, machte Bessy, »das war eng.« Im Zurückschauen bekam sie mit, dass nichts passiert war. Die beiden Menschen nahmen sich in die Arme, während der Herr Karl aufgeregt hin und her sprang.

»Selber schuld«, brummte Caruso. »Muss halt aufpassen, wo sie hintritt. Vor lauter Maschinen können die Menschen nicht mehr anständig laufen.«

Sie machten einen kurzen Abstecher hinters Haus zu den Weinstöcken. Ein klarer Himmel hatte die Regenwolken verdrängt, was Caruso gar nicht so recht war. Er mochte Regen. Dabei war die ganze Menschheit, die sich im Himmelreich aufhielt, scharf auf Sonne, Sonne, Sonne. Schon in der Früh waren die Liegestühle auf der Liegewiese unter den Kirschen besetzt. Oder lagen wenigstens Handtücher drauf. Er hätte zu gern gewusst, warum.

Aber nicht nur das. Zu gern hätte er auch gewusst, warum der seltsame Mann die Nerzleichen bei den Koppeln verstreut hatte. Der Regen hatte zwar die Spuren und den Geruch weitgehend verwischt. Doch auch Bellheim war der Meinung, dass alles zusammenhing. Die Hühnermorde, die getöteten Ziegen, keiner wollte etwas gesehen haben, keiner hatte etwas gehört oder bemerkt. Nachts, wenn alles schlief. Unmöglich, oder?

»Woran denkst du?«, fragte Bessy und stieß ihn sanft mit der Schulter an.

»Ich denke nur an dich«, sagte Caruso in sonorem Bass und schaute seine Freundin treuherzig an. »Vierundzwanzig Stunden. Nur an dich allein. Meine Liebe ist wie Himmelslicht, mein Verlangen unersättlich.«

Bessy ließ die Lefzen hängen und schaute über die Schulter. »Is ja gut, is ja gut«, sagte sie. »Jetzt überschlag dich nicht. Ich möcht ja nur wissen, was einen tollen Hund wie dich so beschäftigt.«

Caruso zog die Lefzen hoch und entblößte die Zähne. Als ob er grinste. Mit der Schwanzspitze strich er ihr zärtlich über den Rücken. »Du weißt, dass wir einen Mörder suchen, der Bellheim und ich. Das beschäftigt mich. Aber sonst nichts als du und wir. Ehrlich. Ich lese nicht, ich sehe nicht fern, ich hab sogar das Klavierspielen aufgegeben.«

»Mein Bus geht bald«, lenkte Bessy ab. Sie hielt wenig von solch übertriebener Komplimentiererei. Das war ihr peinlich.

»Na dann. Komm her, ein letztes Mal.« Mit blutunterlaufenen Augen sah er sie an. »Aber rasch. Dein Bus geht bald«, wiederholte er.

»Kommt ihr?«, rief die Resi laut. Sie wartete vor dem Haus im Wagen bei laufendem Motor. »Die Klinik hält ihre Pforten nicht ewig auf.«

Mit »ihr« meinte sie Carmen Wiesenschön und den Norbertle. Norbert war dafür bekannt, dass er überpünktlich war, sogar in der Schule. Deshalb war er schon lange fertig, hatte sich mit einem angestellten Bein gegen den Kleinbus gelehnt und wartete geduldig. Carmen kam hastig aus dem Haus gestürzt. Als Flugbegleiterin war es Teil ihres Berufs, stets rechtzeitig zur Stelle zu sein. Doch im Urlaub hielt sie Pünktlichkeit für eine maßlos übertriebene Tugend. Eine, die bewirkte, dass man ständig auf andere warten musste. Wie das Beispiel bewies, das vor ihr stand.

Carmen nahm auf dem Beifahrersitz Platz, Norbert schnallte sich auf einem Rücksitz an.

»Mach's goud, Norbertle«, verabschiedete ihn seine Mutter. Die Sorge über die Abwesenheit ihres Sohnes stand ihr ins Gesicht geschrieben. »Und du den Maxi auch von uns grießen, vom Baba und von mir.«

»Nimmst mich auch mit?«, bat der Bene die Resi. Er hatte seinen Sonntagsanzug angelegt, grüne Weste unter grauem Trachtenjanker, schwarze Hose. Grauer Filzhut mit Federschmuck. »Der wird sich bestimmt freuen, wenn ich dabei bin.«

»Ich fürchte nur, dass der arme Bub erdrückt wird, wenn wir mit solch einer Riesenmannschaft anrollen«, protestierte Carmen zurückhaltend. »Er kommt doch eh in aller Kürze wieder raus. Da können Sie ihn noch immer in die Arme schließen.«

»Wenn der Bene mitwill, kommt der Bene mit«, bestimmte die Resi. »Ich schlag sogar vor, dass Sie ihm Ihren Platz anbieten,

Carmen. Er hat doch einen Fuß kaputt. Den kann er vorn besser ausstrecken.«

Widerwillig rutschte Carmen Wiesenschön nach hinten zum Norbertle. Es war ihr anzusehen, was sie von solcher Behandlung hielt. »Bin ich hier der Gast oder der alte Bene?«, murmelte sie. »Ich werde das bei der Tourist-Info in meine Bewertung einfließen lassen.«

Die Resi traf ob solcher Drohung nicht gerade der Schlag. Es haute sie nur vom Hocker, sozusagen, als auf einmal Caruso, haarig und groß und breit, auf Benes Schoß saß. Er musste wohl noch hereingehuscht sein, bevor die Tür zuging. »He, Caruso, schleich dich!«, schimpfte sie. »Ja, spinnst du denn?«

Der Bene lachte laut und legte einen Arm um den Neufundländer, der ihm jede Sicht nach vorn nahm. »Anhänglichkeit hat etwas mit Treue zu tun. Und das sollte nichts Lästiges sein. Der Hund weiß genau, wo wir hinfahren und warum. Ich geb ihn nimmer her.«

Ein Auto ist ein sozialer Ort, wenn man zu mehreren ist. Man unterhielt sich ein wenig, über alles Mögliche unterhielt man sich. Über das Wetter, den Maxi, den Professor, das Schlafen und Essen im Himmelreich … Dadurch kam man ein wenig ins Streiten. Man war unterschiedlicher Meinung über das Wetter, den Maxi, den Professor, das Schlafen und Essen im Himmelreich …

Caruso saß mit aufgestellten Ohren innerhalb von Benes Sicherheitsgurt auf dessen Schoß. Er ragte bis zum Autohimmel. Da er instinktiv spürte, dass er im Weg war, hatte er einmal versucht, Platz zu machen und sich vor den Bene zu quetschen. Doch das misslang. Die Konsole wäre aus dem Leim geraten. Also blieb er da, wo er war. Sie fuhren gerade an einem sich windenden Fluss entlang durch ein lang gestrecktes Waldstück, als Caruso intensiv die Ohren spitzte. Es ging noch immer um das Thema Essen.

»Wer, glauben Sie, hat die Hühner gerissen und die Ziegen verstümmelt?«, fragte Carmen Wiesenschön. Resi war die Adressatin der Frage. »Und warum?«

»Das wissen wir leider noch nicht«, sprang Bene in die Bresche. »Aber wir werden es herausfinden.«

»Kann's nicht der da gewesen sein?«, bohrte Carmen weiter.

Sie nickte mit dem Kinn zu Caruso hin. »Hunde sind doch reine Fleischfresser. Immer schon gewesen, nicht?«

Caruso begann unruhig zu werden. Er rutschte auf Benes Knien umher und knurrte vorsichtshalber. Es klang wie ein beginnendes Erdbeben.

»Nein, der Caruso däd so was niemals machen«, protestierte der Norbertle etwas weinerlich aus dem Hintergrund.

»Da will ich Ihnen mal was sagen, liebe Carmen«, schritt die Resi resolut ein. »Der Hund stammt vom Wolf ab. Infolgedessen fressen Hunde Fleisch. Ihr rauer, unverbildeter Instinkt führt den Hund daher geradewegs zu Rind und Lamm. Und Hühnern und Ziegen. Und zu französischer Gänseleberpastete.« Resi warf einen ironischen Blick über die Schulter nach hinten.

Carmen hatte sich vorgebeugt und hörte aufmerksam zu.

»Dieser Hund ...«, sprach Resi gedehnt. Sie strich Caruso über den Kopf und die Ohren glatt. »Ich geb Ihnen sonst ja recht. Im Grund ist er, wie Sie schon sagen, ein reiner Fleischfresser. Er könnte also theoretisch nachts an unsere Viecher gehen, sie töten und unberührt liegen lassen. Aber dieser Hund ist ein Allesfresser. Gelegentlich verzehrt er ein Ei, eine gebackene Tomate oder eine Schüssel Cornflakes mit Milch, gehackte Hühnerleber mit Radieschen garniert, eine Dose Ölsardinen mit einer halben Zwiebel, Schoko- und Vanillepudding, Schinken aus dem Backofen oder Käse auf Toast, Zwetschgendatschi oder oder oder. Ab und zu trinkt er sogar einen Schluck Bier.«

Die Resi hatte sich richtig in Rage geredet und ungewollt aufs Gas gedrückt. Dadurch ging ihr die Orientierung verloren. Sie musste aus dem Industrie- und Gewerbegebiet, in das sie eingebogen waren, rückwärts wieder rausfahren. »Das sieht doch alles aus wie ein Klinikkomplex«, sagte sie zu ihrer Entschuldigung. »Kliniken sehen aus wie Zementwerke.«

Als sie auf dem Parkplatz nahe der Klinik standen, stellte Resi endgültig fest, dass sie zusammen einen richtig dicken Schatten warfen. Sie waren zu fünft. »Passen so viele Leute in ein Zweibettzimmer? Und darf der Hund überhaupt in ein Krankenhaus? Ogottogottogott, was machen wir denn um Himmels willen mit dem Hund?«

Caruso sah sie mit optimistischer Miene an. Grad so, als ob er schon eine Lösung hätte.

Bene brummelte etwas vor sich hin.

»Was haben Sie gesagt, Bene?«, fragte Carmen nach.

»Wir brauchen Mut. Das bedeutet, wir müssen das Wagnis eingehen, mehr zu schaffen, als wir können.«

Carmen stieß einen anerkennenden Pfiff aus und klatschte begeistert in die Hände. »Genau das machen wir jetzt.«

Und der Norbertle machte einen Satz in die Luft, der ein wenig verkorkst wirkte. »Jou wergli!«, rief er begeistert und versetzte Caruso einen Freudenhieb. Dabei pfiff er die ersten Takte von »Wiener Blut«.

Als Erster tanzte Caruso durch die erstbeste Tür in die Klinik. Er tat es im Walzertakt. Walzer gefiel ihm. Maximilians Zimmer hatte die Nummer 402.

***

*Lieber Herrgott,*
*du bist super! Woher hast du das wieder gewusst? Wie machst du so was bloß?*
*Sonst will ich ja lieber allein sein. Aber heute Früh nach dem Frühstück – es hat Semmel gegeben und ... Blödsinn, das weißt du ja selbst –, also nach dem Frühstück habe ich mir gaaanz doll gewünscht, dass ich Besuch krieg. Und – was sag ich dir – auf einmal geht die Tür auf, und ich befinde mich im Himmelreich. Grad so. Außer Papa waren alle da. Die Resi. Der Bene. Der Norbertle. Und sogar die Frau Wiesenschön, stell dir vor. Kommt eine ausgewachsene Frau Wiesenschön, um den kleinen Maximilian zu besuchen. Und was das Schönste war: Als Letzter ist der Caruso reingekommen. Der muss sich grad so gefreut haben wie ich, weil der hat einen Satz gemacht, und – plumps – ist der schon auf meinem Bett gesessen und hat mich abgeschleckt.*
*Nur gut, dass der Kurti nicht da war, mein Zimmernachbar. Weil wir haben den Caruso nachher in den sein Bett verfrachtet, weil wegen meinem Bein, das wär nicht so gut gewesen mit dem Gewicht vom Caruso, hat der Bene gesagt.*

*Die Resi war übrigens ganz komisch zu mir. Sonst schaut sie mich doch den ganzen Tag nicht an. Aber heut hat sie sich an mein Bett gesetzt und hat den Arm um mich herumgelegt und hat mir ein Bussi auf die Stirn gegeben. Als ob sie mich heiraten möcht. Dabei möcht ich doch vielleicht viel lieber die Karla heiraten. Weil die Resi ist ja eh schon mit dem Papa verbandelt.*
*Ach ja, die Karla. Stell dir vor, die haben gesagt, die Karla ist wiedergekommen. Kurz bevor sie zu mir gefahren sind, ist die Karla mit einem Hubschrauber gelandet, haben sie gesagt. Und der Professor hat sich gleich auf sie gestürzt, sagen sie. Muss ich mir da jetzt Sorgen machen? Den Chopper hat sie übrigens selber geflogen. Das find ich vielleicht geil, was meinst du? Aber mehr haben sie dann auch nicht gewusst, wie lang sie bleiben wird und so. Und dann hätt ich noch eine Bitte an dich, lieber Herrgott. Es ist wegen unsere Viecher. Weißt schon, wegen die toten Hühner und Ziegen. Kannst du nicht herauskriegen, wer das war? Der Herr Pfarrer Enzian sagt immer, dass der Herrgott alles sieht und weiß. Der liebe Gott ist das Allmächtigste, was es auf diesem Gebiet gibt, hat er einmal gesagt. Ja, Herrgott noch mal, kannst du dich da nicht auch mal einschalten? Die Polizei weiß nix, der Bene hat nix herausgefunden, und ich hab deutlich gemerkt, dass der Caruso und der Bellheim auch hinter den Verbrechen her sind. Ohne Erfolg, sonst hätte mir der Caruso was gesagt. Und bitte pass auch auf, dass so was nicht noch einmal passiert. Das hat nämlich der Bene gesagt, dass sie befürchten, dass eine Serie kommt. Weißt schon, so ein Mord in Serie. Also, ich bitte dich – pass auf!*
*So, jetzt muss ich aufhören, weil der Kurti wird bald wieder gebracht. Die Resi hat übrigens sein Bett frisch bezogen. Weil wegen dem Caruso im Kurtibett. Heut ist ein echt voll cooler Tag, wollt ich nur noch die Bemerkung machen.*
*Pfüadi, lieber Herrgott, und Bussi, dein Maxi*

***

Als Simon Feyertag ihr das zweite Glas Wasser eingoss, ließ er den Blick an seinem eigenen Erscheinungsbild heruntergleiten und wünschte sich, er hätte sich rasch umgezogen. Brandrote

Bermudas, dazu ein tiefschwarzes Poloshirt, leider mit Flecken am Bauch, stellte er bei näherem Hinsehen fest. Seine Unterarme glichen denen eines gut bewachsenen Primaten.

Er selbst hatte sich wie üblich einen Gin Tonic geholt, den er mit Karla und ihrem ersten Wasser zur Hälfte geleert hatte. Er hob das Glas und bewegte es auf sie zu. »Auf den Helikopterwalzer und das Wiedersehen. Auf unsere uralte Bekanntschaft und was daraus werden könnte.«

Eigentlich hätte er sie fragen wollen, wie zum Teufel sie an diesen Helikopter kam und wieso sie die Berechtigung hatte und fähig war, ihn zu fliegen. Doch das war ihm zu plump für den Anfang.

Aus irgendeinem Grund ließen seine Worte sie kurz nach Luft schnappen. Doch sie berührte mit ihrem Wasserglas seinen Longdrink-Schwenker. Sie tat es fast zärtlich. Und obwohl sie zu gern wiederholt hätte: »Auf unsere uralte Bekanntschaft und was daraus werden könnte«, brachte sie doch nur ein kleines Lächeln hervor. Das Lächeln galt noch immer seiner Bemerkung vorhin, als sie ihn nach dem Grund gefragt hatte, weshalb sie ihn bei jeder Begegnung mit einem Glas Gin Tonic erwische.

»Es schützt eindeutig vor Malaria«, hatte er ernsthaft erwidert. »Ich bin noch nie daran erkrankt.«

Sie saßen auf der Terrasse mit Blick auf die Berge und hangabwärts auf den See, sprachen kaum und versuchten zu vermeiden, ihre wahren Gefühle füreinander zu zeigen. Ein Fasan schrie über die Felder. Ein Hund bellte zweimal draußen in der Einfahrt. Sein Bellen war hell, Caruso konnte es nicht sein. Eine einzige Wespe, vielschichtig im Denken, dafür aber mit untrüglichem Instinkt, sah sich von den Möglichkeiten des Glases verführt, das Simon noch immer in der Hand hielt. Er hatte Mühe, sie zu verscheuchen.

Sommerluft. Eindeutig Sommer. Windstille, wenn auch die Luft langsam feuchter wurde. Simon Feyertag, die drei obersten Knöpfe seines Shirts geöffnet, schwitzte leicht. Er sah Karla nicht direkt an, obwohl sie spürte, dass er sie aus den Augenwinkeln betrachten konnte, auch wenn es ganz den Anschein hatte, er jage im Kopf dem rufenden Fasan hinterher. Er saß etwas abgewandt, sodass sie wegen der offenen Knöpfe die gekräuselten schwarzen Brusthaare und die kleinen feuchten Perlen darin sehen konnte.

Sie hatte gute Gefühle, alte Gefühle, Gefühle aus Poesie und Musik. Dennoch, dachte sie, wir können nicht einfach so herumsitzen. Ich bin nicht hergekommen, um herumzusitzen, selbst mit ihm nicht. Nicht nur.

Sein Glas war leer. Sie wand sich in ihrer Haut. Ja bitte, trink doch noch etwas. Lass uns noch zusammensitzen. Und reden. Und umarmen. Und …

»Kennst du Thea Sommer?«

Die Frage traf sie wie ein Schlag. Klar, sie hatte irgendwann kommen müssen. Sie lag doch so nahe.

»Ich habe von den Tieren gehört, die getötet wurden«, wich sie aus.

»Du kennst sie also«, sagte er leise. »Thea Sommer. Kein Wunder, du benutzt schließlich ihren Hubschrauber.«

Sie fühlte sich wie ein Teenager beim ersten Date. Sicher wäre sie rot geworden, hätte sie sein Nachbohren nicht längst erwartet. Doch sie merkte, er wollte sie nicht angreifen. Er meinte es gut mit ihr. Sie hörte es an der Sanftheit seiner Stimme, an der Art, wie ihm die Worte über die Lippen kamen. Was sie nicht wusste, war, dass er am liebsten laut hinausgeschrien hätte, so laut, dass die Worte von den Bergen als Echo widerhallten: »Verdammt, Simon Feyertag, bist du wirklich so ein Trottel? Spuck's endlich aus! Es liegt doch auf der Hand.«

»Du bist ihre Tochter«, sagte er endlich. »Und du heißt nicht Karla. Du bist Gala. Die Frau, die sich am zweiten Adventsonntag hier im Hochzeitskircherl vermählen wird. Mit einem Verlobten, der mir unbekannt ist.«

***

»Na wie war's? Wie geht's dem Maxi? Wie sieht er aus?« Der Herr Karl war ganz aufgeregt.

»Guad sieht er aus«, sagte die Resi. »Guad geht's ihm. Übermorgen kommt er raus, sagt die Doktorin. Er freut sich schon.«

Sie ließ den Rest der Mannschaft aus dem Auto und klickte den Verschluss an der Fernbedienung.

Der Bene schlüpfte augenblicklich aus seinem Anzug und machte sich für die Arbeit fertig. Der Norbertle rief schon von Weitem nach seiner Mama, und Carmen Wiesenschön frischte in der Spiegelung eines Fensters den Lippenstift auf. Caruso aber trabte ohne sich umzuschauen zur Haltestelle. Er hatte es im Urin, dass der Bus bald kommen musste.

Gut sieht sie aus mit dem neuen Janker, die Resi, dachte der Herr Karl. Den hatte er neulich unten im Schaufenster des Trachtengeschäfts in Hundham entdeckt und sie damit überrascht. Der macht sich gut zu ihrem Haar, den vollen Lippen und den strahlenden Augen. Gut sieht sie aus. Er hatte zwar Herzklopfen gekriegt, als die Karla plötzlich wieder leibhaftig vor ihm stand. Denn ein bisserl verliebt in sie hatte er sich vielleicht schon bei ihrem Aufenthalt neulich. Auch wenn es die Resi nicht hätte merken sollen. Dann war es ihr am End aber doch aufgefallen.

Der Professor hatte sich vorhin gleich auf sie gestürzt und sie abgeschleppt. Er hatte dem Herrn noch seinen Gin Tonic gebracht. Karla hatte ihm flüchtig zugeworfen, dass sie ein, zwei Tage bleiben wolle. Seither hatte er die zwei nicht mehr gesehen. Ob da was lief zwischen denen? Okay, das ging ihn nichts an, das kam unter seinen Gästen immer wieder vor, dass zwei plötzlich was miteinander hatten, oder auch, dass sie sich plötzlich stritten. Vielmehr interessierte ihn, wieso die Frau Dr. Winter mit dem Hubschrauber von der Frau Sommer gekommen war. Welchen Zusammenhang gab es da? Und was war der Grund für ihr Kommen? Seine Nase sagte ihm, dass da mehr dahintersteckte. Doch er wollte sie nicht in die Angelegenheiten anderer stecken.

# 18

Schmetterlinge im Bauch? War das der gängige Begriff für ihr Gefühl? Gala machte einen Bogen um das Hotelbett und beäugte es wie ein fremdes Tier – wachsam, auf der Hut. Sie zog die Bettdecke beiseite und betrachtete im Mondschein das straff gezogene Laken. Es war cremeweiß, Leinen, wie die übrige Bettwäsche. Wann hatte sie zuletzt mit Claudius geschlafen? War es eine Woche her oder länger? Ihr Bedarf hatte sich jedenfalls spürbar reduziert, seit sie diesen Mann kennengelernt hatte.

Sie strich mit den Fingern über das Laken. Es fühlte sich dünn und glatt an. Weich. Zögernd setzte sie sich auf die Bettkante, probierte, wie schlafbar das Bett war. Sie traute sich selbst nicht mehr über den Weg. Konnte ihre Reaktionen nicht mehr vorhersagen. Als sie da saß und an Claudius dachte, empfand sie nichts. *Nada.*

Sie legte sich aufs Bett, angezogen wie sie war. Sie sah sich im mondbeschienenen Raum um. Ja, er war liebevoll eingerichtet, in nicht allzu jodelndem alpenländischen Stil. Das Interieur passte zum Haus. Durch das leicht geöffnete Fenster hörte sie das Rauschen der Riesenbuche, in die sie damals bei ihrer Ankunft mit dem Ballon hineingerauscht waren. Gala musste lächeln. Sie empfand nichts für Claudius und spürte trotzdem ein Glücksgefühl? »Menschliches Versagen«, flüsterte sie und meinte sich selbst. Darüber musste sie so lachen, dass sie ihr Gesicht ins Laken presste.

Sie war verlobt. Seit eineinhalb Jahren war sie verlobt, und bald sollte die Hochzeit stattfinden. Mit Claudius. Claudius galt in der Firma als unersetzlich, er war ein Rundum-Genie. Claudius war unbeliebt, auch Mutter mochte ihn nicht besonders. Doch ihre Tochter mit ihm zu verheiraten hielt sie für eine effiziente Methode, um das Genie zu binden und zu behalten.

Und nun kam Simon. Es war beileibe nicht Liebe auf den ersten Blick gewesen. Auch dieser Mann war gewöhnungsbedürftig. Doch es war Liebe auf den zweiten Blick. Lange hatte sie mit sich gerungen, ob sie ihn anrufen sollte. Lange hatte sie sich verflucht, ihm die Handynummer gegeben zu haben. Doch auch sie selbst hatte den Kontakt gescheut. Hatte sich nicht getraut. Hatte den Hörer schon in der Hand gehabt, die Nummer schon gewählt. Und wieder die AUS-Taste gedrückt. War es Feigheit gewesen? Angst? Rücksichtnahme auf Claudius? Ihrem Leben, das ihr früher noch vollkommen gewesen zu sein schien, fehlte etwas Wesentliches.

Schmetterlinge im Bauch. Sie konnte sich ein kleines Lächeln nicht verkneifen, als sie daran denken musste, wie leger Simon ihr gegenübergesessen hatte. Bei Claudius hieß es: kein Essen ohne Krawatte, ob im Restaurant oder daheim. Selbst nachts hatte er Schwierigkeiten, die Krawatte abzulegen. Erotik war anders. Es gab einfach Mauern und Zäune, die eine offenere Beziehung zwischen ihnen beiden verhinderte.

Frauenzeitschriften behandelten derlei Themen. Frauen hatten gewisse Erwartungen, was in ihrem Schlafzimmer passieren sollte. Männer wie Claudius – überhaupt eine Vielzahl der Männer, wie es hieß – fühlten sich von solchen Erwartungen bedroht. In gewisser Hinsicht forderten Frauen von ihren Männern, Poet zu sein, erfolgreich im Beruf und ungestümer, leidenschaftlicher Liebhaber zugleich.

Gala sah darin keinen Widerspruch. Männer offenbar schon. In ihren Fitnesscentern, bei Geschäftstreffen, bei Skat- und Herrenabenden, während all der frauenlosen Treffen unter Männern hatte Poesie, ja überhaupt alles Feinere einfach keinen Platz. Wenn also Liebe und Erotik etwas Feineres waren, eine eigene Kunstform vielleicht sogar – wovon Gala zutiefst überzeugt war –, dann war für Claudius kein Platz im Gefüge ihres Lebens. Immer und immer wieder, wie bisher auch, würde sie sich nachts mit einem Seufzer zur Wand drehen.

Schmetterlinge im Bauch. Sie musste aufpassen, dass aus den Schmetterlingen keine Messer wurden. Wie kam es eigentlich, dass sie hier war? Ihrer Mutter hatte sie gesagt, sie wolle noch einmal wegen der Hochzeitsvorbereitungen ins Himmelreich. Wenn sie ehrlich war: Es war ein Flug ins Ungewisse gewesen. Sie wollte Simon sehen, das war alles. Mit ungewissem Ausgang.

Etwas in Simon Feyertag ließ ihn all diese Gedanken verstehen, ohne dass sie groß drüber zu reden brauchten. Davon war sie überzeugt, das spürte sie.

Sie war da. Er kam sich schwachsinnig vor. Er hatte lange mit aller Macht vermieden, das Mobiltelefon zu benutzen, um sie zu erreichen, und sie kam so ganz spontan und umstandslos mit dem Helikopter angeflogen.

Simon stand am Fenster seines Hotelzimmers und blickte in den oberbayerischen Sternenhimmel. Es gab draußen kaum künstliches Licht. Keine Straßenlampen, keine Gartenbeleuchtung, keinen Autoverkehr. Nur so war es möglich, dass dieser Himmel jenem ein wenig ähnelte, den er im vergangenen Jahr in der Wüste Namibias erlebt hatte.

Er hatte einen Freund besucht, dessen Frau bei ihrem ersten Soloflug im Ultraleichtflieger tödlich verunglückt war. Er war vom Flughafen Windhoek nicht abgeholt worden und musste sich selbst helfen. Als er ins Haus geführt wurde, saß sein Freund vornübergebeugt im Sessel, er wirkte wie ein alter Mann. In seinen Augen stand der Schreck, als hätte er den Absturz gerade eben erst miterleben müssen, und sein Mund hing offen, als fiele ihm das Atmen schwer. Wie ein Fischmaul am Angelhaken.

Seine Stimme klang rau, wenn er sprach, und sie sprachen viel. »Ich kann ohne meine Frau nicht leben«, hatte sein Freund mehrfach geflüstert. Simon glaubte ihm. Er meinte das, was er sagte. Am Ende fühlte Simon wieder einmal seine Einstellung bestätigt. Du darfst dich an jemanden binden, aber du darfst ihn nicht verlieren, ganz gleich, aus welchem Grund. Durch Trennung oder durch Tod. Du leidest wie ein Hund. Also binde dich gar nicht erst.

Leiden Hunde? Simon stellte sich diese Frage, als er sich vom Fenster abwendete, die Vorhänge zuzog und das Licht anschaltete. Immer wieder las man von Hunden, die sich trauernd zurückziehen. Die jede Nahrung verweigern. Die am Grab ihres Herren Wache halten. Die über lange Zeit an der Straßenecke ausharren, an der ihr Frauchen tödlich verunglückt ist. Solche Berichte konnten stimmen oder nicht. Er hatte noch nie einen eigenen Hund gehalten, war aber mit Menschen befreundet, die mit Hunden lebten, teilweise von Kindheit an ein Leben lang.

Wie von selbst erschien Caruso, der Hotelhund, vor seinem inneren Auge. Caruso war vier Jahre alt, hatte also noch vielleicht zehn Jahre zu leben. Vier Menschen würden dann tief und lange um ihn trauern und ihn ständig vermissen. Nein, für ihn – schon gleich nicht in seiner beruflichen Situation – wäre das nichts.

In ein Menschenerwachsenenleben passen drei bis vier Hundeleben. Jedes Tier begleitet man gewöhnlich bis zum Tod. Man trauert also drei bis vier Mal um ein geliebtes Wesen. Das fällt schwer, dachte Simon. Viele schaffen sich sofort ein neues Tier an.

Kann dieses Modell auch in einer menschlichen Beziehung funktionieren?, fragte er sich. Wenn ich eine enge Bindung eingehe und den Menschen dann verliere, gleich aus welchem Grund, schaffe ich mir dann sofort wieder einen neuen an?

Simon legte die Stirn in Falten und unterzog die Minibar einer näheren Betrachtung. Minuten später hatte er den ersten Schluck seines Lieblingsgetränks im Mund. Es fühlte sich großartig und entspannend an. Eiswürfel schlugen beschwingt gegen den Glasrand, als er mit seinem Gin Tonic wieder zum Fenster wanderte, es öffnete und in den sternenübersäten Nachthimmel starrte.

Er war Arzt. Er hatte sein Leben lang Verantwortung getragen und Entscheidungen gefällt. Er konnte sich an keine einzige erinnern, die falsch gewesen wäre oder die negative Konsequenzen gehabt hätte. Hier und jetzt aber musste er eine Entscheidung fürs Leben treffen. »Mein Gott«, sagte er leise.

Er hob den Kopf und blickte in die Richtung, in der ihr Zimmer lag, ein Stockwerk tiefer am Ende des Flurs. Als ob er durch Wände sehen könnte. »Mein Gott.« Seine Stimme war belegt.

Alles, was er ein Leben lang hatte vermeiden wollen, was er sich je überlegt und geglaubt hatte, wonach er gelebt hatte, ein Leben voller Gefühle, Gedanken, voller Suchen, Finden und Verwerfen, in diesem einen Augenblick kam alles zusammen. Sich zu binden war nie sein Ding gewesen – ohne dabei das Gefühl zu haben, verzichten zu müssen. Und nun war er dabei, sein Herz an eine zu verlieren, die verlobt war, die weder besonders blendend aussah noch besonders charmant war, eher burschikos. Doch wie sie aus dem Hubschrauber gestiegen war, wie sie ihm am Tisch gegenübergesessen hatte, besaß sie auf eine natürlich Art die Eleganz der großen Welt.

In Eile hatte er Erkundigungen eingezogen. Er hatte in Erfahrung gebracht, dass Gala Sommer Mitinhaberin und Geschäftsführerin einer Christbaumschmuckfabrik war. Sommer & Co. hatte mehrere Produktionsstandorte und stritt sich mit einem Japaner darum, wer wohl der größte Hersteller der Erde sei. Simon konnte sich noch gut an die Entführung von Galas Vater vor Jahren erinnern. Der Fall war ausführlich durch die Medien gereicht worden. Bis zum Ende, als er ermordet aufgefunden worden war. Die Lösegeldübergabe hatte nicht funktioniert.

Selbstverständlich musste es für die Familie ein Schock gewesen sein. Thea Sommer hatte jedoch übergangslos die Leitung übernommen und, nachdem Gala ihr Studium beendet und promoviert hatte, ihre Tochter in die Geschäftsführung geholt. Nach Simons Informationen sollte seit einem Jahr angeblich auch ihr Verlobter Claudius leitend mitwirken.

Sollte er diese Festung stürmen?

Simon Feyertag hatte sein zweites Getränk in Arbeit und schloss das Fenster wieder, als es leise an der Tür klopfte. So leise, dass Simon den Eindruck hatte, Caruso schlüge mit der Schwanzspitze dagegen. »Ja!«, rief er vorsichtshalber mit kraftvollem Bariton. Er hatte von Hunden gehört, die Türen öffnen können.

»Hi«, sagte Gala Sommer und hob etwas unsicher eine Hand. »Nicht erschrecken. Aber ich habe mir gedacht ... es ist so eine herrliche Nacht ... ich habe mich entschlossen, mir unter diesem einzigartigen Sternenhimmel noch ein bisschen die Füße zu vertreten. Hast du nicht Lust, mich zu begleiten?«

Er hoffte, dass sie es nicht falsch deutete, als er sie unter halb geschlossenen Augen von oben bis unten betrachtete. Sie trug ein bunt geblümtes Top, hatte einen Pulli um die Schultern gehängt und eine weiße dreiviertellange Hose an. Trotz der Dunkelheit durfte die ins Haar zurückgeschobene Sonnenbrille nicht fehlen.

»Willst du nicht einen Augenblick hereinkommen?« Das Kraftvolle in seiner Stimme war wie weggewischt. Sie klang eher brüchig. Wie ein Trottel blieb er im Türrahmen stehen. »Ich will sagen«, fuhr er fort und hoffte, sie würde sein Herz nicht klopfen hören, »wenn du mir meine Direktheit verzeihst, du siehst umwerfend aus. Ich meine das ernst, nicht nur als Kompliment. Umwerfend!«

Seine Bewunderung war aufrichtig, das konnte sie erkennen. Sie schwelgte darin, warf sich in ihren Strudel, ließ sie ein in jede Pore ihres Körpers wie Balsam aus der Hand eines Gottes, der sie vor Jahren verlassen hatte und jetzt zurückgekehrt war. Nicht einmal hatte sie diesen Zug bei Claudius entdecken können. Gala strahlte Simon ehrlich an.

Und in genau diesem Bruchteil einer Sekunde verliebte sich Dr. Simon Feyertag, Professor für ästhetische Chirurgie mit Praxen in Hamburg, Zürich und am Starnberger See, in Dr. Gala Sommer, Christbaumschmuckproduzentin aus Oberbayern, die einen hübsch bunten und betagten Helikopter namens Harry flog.

***

Hoch schwebt Caruso über den Wäldern, unter ihm der Hundhamer See mit der Roseninsel in der Mitte. Rechts unter ihm das Dorf, er kann Bessys Wohnhaus gut erkennen, auch das von Locke. Ja, und drüben die Brücke, unter der sie Monsieur Clochard begraben haben. Selbst hier droben hoch über dem Land macht ihn das traurig. Er hört das Zischen des Windes, spürt das Flattern der Ohren, hält das Gleichgewicht mit den Beinen, steuert mit dem Schweif. Er wundert sich, dass er fliegen kann.

Hätte ihn jemand beobachtet, hätte er bemerkt, wie Carusos Beine im Schlaf strampelten, die Ohren zuckten, die Augen im Sekundentakt auf- und zuflogen.

Gemächlich dreht er eine Schleife über dem See, um sich anschließend dem Himmelreich zuzuwenden, das nun links unter ihm liegt. Dieses komisch bunte Ungetüm unter dem Riesenbaum auf der Wiese, auf der er und Bessy herumgejagt sind. Der Herr Karl steht vor dem Haus und hat einen Arm um Resi gelegt. Nichts Neues für Caruso, das ist wie bei ihm und Bessy. Doch drüben, hinter dem Haus, bei den Weinreben, tut der Mann, den sie Simon nennen, das Gleiche mit der, die frisch gekommen ist und die sie Karla rufen. Oh oh! Wenn das mal ein gutes Ende nimmt. Doch er will nicht stören und wendet sich ab. Nächste Schleife nach rechts, ein wenig Höhe verlieren.

Oh, ist Fliegen schön. Selbst im Traum weiß Caruso, dass er nur träumt und dass alles vorbei ist, wenn er aufwacht aus diesem Traum. Er rudert mit den Vorder- und Hinterläufen und fliegt talwärts, wieder über den See, das Dorf vor sich. Drüben der Blaubeerhügel, davor die Holunderwiese. Dort unten im Forstweg, rechts von dem knorrigen Eichhörnchenbaum, die Höhle, in welcher der Fuchs lebt. Er kann sie nicht exakt orten, weiß aber genau, wo sie liegt. Und er sichtet sogar den Fuchs selbst. Caruso ist erstaunt, wie er aus dieser Höhe jedes kleinste Detail erkennen kann. Die weiße Blesse auf der Stirn des Fuchses hat er bisher noch nie bemerkt. Der Rote sieht zu ihm herauf und ruft ihm etwas zu, das er nicht verstehen kann.

Drüben die Maiwand, eine steile, spitze Felsnase, auf der die Adlerfrau ihr Nest gebaut hat. Er schaut näher hin – ja, tatsächlich, da sind auch Junge im Nest, er kann nur nicht erkennen, wie viele. Ach, ist dieses Schweben wunderbar. Könnte es bloß immer so sein. Da unten, das Pferdegespann mit dem langen Holz hintendrauf. Im vergangenen Sommer hat Bessy die Pferde noch geärgert, und Caruso hat ihr beim Ärgern geholfen. Da waren sie noch kein Paar, und da hat Clochard noch unter der Brücke gelebt.

Wieder eine Wende zur anderen Seite, ein wenig bergauf zum Himmelreich hin. Er lässt sich fallen und steht wie ein Bussard genau über der Koppel mit den Hühnern, Ziegen und Lämmern. Rosinante, die Eselin, schaut hoch und sieht ihn. Ob sie ihn auch erkennt? Ja, sie brüllt herauf zu ihm. Iah, iah, iah.

Ein eigenartiges Kribbeln ist das, denkt Caruso. Ein Kribbeln im Magen, das er nicht kennt. Wie Hunger. Er sieht die Hühner, kreist weiter, sinkt tiefer. Schließlich steht er über dem Hühnerhof, Hugo und seine Schar rennen nervös und laut gackernd hin und her und wieder zurück. Vollkommen aufgescheucht sind sie. Caruso ist hungrig. Er hat jetzt Lust auf Hühnerfleisch. Daneben die Ziegen, die könnte man gleich mitnehmen, stellt er sich vor.

Caruso ist sich selber fremd. Doch er kann nicht anders, als einen Purzelbaum in der Luft zu schlagen und sich hinabzustürzen auf seine Opfer. Er landet und greift sich das erstbeste. Packt es am Hals und …

… wacht auf. Verstört schaut er um sich. Er liegt in seinem Bett im Eingangsbereich wie immer. Drüben erscheint die rote Kugel der Sonne am Horizont, draußen herrscht noch Dämmerung. Niemand ist zu sehen. Nur der Herr Karl, der ist wie immer schon in der Küche am Werkeln.

Caruso erhebt sich langsam, reckt die Glieder, schüttelt sich, gähnt laut und erholt sich von seinem ersten Adlerflug.

»Guten Morgen, Caruso«, hörte er laut aus der Küche.

Er schüttelte sich ein zweites Mal und wedelte mit dem Schweif. Er wusste, in die Küche darf er nicht. An der Tür blieb er stehen und wartete, bis ihm der Herr über den Kopf strich.

»Guten Morgen, mein Hund. Bist ein braves Tier. Guter Hund. Du musst ja heftig geträumt haben. Hast um dich geschlagen wie ein wütender Boxer. Alles ist gut. Leg dich noch mal hin. Ich mach dir gleich dein Frühstück.«

Caruso nahm's zur Kenntnis. Komisch. Normalerweise würde er jetzt stehenden Fußes auf sein Futter warten. Doch seltsam, er hatte null Hunger. Als ob er sich vor einer Stunde den Magen vollgeschlagen hätte. Er wollte nicht warten. Er musste zur Koppel. Nachsehen, was eigentlich los war.

Schon auf den ersten hundert Metern Schaukeltrab nahm eine Idee Besitz von ihm. So könnte es gewesen sein. Bisher hatten sie immer überlegt, welches Landtier die Morde begangen haben könnte. Das Eichhorn, der Biber, der Fuchs. Aber aus der Luft … daran hatte noch niemand gedacht. Nicht einmal der selbst ernannte Genialermittler Bellheim. Er musste ihn sofort aufsuchen und mit ihm reden. Seine Freude über diesen Geistesblitz mit ihm teilen. Nur so ließ sich Freude wirklich auskosten. Wenn man sie teilte.

Er stand vor dem Gatter des Hühnerhofs, daneben die Ziegen. Er runzelte die Stirn und wiegte den Kopf. Hugo und Vesuvio mit ihren Leuten begrüßten ihn. Alles okay, bedeuteten sie ihm. Nix passiert. Nein, keinen Raubvogel gesehen.

»Kein Adler also. Na gut. Kein Bussard? Nein? Mich habt ihr auch nicht gesehen?«

Sie sahen ihn nur dumm an. So wie Hühner eben schauen.

»Ich bin nicht über euch am Himmel geschwebt und hab mich nicht auf euch herabgestürzt?«

Vesuvio baute sich jenseits des Zauns in seiner ganzen Größe vor ihm auf. Er stampfte mit dem rechten Vorderhuf kräftig auf den Boden und senkte die Hörner. Die grünen Schlitzaugen funkelten böse. »He, willst du uns verarschen? Wie willst du denn am Himmel geschwebt sein? Hältst du dich für einen Engel?« Nach einem wütenden Abschlussstampfen drehte er ab und ließ den Neufundländer stehen.

Caruso war die Sache peinlich. Er bereute schon, überhaupt gefragt zu haben.

Da trat Hugo, der Gockel, noch einmal an den Zaun und redete mit ihm. Es klang zwar wie ein verschlucktes Krähen, doch Caruso verstand. »Also wenn ich ehrlich bin, ich nicht, ich hab nichts gesehen, aber meine Jüngste da drüben, die Leila, die hat mir erzählt, sie habe etwas am Himmel gesehen, das nicht wie ein Vogel ausgesehen hat. Ich hab ihr gesagt, du spinnst, hab ich ihr gesagt, am Himmel fliegen nur die Vögel. Du bist doch auch ein Vogel, nur, wir können nicht fliegen. Jedenfalls nicht richtig, hab ich ihr gesagt.«

Wie halt Hühner und Hähne so sprechen. Das einzig nicht depperte Huhn, das Caruso kannte, war Frieda. Mit großen, erstaunten Augen wendete er sich ab und schüttelte sich zum wiederholten Mal. Es war kein normales Fellschütteln, eines, das er beim Aufstehen vollführte, wenn er auf sich aufmerksam machen wollte oder wenn er nass war. Nein, er versuchte damit die Erinnerung an seinen Traumflug abzuschütteln, an das grässliche Erlebnis, als er sich in einen Adler verwandelt und sich auf die nichts ahnenden Weidetiere gestürzt hatte.

Weit entfernt hörte er einen Motor brummen. So brummen Motoren, wenn sie den Berg heraufkommen, dachte er. Und so war es auch. Komisch. Ob das schon der Maxi war?

»Ach ja«, merkte er zum Schluss an, als er zurückging und sich den Hugo noch einmal kurz vorknöpfte. »Wo ist eigentlich mein tägliches Ei?«

# 19

So gut hatte sich Maximilian schon lange nicht gefühlt. Er war stolz auf das große Pflaster am Kopf und das kleine über der Augenbraue, als er entlassen wurde. Der Papa war gestern ganz allein hier gewesen und hatte alles mit allen besprochen. Auch mit ihm. Es war ein großes Geheimnis, und Kinder sind immer glücklich, wenn sie in ein großes Geheimnis eingeweiht werden. Denn ein Geheimnis ist eine Neuigkeit, die man nur im Flüsterton unter vier Augen weitererzählen darf.

Wie gesagt, Maximilian war glücklich. »Du musst mich unbedingt besuchen, wenn du wieder gesund bist«, hatte er sich vom Kurti verabschiedet und eine kleine Träne verdrückt. Stolz trug er die kleine Tasche mit seinen Sachen, die ihm die Schwester im weißen Kleid gepackt hatte. Die Schwester fuhr auch im Aufzug mit ihm hinunter und begleitete ihn zum Ausgang, wo er schon erwartet wurde.

»Da steht der Bus«, sagte sie. »Ganz vorn der Platz, der ist für dich reserviert.«

Der Bus? Wieso schickte der Papa einen Bus? Warum, das merkte er erst, als er einstieg, der Maxi. Der Bus war voll mit Männern und Frauen, alle in Tracht, und alle hatten ein glänzendes Instrument auf dem Schoß oder im Gang neben sich. Als er auf der obersten Stufe stand, also praktisch im Bus drin, fingen alle an zu klatschen und riefen ihm etwas zu. Das Hundhamer Echo! Ja, war denn heut schon Geburtstag? Mei, der Maximilian wurde ganz rot im Gesicht. Nicht, weil er sich geschämt hätte, nein. Ach was, er wusste auch nicht, warum. Rot halt.

Während der Fahrt heraus aus der Stadt, hinüber ins Dorf, die Dorfstraße hinunter, den Berg hinauf, an der Nerzhüttn und am See vorbei, spielte die Musi ein paar Stücke. Maxi nahm sich fest vor, mehr als bisher mit der Klarinette zu üben, weil da wollte er auch einmal dabei sein und mitspielen, beim Hundhamer Echo. Das wär echt geil! Die ganze Fahrt herauf überlegte er auch, warum die Musi eigentlich dabei war. Der Papa hatte ihm nur gesagt, er würde abgeholt. Aber gleich mit dem Bus und dem Echo! Egal, er war froh, bald wieder daheim zu sein.

***

Als Erstes verschlang Caruso sein Frühstück, als er wieder daheim war. Mit jedem Meter, den er sich dem Himmelreich näherte, war sein Hunger gewachsen. Und obwohl der Hunger ihn trieb und er sicher sein konnte, dass Herr Karl ihn nicht vergiften würde, stand er jedes Mal zunächst vor seinem Futter und beschnupperte es ausgiebig. Als er endlich bereit war, eine Zufriedenheitserklärung abzugeben, stürzte er sich darauf. Die Menge, die er zu bewältigen hatte, hätte einer siebenköpfigen Wieselfamilie selbst in schlechten Zeiten ein zweiwöchiges Luxusleben ermöglicht. Caruso aber schaffte es, die Portion in weniger als einer Minute wegzuzaubern. Fürs Sauberlecken benötigte er die zehnfache Zeit.

Das ankommende Motorgeräusch hatte sein abgewinkeltes Ohr nie außer Acht gelassen. Jetzt stand der Omnibus vor der Tür.

Wiener Blut, Wiener Blut, spielten sie. Gala und Simon, die im Freien am Frühstückstisch saßen, sprangen auf und hielten sich an den Händen. Simon gefiel die Musik, ohne dass er einen blassen Schimmer hatte, warum die Kapelle überhaupt spielte. Wie ein Tanzschüler forderte er Gala mit einer steifen Verbeugung zum Tanz auf. Dass sie darüber so unbändig lachen musste, weckte in ihm zum ersten Mal den Verdacht, dass von dem nächtlichen Sekt noch ein wenig im Blut oder im Kopf übrig geblieben war. Als sie auf dem gepflasterten Hausvorplatz ein paar Runden zur Walzermusik drehten, fand er diesen Verdacht bestätigt. Schon nach wenigen Takten gaben sie auf, ohne drüber traurig zu sein, und kehrten an ihren Tisch zurück.

»Tanzen ist sowieso überholt«, erklärte Simon. »Früher war Tanzen die Poesie des Fußes. Ein Vorwand, um fremde Frauen zu umarmen und Zärtlichkeiten auszutauschen. Heute braucht es dazu keinen Vorwand mehr.« Er drückte sie fest an sich, und sie fand auch das wieder wahnsinnig komisch.

Der Herr Karl stand unter der Eingangstür seines Hotels, gab kurz Maximilians Schulter frei und rieb sich die Hände. Er schien genau zu wissen, weshalb er das tat. Die weiße Schürze hatte er abgelegt. Stattdessen trug er einen blitzsauberen grauen Trachtenjanker mit roter Samtweste darunter.

Unweit davon stand die Familie Blümlein, zu der sich noch einige andere Gäste gesellt hatten. Eine Katze, die vorher noch niemand gesehen hatte, streunte zwischen ihren Beinen umher, wenig später wurde sie von Hauskater Fritz verfolgt.

»Des is fei schee, Boubala«, sagte Frau Blümlein. Ob sie damit ihren Mann meinte oder den Norbertle, war nicht ganz klar. Sie hatte sich für diesen strahlenden Sommertag ein rot geblümtes, dünnes Kleid ausgesucht, ihren Kopf schmückte ein kesses weißes Hütchen, während ihr Mann sich wie üblich in etwas Graues mit Krawatte geworfen hatte. Schon jetzt in der Früh zog er ein Tuch aus der Tasche und wischte sich den Schweiß von der Stirn.

Alle Anwesenden wurden von Carmen Wiesenschön an Schönheit und Eleganz übertroffen. Wie eine jugendliche Königinmutter kam sie in etwas Bodenlangem, glänzend Blauem und silberfarbenen Stöckelschuhen aus dem Haus gerauscht. Sie machte ein paar Schritte Richtung Kapelle, die munter weiterspielte, schien kurz zu überlegen, stöckelte rückwärts zurück und stellte sich neben den Herrn Karl. Carmen lächelte ihn an und schien Anstalten zu machen, sich bei ihm einzuhängen.

Karl hätte das bestimmt gern gesehen und zugelassen, wäre nicht die Resi dazwischengegangen. »Karl!« Mit großer Entschlossenheit und grimmigem Blick drängte sie sich schnaubend zwischen die beiden.

Doch nach einer Weile befreite sich Karl behutsam von ihrem Arm, trat nach vorn, klatschte in die Hände und bat das Publikum um Aufmerksamkeit.

Das Hundhamer Echo verstummte, augenblicklich trat Ruhe ein.

»Verehrte Gäste, liebe Freunde«, begann der Herr Karl. Er stand da, die Linke in der Hosentasche, in der Rechten ein Glas. Ein glücklicher Ausdruck hatte sich wie die Abendsonne über dem Voralpenland auf seinem Gesicht ausgebreitet. »Sie wollen bestimmt wissen, warum unser Hundhamer Echo so früh schon aufspielt. Die Ungewissheit darüber zerrt an Ihren Nerven, ich seh's Ihnen an. Deshalb will ich's Ihnen verraten. Es hat zwei Gründe, einer bedeutender als der andere.«

Wie Karl dastand, die Hände mit dem Glas über dem Bäuchlein gefaltet, rundes Gesicht, rosige Bäckchen, glänzende Augen, ähnelte er einem frühpensionierten Bischof. »Zum einen –« Er unterbrach sich und winkte Maximilian. »Kommst du, mein Sohn?«

Maximilian bekam wieder einmal in Rekordzeit einen roten Kopf. »Ich?«, fragte er ungläubig und deutete mit dem Zeigefinger auf seine Brust.

»Ja, du. Kommst du bitte?«

Etwas in dem Jungen zündete einen Funken. Er straffte sich, Schultern hoch, Brust raus. Stolz präsentierte er das große Pflaster am Kopf und das kleine über der Braue. Und schon stand er neben seinem Vater.

Caruso war ihm unbemerkt gefolgt. Ebenso stolz – Schultern hoch, Brust raus, lange Schritte – folgte er Maxi auf dem Fuß. Und schon stand er neben ihm und dem Herrn Karl.

»Also, ich will's Ihnen verraten«, fuhr der Herr Karl fort. »Mein Sohn Maximilian ist heute aus der Klinik entlassen worden. Sie wissen ja von seinem Unfall hinten an der alten Scheune. Das hätte verdammt schlimm ausgehen können, und ich bin heilfroh und dankbar, dass er wieder heil unter uns ist.«

Klatschen. Bravo. Klatschen.

Karl legte seinen Arm um Maxi und hob das Glas. »Prost! Auf meinen Maxi.«

Resi hatte zwischenzeitlich volle Gläser verteilt, und alle hoben die Gläser. »Auf Maxi.«

Karl trat noch einmal vor. »Nach drei Tagen in der Klinik ist dem Buben wohl auch der Heilige Geist erschienen. Er will jetzt plötzlich später einmal Priester werden.« Karl grinste. »Wissen Sie, was ich davon halte? Wär gar nicht schlecht, war mein spontaner Gedanke, wenn wir einen Papst in der Familie hätten.«

Tusch, Lachen, Klatschen, Durcheinander, Gläserklingen, Hintergrund mit Echo.

Karl hob die Hand. »Es gibt aber noch einen zweiten gewichtigen Grund. Ein wichtiger Geburtstag.«

Neugieriges Schweigen. Umherschauen. Flüstern. Tuscheln.

Der Herr Karl trat ein par Schritte vor, wendete sich der Terrasse zu und ging mit ausgestrecktem Arm und erhobenem Glas auf Gala und Simon zu. Die standen Arm in Arm vor ihrem Frühstückstisch und sahen her.

»Liebe Frau Dr. Sommer«, rief Karl laut und sah um sich. »Herzlichen Glückwunsch. Uns allen vom Haus ist es eine Ehre –«

»Ach, hören Sie schon auf«, rief Gala laut. »Das muss man doch nicht öffentlich machen. Ich bin entsetzt.« Sie drehte sich weg. Simon legte den Arm um sie und sprach leise zu ihr.

Eine Frau schrie gellend. Karls Gesicht war eingefroren. Er stand unbeholfen da wie ein Redner vor dem leeren Grab. Die Zeit schien stillzustehen.

Bis Gala sich wieder umdrehte. »Ist schon gut«, rief sie ihm zu. Sie wischte sich einige nicht vorhandene Staubflocken vom Ärmel. Dann lächelte sie Karl an. »Entschuldigen Sie. Ich freu mich. Fahren Sie ruhig fort.«

Schweißperlen standen auf Karls Stirn. Er umkrampfte Maxis Hand.

Caruso spürte die Unruhe. Er bellte dreimal tief und laut. Die Fellhaare sträubten sich.

Karl fing sich wieder. Innerhalb einer Sekunde blühte er auf. »Liebe Freunde und Gäste. Ich bitte Sie, Ihr Glas mit mir auf Dr. Gala Sommer zu erheben. Sie hat heute einen besonderen Geburtstag, und unserem Haus ist es eine Ehre, dass sie an diesem Tag bei uns ist.«

Gala und Simon wurden umringt und fanden sich mit Maximilian im absoluten Mittelpunkt der Morgengesellschaft.

»Wie alt sind Sie denn geworden?«

»Was ist das für ein spezieller Geburtstag? Verraten Sie uns das?«

»Ach, ich habe schon gehört, dass Sie hier im Himmelreich heiraten werden.«

»Werden Sie den Herrn Professor heiraten?«

Langsam, fast unmerklich, zog Simon Gala an der Hand weg von der Front. »Der Karl könnte mit einem Vortrag über die Kunst des Zwiebelschälens einen ganzen Saal zum Weinen bringen«, ließ er wissen, als sie im Inneren nahe der Hotelrezeption waren.

Klammheimlich war ihnen Caruso gefolgt. Er hatte Spaß an ihren Zweisamkeiten gefunden. Mit gierigen Augen saugte er sich an Gala fest.

# 20

Gala hatte ihren Geburtstag nicht immer gehasst. Als kleines Mädchen hatte sie am Vorabend den nächsten Morgen fast nicht erwarten können. Es gab einen eigenen Geschenketisch. Schon während des Frühstücks schielte sie immer hinüber. Nachher war sie oft stumm vor Ergriffenheit und musste von den Eltern dazu aufgefordert werden, die Geschenke zu öffnen.

Aber nach Papas Tod war der Geburtstag – genau wie Weihnachten – nur noch dazu da gewesen, sie daran zu erinnern, dass ihr Papa tot war und ihr sehr fehlte. Später, nach Mamas zweiter Heirat, änderte sich daran auch nichts. Sie lehnte es ab, mit dem furchtbaren neuen Mann, den sich Mama da an Land gezogen hatte, Geburtstag zu feiern. Mit achtzehn gab sie bekannt, dass sie ihren Geburtstag – genau wie Weihnachten – nicht mehr feiern wolle. Bei dem neuen Mann stieß sie damit auf keinen Widerstand.

Gala war nie richtig klar geworden, ob es zwischen Mama und dem Neuen eine Liebesheirat gewesen war oder ob Mama den Neuen für einen genialen Unternehmensführer hielt. Sehr lange hielt die Verbindung nicht. Auch der Neue starb nach annehmbarer Zeit. Nach Abschluss ihres Studiums stieg Gala in die Leitung der Christbaumschmuckfabrik ein. Die Zusammenarbeit mit Claudius, der des Verstorbenen Liebling gewesen war, artete rasch in eine private Beziehung aus, die in der Verlobung gipfelte. Claudius wirkte immer ein wenig schüchtern, fast verlegen, jedenfalls so gar nicht wie ein dynamischer Jungunternehmer. Eher wie ein zu schnell gewachsener Junge bei einer Mutprobe. Er hatte einen hübschen Kopf auf einem ebenmäßigen, aber schlaksigen Körper, kurz geschnittenes dunkles Haar und spitze, sorgfältig ausrasierte Koteletten, die bis an die Kiefergelenke reichten, was Gala etwas doof fand, was sie aber nie äußerte.

Die Beziehung mit Claudius stand von Anfang an auf wackeligen Beinen. In letzter Zeit war es Gala immer stärker bewusst geworden, dass sie damit auch ihr Privatleben geschäftlichen

Zielen untergeordnet hatte. Sie hatte bereits im Kopf gehabt, das zu ändern, noch bevor sie Simon Feyertag traf. Nun aber, nach der ersten Nacht mit Simon, surrte ein ganzer Bienenschwarm in ihrem Kopf herum. Abgesehen davon, dass sie Gewissensbisse hatte, obwohl sie sich einzureden versuchte, dass dazu keine Veranlassung bestand. Sie hatte sich schließlich in voller Absicht am Vorabend ihres dreißigsten Geburtstages Harry, den Helikopter, gegriffen, war daheim abgehauen und hergeflogen. Nichts an ihrem Auftreten und ihrer Art ließ ahnen, was in Gala Sommer vorging.

Gala hatte es weder geplant noch vermutet, gar erhofft. Aber der Geburtstag verlief doch noch sehr gut. Vor allem das morgendliche Geburtstagsständchen hallte lange nach. Sie bedankte sich bei Herrn Karl und entschuldigte sich für ihre anfängliche Ablehnung.

»Wieder einen Nachtspaziergang?«, fragte Simon später.

Sie wollte nichts überstürzen. Nein danke, heute nicht. »Ich fliege morgen zurück.« Obwohl sie später Tränen in den Augen hatte.

Simon wirkte enttäuscht. Es fiel ihm schwer, den weiteren Abend durchzustehen.

»Haben Sie nachher ein wenig Zeit für mich?«, fragte Gala den Herrn Karl.

Er hatte.

»Geht noch mal um die Hochzeit am ersten Advent«, begann Gala.

»Am zweiten. Hab ich im Kopf. Am zweiten Advent.«

»Am zweiten?«

»Am zweiten.«

»Aha. Jedenfalls keine Philharmoniker. Nur fünfzig Gäste. Kein Champagner, kein Brunnen, nur Bier und Wein. Und wer mag, ein Schnapserl natürlich. Schweinsbraten mit Knödel. Selleriesalat. Sie bestimmen noch die Vorspeise oder Suppe und den Nachtisch. Und machen mir dazu einen Vorschlag. Basta. Mehr soll's nicht sein.«

Gala wirkte irgendwie erleichtert. Karl hatte da einen Blick dafür. Komisch. Diese Sommers mit ihrer Christbaumschmuckfabrik mussten doch nur so in Geld schwimmen. Solche Leute dachten ja wohl ausschließlich an Geld und dessen Vermehrung, während er selbst aus reiner Not immer an Geld denken musste. Thea, die Mutter, hatte ihren Reichtum richtig raushängen lassen wollen. Während Gala, die Betroffene, einen total bescheidenen und liebenswerten Eindruck machte.

»Das Wichtigste hätte ich fast vergessen«, meldete sich Gala noch einmal zu Wort. »Das Hundhamer Echo muss unbedingt dabei sein.« Sie wollte das noch weiter kommentieren, doch sie bekam einen gewaltigen Schluckauf, von dem sie sich den ganzen Abend nicht mehr richtig erholte.

Am nächsten Morgen lag Gala auf die Ellbogen gestützt im Bett und studierte den schlafenden Simon. Der Schluckauf begleitete sie dabei noch eine Weile.

»Studierte« war zu wenig. Sie unterzog ihn einer eingehenden Musterung. Simon lag zusammengerollt auf der Seite, sie musste sich über ihn beugen. Er hielt die geballten Fäuste unter dem Kinn an die Brust gepresst wie zwei Kuscheltierchen. Eine feuchte Haarsträhne klebte ihm an der Stirn. Um seine Mundpartie hatte sich eine blauschwarze Fläche gebildet, was für aggressiven Bartwuchs sprach, denn am Abend noch hatte er sich ihr zuliebe rasiert. In der Delle an der Nasenwurzel hatte sich eine seiner langen Wimpern verloren. Sie hätte gern den Finger angefeuchtet und sie aufgetupft. Am liebsten hätte sie die Wimper mit ihrem feuchten Atem aufgesogen. Aber sie wollte ihn nicht wecken.

Sie wollte ihn anschauen, während er entspannt schlief und sich nicht beobachtet fühlte. Denn wenn er schlief, fiel es ihr am leichtesten, sich vorzustellen, welche Prozesse in ihm ablaufen mussten, während er sich vom Profi-Solo-Single zum bekennenden Hobby-Lebensgefährten zu mausern schien. Wenn er schlief, fand sie, wurde das am deutlichsten. Wenn sie redeten, wenn sie sich liebten, war er parteiisch, also unglaubhaft. Nur wenn er schlief, konnte sie diese für ihn typische Mixtur aus Unschuld, Naivität und Leidenschaft erkennen. Im wachen Zustand war es oft, als distanziere er sich und als schäme er sich für die Gefühle, die er damit preisgegeben hatte.

Nach einer Weile ging sie zur Minibar, nahm eine Flasche Mineralwasser heraus, schenkte sich ein Glas voll ein und setzte sich so ans Fenster, dass sie einen freien Blick nach draußen hatte. Auf dem kleinen Tischchen hinter ihr lagen Drahtverschluss, Korken und Silberfolie der Flasche Cava, die Simon gestern noch auf ihr Wohl geöffnet hatte. Die leere Flasche stand zusammen mit den Gläsern neben dem Bett.

Drüben auf der Wiese winkte Harry zu ihr herüber. Er schien es eilig zu haben. »He, komm, wir müssen langsam los.« Ja, der Helikopter hatte recht. Sie wollte sich langsam fertig machen und dann starten. Über dem Wald kreiste hoch oben ein Raubvogel. Aus einem Gespräch gestern hatte sie mitbekommen, dass es hier in der Gegend Adler geben sollte, Steinadler. Also war das da oben womöglich ein Steinadler?

»Riesensauerei! Wenn ich das Sauviech, das verreckte, erwisch, dreh ich ihm den Hals um.«

Der Herr Karl brüllte, die Resi heulte und schluchzte zum Gotterbarmen. »Die unschuldigen Lämmer! Und dann so zugerichtet.«

Dazwischen hörte Gala Caruso bellen. Es war ein lautes, klangvolles Bellen, so laut, als ob der Hund wütend wäre. Langsam schwante ihr, was da unten los war. Es hörte sich grad so an, als ob wieder Tiere umgebracht worden wären.

Auch Simon war nun aufgewacht und hatte sich schweigend ins Badezimmer verzogen. Gala hob den Bademantel, den er hatte fallen lassen, fast zärtlich vom Boden auf und rief ihm durch die Tür zu: »Beeil dich bitte. Da ist etwas passiert.«

»Erst mal einen Kaffee«, bestimmte Simon kurz darauf und steuerte direkt auf den großen Frühstücksraum zu.

Gala brachte es nicht übers Herz, an der ganzen Aufregung vorbeizugehen und zu tun, als ob nichts wäre. »Maximilian«, sagte sie und legte dem Buben die Hand auf den Kopf. »Was ist geschehen?«

Die Frage war eher rhetorisch. Im Eingang lag ein blutverschmiertes totes Lamm auf dem Steinboden. Drum herum standen wütend, gestikulierend und aufgelöst der Herr Karl und die Resi. Der Bene behielt die Beherrschung, doch seine Augen sprühten

Blitze. Und Caruso bewegte sich unsicher dazwischen, als ob er nicht wüsste, wo er hingehört.

»Nein, so was. Wer macht denn so was?« Resi warf dem Neufundländer einen vorwurfsvollen Blick zu. »Caruso, du musst doch eigentlich wissen, wer da in der Nacht daherkommt und die Tiere umbringt. Wonach sehen die Verletzungen denn aus? Da, komm her!« Sie packte den mächtigen Hund am Genickhaar und versuchte, ihn heranzuziehen, um seine Nase auf das tote Lamm zu stoßen. Doch Caruso hielt dagegen und begann sogar leise zu knurren.

»Lass den Hund«, bellte der Herr Karl und zog Resis Hand weg. »Der kann doch nichts dafür.«

»Wonach sehen die Verletzungen aus?« Resi beugte sich zu dem toten Tier und fuhr mit dem Zeigefinger an den Wundrändern am Hals entlang. »Das sieht doch aus wie eine Schnittwunde. Wenn ein Tier zubeißen würde oder mit den Krallen arbeiten, wären die Ränder gezackt und nicht so regelmäßig. Sollte da ein Mensch die Hand im Spiel haben? Nein, das kann ich mir nicht vorstellen. Warum sollte jemand sich über die unschuldigen Tiere hermachen? Ist mir ein Rätsel.« Einem plötzlichen Einfall folgend setzte sie hinterher: »Oder haben wir Feinde, Karl? Fällt dir da jemand ein?«

Träge schüttelte der Herr Karl den Kopf. »Kann ich mir auch nicht vorstellen.«

»Wir müssen die Polizei verständigen.« In Resis Kopf drehten sich alle Räder.

»Oh ja«, jubelte Maximilian. »Oh ja, die Polizei.«

»Bringt nichts.« Karl winkte müde ab. »Die haben doch beim letzten Mal schon beteuert, dass sie nur für Menschen zuständig sind und nicht für Tiere.«

Es ist zum Verzweifeln, dachte Resi. Da liegt man nichts ahnend im Bett, und irgendein Scheißtier schleicht sich an und bringt unsere Viecher um.

Wurde nur das eine Lamm getötet?, wollte Gala noch fragen, obwohl sie langsam Eile verspürte und sich Simon wieder anschließen wollte. Doch auf einmal war Resi verschwunden. Weg. Wie vom Erdboden verschluckt.

Gala fand sie wieder, als sie die Toilette aufsuchte. Schluchzend, mit zuckenden Schultern, stand die Resi vor dem deckenhohen Wandspiegel und bedeckte ihr Gesicht mit den Händen.

Gala war sprachlos. Alles hätte sie von dieser so robust wirkenden Frau erwartet, nicht aber diese Reaktion. Sie trat hinter sie und legte ihr eine Hand auf den Rücken. »Kopf hoch.«

Resi wehrte sich wie ein kleines Kind und hörte nicht auf zu weinen, das Gesicht noch immer in den Händen verborgen. »Die armen Lämmer. Sie waren so unschuldig und süß. Wer tut so etwas?«

Da war nichts gespielt. Die Tränen, die schmerzerfüllte Stimme waren echt.

»Verzeihen Sie. Wie viele waren es denn?« Nun konnte sich Gala ihre Frage nicht mehr verkneifen.

Kurzes Zögern. »Vier«, sprudelte es dann aus Resi heraus. »Insgesamt sind's elf. Die schwarze Mutter, vier gefleckte Halbwüchsige und sechs kleine helle Lämmlein. Vier davon sind tot.« Wieder liefen ihr Tränen übers Gesicht. »Ich hatte die Tiere alle sehr lieb. Sie waren wie Babys für mich.«

Gala wischte Resis Tränen mit einem Tuch weg. Dann nahm sie die Frau sanft am Arm.

Resi ließ sich führen, sie setzte einen Fuß vor den anderen, als hätte sie Angst, das Gleichgewicht zu verlieren und zu fallen.

Sie gelangten gemeinsam gerade draußen an, als durch die offene Eingangstür etwas angeflogen kam, was zunächst wie eine Mischung aus Drachen und Spiderman wirkte. Ein riesiges braunes Etwas rauschte und staubte und lärmte. Das Etwas hatte Flügel und passte gerade noch durch die Türöffnung.

»Frieda!« Ein einziger Aufschrei. Resi warf sich die Hände vors Gesicht, Karl grapschte nach dem verwirrten Huhn, Maxi machte einen Luftsprung. Gala konnte nicht anders als lachen, und auch Caruso bellte vor Freude über die überraschende Begegnung.

Bis der Herr Karl das wild flatternde Huhn eingefangen hatte, vergingen Minuten. Als der Kampf beendet war, waren beide Arme verkratzt, und er hatte weiß Gott Glück gehabt, dass Friedas Schnabel einen Zentimeter neben dem rechten Auge eingeschlagen hatte und nicht im Auge selbst.

»Gala!« Simons Rufen aus dem Frühstückszimmer klang ungeduldig.

»Komme schon! Oder besser: Komm du doch. Das musst du dir ansehen.«

Doch Simon kam nicht. Gala wollte es nicht auf die Spitze treiben, ging hin und setzte sich Simon gegenüber. Sie berichtete von dem toten Lamm und der Empörung, die herrschte. Am Rand hatte er das Chaos mitbekommen.

Simon kam Gala eigenartig verändert vor. Nicht nur äußerlich. Zum ersten Mal trug er einen neuen dunklen Anzug von Baldessarini, bestes Tuch, zweiknöpfiges Jackett, klassischer Schnitt, zwei Rückenschlitze. Im Gegenzug hatte Gala ein schwarzes Kleid mit einem runden Ausschnitt angezogen. Im Ausschnitt prangte eine Kette mit tiefblauen Steinen, sichtbar nicht echt, doch sehr dekorativ. Sicher war Gala die schönste und attraktivste Frau im ganzen Raum. Und der Frühstücksraum war recht weitläufig, mit nicht wenigen schönen Frauen. Sie kamen sich beide vor wie bei einer Silvesterfeier.

Zum Glück kam Resi mit dem Frühstück. Sie schien sich wieder gefasst zu haben und verlor kein Wort über den Zwischenfall. Bis sie Teller, Besteck, Servietten, Butter, Konfitüren, zwei Kännchen Kaffee, zwei Kännchen heiße Milch und das Silberkörbchen mit den Croissants auf dem Tisch verteilt hatte, schauten beide auf ihre Hände oder hin zu Carmen Wiesenschön ein paar Tische weiter, auf die Besetzung der anderen Tische oder aus dem Fenster. In die Augen sahen sie sich nicht. Es war, als wäre Knall auf Fall eine unsichtbare Wand zwischen ihnen hochgefahren.

Beide waren sie in bester Harmonie die Treppe heruntergekommen und hatten sich auf das letzte Frühstück gefreut, bevor sie wieder abflog. »Henkersmahlzeit«, hatte er noch gescherzt. Er war direkt in den Frühstücksraum gegangen, sie hatte sich mit dem Problem des Hauses befasst. Fünf Minuten lang, nicht mehr. Konnte das der Grund für seine Einsilbigkeit sein?

Gepackt hatte sie schon. Sie musste lediglich noch das schwarze Kleid gegen ihre Pilotenkluft wechseln – Jeans, dünner Rolli,

Lederjacke. Im Vorübergehen schüttelte sie dem Herrn Karl noch einmal die Hand. »Der Hochzeitstermin steht? Erster Advent?«, warf sie ihm zu.

»Zweiter! Zweiter Advent.«

Den Fliegerhelm hatte sie unter den Arm geklemmt. Nun packte sie die Wut über sich selbst und den Helm am Kinnriemen und holte aus, um ihn auf den Boden zu schleudern.

Doch Karl war schneller. Er fing ihn rechtzeitig auf. »Ich vermute, den brauchen Sie noch?«

»Zweiter Advent. Ich werd mir's bestimmt einprägen.«

Kürzer war der Abschied von Simon. »Also dann. Mach's gut«, sagte er. »Lass wieder was hören.« Mehr sagte er nicht.

Kein Abschied unter Liebenden, dachte Gala betrübt. Sie wusste nicht, wie sie mit dieser Situation umgehen sollte. Doch sie spürte die Barriere nicht nur bei ihm. Auch in ihr hatte sich ein Riegel vorgeschoben. All dieses Hingezogensein zu ihm, dieses Gefühl der Zärtlichkeit, kurz gesagt: die Liebe zu ihm war von einer Sekunde auf die andere in die Schranken verwiesen worden. Während sie ihn nicht mehr als freundschaftlich – Küsschen links, Küsschen rechts – umarmte, forschte sie insgeheim nach dem Grund für diese unpersönliche Kälte, die sich beiderseitig breitgemacht hatte. Sie kam zu keiner Lösung. War alles zu schnell gegangen? Lag es an Claudius? Schließlich dürfte es nicht so einfach sein, aus einer Verlobung auszubrechen.

Es freute sie, dass Simon sie noch bis zum Abflug begleitete. Es erstaunte sie sogar ein wenig. Aber nicht nur er war angetreten. Die gesamte Mannschaft stand unten, als der Rotor zu wirbeln begann. Maxi mit der Hand auf Carusos Kopf, daneben der Bene. Der Herr Karl mit Resi im einen Arm und Frieda im anderen. Sie sah den Bürgermeister Sonnleitner, den Metzger Hirnbeiß, Edith Kirsch von der Tourist-Info, und auch Pfarrer Enzian war da. Sie waren wohl mit dem Bus gekommen, der gerade wieder wendete. Ob der Herr Karl das ganze Dorf alarmiert hatte? Ihm war alles zuzutrauen. Selbst Carmen winkte wie verrückt.

Simon in seinem teuren Anzug wirkte darunter wie von einer anderen Welt. Seine Miene veränderte sich von Sekunde zu Sekunde. Als der Hubschrauber sich langsam von der Wiese erhob, um sich nach einer kurzen Drehung nach Norden zu orientieren, nahm Gala Simon noch einmal ins Visier.

Am liebsten wäre sie umgekehrt und wieder gelandet. Sie schaute einmal hin, dann ein zweites Mal. Kein Zweifel. Professor Simon Feyertag wischte sich nicht Staub aus den Augen oder aufgescheuchtes Gras. Es waren Tränen, die er rechtzeitig zu entfernen versuchte, bevor die anderen es merkten.

Mit einem guten Gefühl zog Gala den Steuerknüppel zurück und sprang über den nächsten Hügel. Sie wusste, sie wirbelte einer riskanten Zukunft entgegen.

# 21

Caruso leckte Maximilian über die Handfläche und schnupperte im Flur kurz an dem toten Lamm, um dessen Geruch mitzunehmen. Dann stieß er seinen kleinen Freund mit der Schnauze in die Seite zum Zeichen, ihm zu folgen. Sie verstanden sich blind.

Caruso hatte sich weiter seine Gedanken über die Tiermorde gemacht. Während die beiden zusammen über die Bergwiese den Tierkoppeln zustrebten, fragte er sich zum x-ten Mal, warum in aller Welt die toten Nerze dort oben ausgelegt worden waren. Nur der Regen hatte ein Geruchsgemetzel verhütet. Ja, warum zum Hundeteufel? Sosehr er die Frage wälzte, er kam zu keinem Ergebnis.

Zuallererst holte er sich bei den Hühnern sein tägliches Ei ab. Maxi staunte nicht schlecht. Er hatte das nie zuvor gesehen. Ansonsten war alles wie vor Tagen, als die Ziegen umgebracht worden waren. Nur zur Sicherheit befragte er Hugo, Vesuvio und Tante Emma, das Mutterschaf. Natürlich hatten sie auch diesmal von den Taten und vom Täter nichts mitgekriegt. Caruso wunderte sich immer mehr und aufs Neue. Die Typen sitzen mittendrin und kriegen nicht mit, wenn ihre Brüder und Schwestern grausam ermordet werden. »Ich glaub es nicht.«

Für Maxi klang es wie Gewinsel. Doch er verstand, was der Hund ihm mitteilen wollte. Er stand bewundernd daneben, als Caruso sich mit den anderen Tieren unterhielt. Wenn ich länger mit Caruso zusammen bin, sagte er sich, werde ich auch die anderen verstehen lernen. Also folgte er dem Neufundländer den Berg hinunter.

Wieder war es ein herrlicher Sommertag. Die Welt glitzerte unter einem strahlend blauen Himmel. In der Ferne zeichneten sich die grauen Zacken des Kaisergebirges vom Horizont ab. Drunten duckten sich die Häuser Hundhams, Bauernhäuser und Landhausvillen, unter der Sonne, als suchten sie Schatten. In ihrer Mitte brachen sich die Sonnenstrahlen in der kupferroten Zwiebel des Kirchturms und ließen sie in einem außerirdischen Licht erglühen.

Caruso aber hatte momentan kein Gefühl für solche Romantik. Er trug anderes im Sinn.

Nach und nach verlor sich der Duft des toten Lamms und der Hühner und Ziegen aus seinem Kopf, eine neue Vision tauchte auf. Es war das Bild eines Mädchens in den besten Jahren, stattlich und adrett. Nach Bessy also, seiner Berner Sennhündin, stand Caruso der Sinn. Doch er disziplinierte sich und lenkte die Gedanken wieder auf den rechten Weg. Sie hatten schließlich einen Auftrag. Also leitete er Maximilian mit einem Schweifwedeln nach links Richtung Nerzhütte, denn das war sein angepeiltes Ziel.

Der Bub kam ihm dazwischen. »Hey«, rief der aus. »Deine Bessy.« Hatte doch der Maxi seine Freundin glatt eher entdeckt als er selbst.

»Gut gemacht«, knurrte Caruso etwas unverständlich.

»Wie geht's euch denn, ihr einsamen Wanderer?«, rief ihnen Bessy schon von Weitem zu. Ihr linkes Auge war rehbraun, das rechte strahlte silberblau. Auf seltsame Vorfahren von weit her führte sie es nach eigener Aussage zurück – eine Familie Husky, die irgendwann aus Grönland eingewandert war.

Caruso wedelte und wedelte und umkreiste seine Bessy ziemlich aufgeregt und roch hier und da. Auch die Resi droben im Himmelreich roch einzigartig – wir wissen's schon: nach Heu und Schnitzel –, aber ein gewisses Etwas unterschied ihre Duftmarke von Bessys Duft. Bessy riecht am besten von allen Frauen, die ich kenne, stellte Caruso wieder einmal schnüffelnd fest. Ausgesprochen aber hatte er dieses Kompliment noch nie. Bloß nicht verwöhnen, die Weiberleut!

Er sah sie vor sich, mit langem braunen Fell und weißer Brust, eleganten langen Ohren, einem buschigen Schweif und einer herrlich rauen Zunge, die – wenn sie wollte – extrem zärtlich über Carusos Schnauze streichen konnte. Erregte Schauer überfielen ihn, als er direkt vor ihr stehen blieb und ihren edel geformten Kopf vom Scheitel bis zur Schnauze betrachtete. Sie blickte ihm tief in die Augen, die Bessy, in seine wunderschönen verträumten Augen. Ihrer beider Schwanzspitzen vollführten gewagte Pirouetten. Kapriolen der Lebensfreude.

Maxi stand staunend daneben, bohrte mit dem Zeigefinger in der Nase und war ganz hingerissen.

Die Nerzhütte war bevölkert. Sie war bevölkert von einem Mann in kurzen Hosen und Sandalen, mit langem Haar, Nickelbrille und Rauschebart und unglaublich vielen rattenähnlichen Nerzen. Maxi hatte diesen Mann schon gesehen, er wusste nur nicht, wann und wo.

»Bellheim wird auch gleich antraben«, erklärte Bessy. »Wir sind uns unten im Dorf begegnet, und ich komme einfach schneller den Berg herauf. Er hatte mich gebeten, dich dazuzuholen. Er hätte eine neue Idee. Kannst du dir einen Reim darauf machen?«

Caruso musste nicht lange überlegen. »Klaro. Neue Ideen«, philosophierte er, »sind meistens die Kinder alter Gedanken.« Er trat ganz nah an den Maschendrahtzaun heran und resümierte: »Wir haben beobachtet, wie der Mann hier drinnen kürzlich eine Ladung voll von diesen toten Viechern ausgegraben hat. Kurz danach wurden droben auf den Koppeln solche Leichen regelrecht ausgestreut. Es stank erbärmlich, selbst für unsere Nasen. Ich hab mich gewundert, wie die Menschen das ausgehalten haben.« Er warf einen bedeutsamen Blick auf Maximilian, der alle zehn Finger in den Draht gespreizt und die Nase hineingesteckt hatte und konzentriert das Treiben im Hof verfolgte. »Aber ein bisschen gewälzt darin hab ich mich schon.«

»Hi Kumpel«, ertönte Bellheims heiserer Bassbariton. »Hi Bessy. Bist ja auch schon da.« Der alte Polizeihund stand schwer schnaufend hinter ihnen. Seine Vorderläufe zitterten vor Anstrengung.

Sie kamen sofort zur Sache. Es lag auf der Hand, dass Herr Kurzhos die Kadaver auf die Koppel befördert haben musste. Aber warum tat er das? Warum gab es so viele Leichen? Woran waren die Tiere gestorben? War eine Seuche ausgebrochen? Und egal warum, weshalb wollte der Mann diesen absolut grauslichen Gestank unter den Tieren im Himmelreich verbreiten?

»Rosenblatt«, flüsterte Maximilian.

Die drei Hunde wendeten sich ihm mit fragender Miene zu. Das bedeutete, dass jeder die Zähne zeigte und gähnte, mit den

Vorderläufen scharrte und sich schüttelte wie eine Amsel beim Baden.

»Rosenblatt«, wiederholte Maxi. »Jetzt ist's mir wieder eingefallen. Der Mann heißt Rosenblatt. Er hat einmal bei uns ein fürchterliches Theater aufgeführt. Ich glaub, die Polizei hat ihn dann mitgenommen.«

»Gut«, sinnierte Bellheim. »Wir können davon ausgehen, dass der Rosenblatt die Sauerei bei euch oben veranstaltet hat. Aber wir wollen ja keinen Misthaufen aufklären, sondern ein paar kernige und belastbare Morde.« Ein Mensch hätte an dieser Stelle einige Verzögerungslaute in die Menge geworfen. »Äh, ähm, hm. Hmhm. Äh.« Stoiber-mäßig. Doch Bellheim fasste sich kurz und prägnant. »Aber was hat der Typ mit unseren Morden zu tun?«

Vor Carusos innerem Auge tauchte wieder der Adler auf, wie er am Himmel kreist und dann auf seine Opfer herabstößt. Doch wie von selbst zog sich seine Stirn in Falten. Und ohne dass es ihm bewusst war, hörte er sich sagen: »Du Depp.« Das klang anklagend. Er meinte sich selbst. »Es war doch Nacht. Stockfinstre Nacht. Da kreist niemand am Himmel. Keine Krähe, kein Rotkehlchen, kein Adler. Höchstens eine Eule.« Und schon hatte er eine frischgebackene Verdächtige, die Eule.

Wieder meldete sich Bellheim zu Wort. »Jetzt halt mal die Luft an. Während meiner Dienstzeit hab ich mich glücklicherweise niemals mit einem Serienmord befassen müssen. Aber auf der Polizeischule mussten wir uns sehr wohl damit beschäftigen. Erfolgreiche Serienmörder, haben wir gehört, planen ihr Werk so sorgsam wie ein Maler ein Gemälde. Sie lernen, ihre Technik des Tötens zu perfektionieren. Jagen und Töten ist für diese Leute das Wichtigste im Leben. Es ist ihr wichtigster Job, sie müssen ständig daran denken.«

So lange hatte Caruso den anderen noch nie reden hören, und Maximilian wunderte sich über die vielfältigen Laute, die aus der Kehle des alten Hundes kamen. »Wahnsinn!«

»Es ist nicht wie bei uns, dass wir nur unserem Futter oder einem Leckerbissen hinterherjagen. Auch mit den Methoden von Fuchs und Wolf ist das nicht vergleichbar. Beide jagen nur nach Beute, die sie später verzehren. Doch unser Serienmörder, das betone ich, jagt aus reiner Mordgier. Wir sehen es ja an den Opfern. Sie wurden nicht verzehrt. Nicht einmal angeknabbert, jedenfalls nicht wirklich. Sie wurden nur getötet, und zwar recht grausam.«

Bellheim war sichtlich erschöpft vom vielen Reden. Oder war es vom Denken? Jedenfalls hatte er sich mitten unter die anderen – Caruso, Bessy und Maxi – niedergelegt und atmete schwer. Eines aber musste er noch loswerden. »Angst«, sagte er, »schreckliche Angst vor Entdeckung, Festnahme oder Bestrafung haben diese Typen keinesfalls. Dieses Risiko ist für sie ein Teil des Kicks, es erhöht nur die Spannung.«

Caruso hatte einen Vorderlauf auf Bellheims Rücken gelegt. Er wunderte sich, was in seinem früheren Rivalen steckte. Er hatte genau den richtigen Partner gewählt, um die Morde aufzuklären. Zunächst widerwillig, aber letztlich effektiv. Er nahm den Fuß von Bellheim weg und widmete sich Bessy. Er rieb sich an ihr und genoss den Duft frischer, junger Liebe.

Maxi hatte nichts verstanden. Er bohrte in der Nase. »Wahnsinn!«, sagte er hinter vorgehaltener Hand.

»Noch etwas.« Bellheim setzte erneut an. »Nur das noch, und dann ist Schluss. Die meisten Täter kehren an den Tatort zurück. Dorthin, wo sie ihre Leichen zurückgelassen haben. Wenn man das akzeptiert und versteht, kann man eine Strategie entwickeln, wie mit ihnen umzugehen ist.«

Caruso ließ von Bessy ab und wendete sich wieder Bellheim zu. »Wie, ›umzugehen‹?«, fragte er. »Wie sollen wir denn umgehen? Wir müssen ihn erst mal haben.«

In Bellheim kam wieder Leben. Er stützte sich auf die Vorderläufe und schob seinen Körper nach oben, bis er stand.

Wie eine Kuh, fand Maximilian.

»Genau«, führte Bellheim aus. »Danach planen wir unsere Strategie. Ich hab sie schon im Kopf. Wartet ab, es dauert nicht mehr lang. Er wird uns direkt in die Arme laufen.«

# 22

An diesem Abend zog sich der Herr Karl in seine Privatgemächer zurück Er war verunsichert. Diese grässlichen Morde an den Tieren. Deshalb war die Resi unglücklich und beschuldigte ihn, sich nicht um die Sache zu kümmern. Das störte wiederum ihre eigene Beziehung. Aber was ihn am meisten fuchste, war diese verdammte Sommerhochzeit. Sie war ein höllisches Durcheinander. Er konnte nicht einmal beurteilen, wie ernst es der Frau Dr. Sommer war. Und ob sie oder ihre Mutter Thea das Sagen hatte. Jede der beiden wollte etwas anderes bestimmen. Nicht einmal der Termin war ihr geläufig.

Man betrat seine Privatsuite durch einen kleinen Vorraum, von welchem eine Tür ins Badezimmer, eine ins separate WC, eine in Maximilians Zimmer und eine ins riesengroße Wohnzimmer führte. Von dort kam man ins Schlafzimmer, das zur Hälfte von einem französischen Doppelbett ausgefüllt wurde. Zur anderen Hälfte von der Couch, auf der die Resi gewöhnlich schlief. Eine Küche gab es naturgemäß nicht, auch keine Kochnische.

Außer der gut bestückten Minibar und dem Fernseher mit über hundert gespeicherten Sendern gefielen dem Herrn Karl der weiße Frotteemantel und die weißen Pantoffeln mit dem schwarz gestickten Schriftzug »Hotel Himmelreich« am besten.

Sobald er an diesem Abend die Suite betrat, zog er beides an, ließ ein wohlduftendes Bad ein, machte es sich in der Wanne bequem, setzte eine Zigarre in Brand und fühlte sich als Gentleman ohne irgendwelche Sorgen. Das war ein Luxus, den er sich seit Langem nicht mehr geleistet hatte.

Auf den Geschmack von Zigarren und das edle Gefühl, sich eine anzustecken, war er gekommen, als ihm der Professor kürzlich an der Bar während eines Monologs über Nasenkorrekturen eine gereicht hatte. Er rauchte ohne Hast und nicht auf Lunge. Es verlieh ihm ein erhebendes Gefühl, das er sich früher in dieser Form nie vorstellen konnte. Das Rauchen einer Zigarre im Schaumbad erforderte seine volle Konzentration. Es war gar nicht so einfach, bei dieser Luftfeuchtigkeit das Deckblatt nicht aufzuweichen. Er dämmerte dahin, ohne es zu merken …

Der Maxi flog in einem Luftballon direkt auf ihn zu. Karl wunderte sich zwar, wieso sein Sohn an diesen Ballon kam, doch dass er Flügel hatte, um zu fliegen, das wunderte ihn nicht im Geringsten. Er streckte dem Buben beide Arme entgegen, um ihn aufzufangen, doch der segelte in einem eleganten Schwung um ihn herum. Und plötzlich war es nicht sein Sohn, der vor ihm stand, sondern Gala.

»Karla«, sagte er, »du musst dich entscheiden.« Die Frau sah plötzlich vollkommen anders aus. Sie hatte eine Nase wie Pinocchio. Doch er war sicher, dass es Karla war. »Entscheide, wen du heiraten willst. Entweder deine Mutter oder Simon.«

Selbst im Traum spürte Karl, dass etwas an seiner Frage nicht stimmte. Doch Karla schien damit einverstanden. »Selbstverständlich«, sagte sie. »Am ersten Weihnachtsfeiertag. Da werde ich beide heiraten. Eine sieben Meter hohe Torte. Lang Lang am Piano. Das ganze Dorf soll dabei sein. Nur einer nicht. Mama will das so.«

»Wer denn nicht, Karla?«, fragte Karl.

Karla streckte beide Hände nach ihm aus und grinste ihn an. »Der Maximilian. Mama will den nicht dabeihaben. Den Maximilian.«

Dann verwandelte sich ihr Gesicht in einen Totenkopf. Eine grässliche Visage. »Übrigens«, sagte der Totenkopf mit klapprigem Gebiss, »ich heiße nicht Karla.«

»Wie heißt du denn?«

»Ich heiße Gala.« Sie deutete auf das kleine Gespenst neben ihr. »Und das ist mein Sohn.«

Der Sohn sah aus wie Maximilian.

Knisternd zerfiel der Schaum in Karls Badewanne und flüsterte Geschichten über schöne Träume und über die Liebe in sein verschlafenes Gehirn.

***

*Lieber Herrgott,*
*mei, ist das ein Durcheinander. Früher war's so schön gemütlich hier im Himmelreich. Aber seit die Hühner und die Ziegen und jetzt die Lämmer getötet worden sind, ist auf einmal alles anders. Lieber Herrgott, du musst schon entschuldigen, aber manchmal frage ich mich schon: Passt du denn gar nicht auf uns auf? Wie kannst du zulassen, dass diese Tierchen so schlimm umgebracht werden? Aber wenn's schon so ist, dann sorg doch bitte wenigstens dafür, dass wir das Tier erwischen, welches das getan hat. Ich hab lange mit dem Papa darüber gesprochen, und auch mit der Resi, aber beide können sich nicht vorstellen, wer so was tut. Weil: wenn ein Tier wen tötet, sagen sie, dann nur zum Fressen, weil es Hunger hat. Und nicht kaputt machen und einfach liegen lassen.*
*Wenn ich ehrlich bin, und obwohl das der Herr Pfarrer Enzian bestimmt nicht gern hört, aber ich kann mir vorstellen, dass ich den Mörder in einen Käfig sperre und einfach verhungern lass. Ist doch der Wahnsinn, so was. Die Resi höre ich immer weinen, nach Dienst in ihrem Zimmer. Und manchmal auch im Dienst, wenn sie eine raucht draußen vor der Tür.*
*Noch was, lieber Herrgott. Die Karla heißt ja jetzt Gala, auch ein schöner Name. Aber mit ihrer Hochzeit, das ist ein Gewurschtel, ein elendiges. Ihre Mama, die Frau Sommer, mischt da auch noch mit, und der Papa weiß da bald nimmer weiter. Kannst du da nicht einmal ein bisserl nachhelfen? Dass das mit der Hochzeit auf die Reihe kommt? Dann könntest du das mit den Viechern damit wiedergutmachen, du verstehst schon?*
*Ich glaube, lieber Herrgott, ich muss jetzt Schluss machen. Hier riecht's so komisch.*
*Bussi und nix für ungut, dein Maxi.*

Besorgt machte sich Maximilian auf den Weg zum Badezimmer. Von dort kam der komische Geruch.

»Papa«, fragte Maximilian leise. »Geht's dir gut?« Er brauchte von seinem Zimmer nur durch den Vorraum der Suite zu gehen, um zum Badezimmer zu kommen. Nun streckte er den Kopf hinein und konnte bei dem ganzen Dampf und Nebel nur die Silhouette seines Vaters in der Wanne undeutlich erkennen. »Geht's dir gut?«

Er hörte ein heiseres Husten und ein undeutliches Stammeln: »Ja, ich bin okay. Warum, Maxi?«

Jetzt wusste der Bub auch, was so komisch roch. Neuerdings rauchte der Papa manchmal eine Zigarre, und die roch so. Ungefähr so wie es im Wald roch, wenn Schwammerlzeit war.

»Ist schon in Ordnung, Papa. Ich hab halt nur gedacht …« Und schon war er wieder draußen und zog die Tür hinter sich ins Schloss.

***

»Hallo«, sagte die Resi wenig später. »Was ist denn hier passiert?« Sie war weniger zurückhaltend als der Maxi und posierte mitten im Badezimmer. Ihr sachtes Klopfen hatte Karl nicht gehört. Sie musste sich mit den Augen erst durch den Nebel und mit der Nase durch die Duftwolke kämpfen, bevor sie in der Lage war, etwas zu erkennen. Dass sie nackt war, einen Piccolo in der einen Hand und zwei Gläser in der anderen hielt, konnte wiederum Karl nicht sehen. Das Gemisch aus Dampf und Qualm war zu mächtig.

Ohne zu fragen, ging Resi hin und kippte ein Fenster.

»Wahnsinn!«, krächzte Karl nur, als er sie klarer wahrnehmen konnte.

Resi lächelte so sinnlich sie konnte, entkorkte die kleine Flasche, goss beide Gläser voll, warf Korken und die leere Flasche ins Badewasser, wo sie gluckernd versank, und reichte ihm sein Glas.

Dankbar zog Karl die pralle Frau heran und schlang einen Arm um ihre Hüften. Das halb volle Glas stellte er vorsichtig in die Seifenschale.

»Komm ins Wasser«, keuchte er, während der Dampf durchs Fenster abzog. »Aber schließ die Tür vorher ab. Der Maxi war grad hier.«

Das tat sie.

»Ich hatte einen Traum«, sagte der Herr Karl und begann zu berichten. Doch die Zärtlichkeiten, mit denen er Resis nackten

Körper im warmen Wasser bedachte, mussten wohl erregender gewesen sein als der Traum, den er ihr erzählte. Denn sie bat ihn zu schweigen, damit sie sich unter den Bewegungen seines Körpers ganz auf sich selbst konzentrieren konnte.

Wenig später wogte der Wanneninhalt wie unter dem Einfluss zweier Buckelwale, und Resis profane Schreie hallten durch die Etage. Karl war besorgt, sein Sohn könnte das für Todesschreie halten. Der Widerhall von Resis maßloser Lust konnte durchaus den Maxi, die Carmen, den Professor oder gar den Notarzt herbeieilen lassen, und Karl wusste nicht, wie er es abstellen sollte.

Bis draußen in den Garten konnte man die Schreie hören. Die Amseln im Pfirsichbaum hörten auf zu singen, und der Bussard hoch in der Luft stellte sein hohes Fiepen ein. Eine Gruppe von Gästen hatte sich vor dem Hotel versammelt.

»Was ist da oben los?«, fragte ein älterer Herr, der an den Rollator gefesselt war.

»Das ist nichts Besonderes«, erklärte Frau Blümlein mit blasierter Miene, als ob sie sich auf diesem Sektor auskannte. »Nur eine Frau, die Freude am Leben hat.«

Herr Karl versuchte es mit Singen. Er orientierte seinen Bariton am Zigeunerchor aus Giuseppe Verdis »Troubadour«, während er sich mit aller Kraft weiter um Resi bemühte. Doch Resi blieb stimmlich stärker. Je gewaltiger er sich abmühte, umso stärker.

Die Gäste um Frau Blümlein blickten versonnen lächelnd nach oben. Auch der Maxi hatte aufgehört, sich tödliche Sorgen zu machen. Zu diesem Zeitpunkt rauchte Resi schon entspannt eine Zigarette auf dem Balkon der Suite, und Karl hatte sich den feuchten Stumpen wieder angesteckt.

»Wie war nun dein Traum gewesen?«, fragte Resi. »Du hast mir gar nichts davon erzählt.«

Sie zog sich an, ohne das Ende der Geschichte abzuwarten, und als sie sich mit der einen Hand in ihre Schuhe half, griff sie mit der anderen Karl liebevoll in den Schritt.

»Was ist nun mit der Hochzeit?«, fragte sie.

»Na ja, am zweiten Advent«, sprach der Herr Karl.

»Nein, nicht die Hochzeit von der Sommer, die mein ich nicht. Was ist mit *unserer* Hochzeit?«

»Sag ich doch«, erklärte Karl. »Am zweiten Advent.«

***

»Hat jemand für mich angerufen?«, fragte Simon zum wiederholten Mal. Die Antwort war negativ. Auf seinem Handy waren zwar einige Anrufe in Abwesenheit, doch keiner mit Galas Nummer. Er machte sich Gedanken und von Minute zu Minute mehr und mehr Vorwürfe wegen seines Verhaltens in den Stunden vor ihrer Abreise. Er war nicht fähig, es sich selbst zu erklären. Doch er konnte die ganze Situation aufhellen, im besten Fall bereinigen. Wieder angelte er sein Handy aus der Tasche.

»Gala? Bist du dran?« Dumme Frage, dachte er im selben Augenblick. Welche weibliche Stimme sollte sonst an Galas Mobiltelefon sein? Doch was waren diese Hintergrundgeräusche?

»Freilich«, hörte er die vertraute Stimme sagen. »Wer denn sonst? Was willst du?«

»Kann ich dich sehen?« Er war nicht sicher, ob diese Frage klüger war als die vorhergehende.

»Freilich. Ich bin gleich da!«

Die Bewohner des Himmelreichs waren fast komplett, als der Hubschrauber mit Dr. Gala Sommer landete. Der Herr Karl mit Resi an der Hand und Caruso an der Seite, der Norbertle hatte einen Arm um Maxis schmale Schulter gelegt, Herr und Elfriede Blümlein, Carmen Wiesenschön in großer Robe, der alte Benedikt, die Küchenbesatzung, Zimmermädchen, die Rezeptionistin, im Hintergrund krähte Frieda. Ein nach wilden Kräutern riechender Wind strich über ihre Köpfe und das Hotel hinweg, aus dessen Innerem man leise Radiomusik auf »BR KLASSIK« hören konnte.

Wie zu einem offiziellen Gruppenfoto hatten sie sich aufgestellt, und ganz vorn strahlte ein bestens aufgelegter Simon Feyertag mit der Sonne um die Wette. Er war unmittelbar nach der frohen Nachricht aufs Zimmer geeilt, um zur Feier den Baldessarini anzulegen. Doch dann hatte er es sich wieder anderes überlegt. War nicht womöglich dieser offizielle Anzug schuld an seinem steifen Auftreten gewesen? Er beließ es also bei Jeans, Hemd und übergestreiftem Pulli.

Simon war aufgeregt, ja nervös, wie sonst nur bei einer riskanten Operation, bei der einiges danebengehen konnte, und wunderte sich, warum. Täglich machten sich die schönsten Frauen vor ihm frei. Auch Geld und sogenannter Reichtum spielten für ihn keine Rolle. Er besaß genug davon. Was also war dran an Gala Sommer?

Gala hatte etwas, das sein Interesse weckte. Ja, sicher, ihre Nase. Doch dieses Interesse war rein wissenschaftlicher Natur. Sie hatte ein ausgewogenes, hübsches Gesicht und einen schönen, warmen Körper. Sie war intelligent, witzig und schlagfertig, das hatte sie in diversen Situationen bewiesen. Und sie war leidenschaftlich. Obwohl er nicht recht dahinterkam, worauf diese Leidenschaft gerichtet war und ob sie überhaupt eine Richtung hatte.

Ein Schauer lief ihm kalt den Rücken hinunter. Hatte er nicht etwas vergessen? Er dachte und fühlte wie ein Student, der sich in eine Kommilitonin verliebt hatte.

*Gala Sommer war verlobt!*

Er wusste nur, dass der Mann Claudius hieß und eine Führungsposition in ihrer Christbaumschmuckfabrik hatte. Weiter hatte er weder nachgefragt noch nachgedacht. Er hatte sich auch kein Foto zeigen lassen. Doch sie war verlobt. Und eine Verlobung war schließlich eine ernste Sache, mit der man nicht leichtfertig umgehen sollte. Warum also zum Teufel kam sie jetzt wieder im Hubschrauber angerauscht? Gab es noch einmal Änderungen mit den Hochzeitsvorbereitungen? Er war gespannt.

In diesem Augenblick – während Professor Dr. Simon Feyertag auf einer platt getretenen Wiese stand und wie ein Schulbub auf seine Angebetete wartete – sah er Gala vor sich, wie sie ihre Stiefel auszog.

Sie balancierte auf dem linken Bein, beugte sich vor, hielt sich mit den Händen an irgendeinem Gegenstand fest und presste die rechte Stiefelspitze gegen die Ferse des linken Stiefels. Dann stand sie auf dem bloßen Fuß und wiederholte den Vorgang mit dem anderen Stiefel. Das Dumme war, dass er in diesen Sekunden weniger auf ihre Beine fixiert war als auf die eleganten Bewegungen ihres kleinen Hinterns. Er hatte ihr das einmal gestanden: Er könne zwar nicht sagen, warum, aber ihr zuzusehen, wie sie die Stiefel auszog, sei einer der sinnlichsten Momente mit ihr gewesen, an die er zurückdenken konnte. Er erinnerte sich auch an ihr beleidigtes Gesicht, das sie nach seiner Bemerkung machte.

Die Gespräche mit Claudius und vorher mit Mutter waren mit die schwersten ihres Lebens gewesen. Keine noch so komplizierte Geschäftsverhandlung war ihr unangenehmer gewesen.

»Claudius, ich liebe dich nicht mehr!«

Eineinhalb Jahre waren sie nun schon verlobt. Ein Teil des Problems war, so viel wusste sie, die Trägheit der Gewöhnung. Alle Beziehungen sind dafür anfällig. Gewöhnung bringt Vorhersehbarkeit, und Vorhersehbarkeit war auf ihre ganz spezielle Weise auch eine Wohltat, dessen war sie sich bewusst. Doch hier war noch mehr im Spiel. Kalkulierbarkeit ist eine Sache, Angst vor Veränderung eine andere. Und Claudius hatte sich als ein Mensch entpuppt, der unsägliche Angst vor Veränderungen hatte, egal welcher Art.

Selbst wenn sie essen gingen, musste es immer dasselbe Restaurant sein, und dort immer der gleiche Tisch. Claudius sprach im Allgemeinen noch nicht einmal gern über dieses Thema. Und insbesondere nicht über Sex. Erotik war in gewisser Hinsicht eine gefährliche Angelegenheit und seiner Ansicht nach etwas Ungehöriges. Seine Eltern gehörten einer Glaubensrichtung an, die Sex nur unter der Decke als Mittel zum Kinderzeugen proklamierte. So war er erzogen worden.

Ihr Verlobter war fassungslos gewesen, als sie ihm ihre Absicht eröffnete, sich von ihm zu trennen. Er wollte es weder glauben noch hinnehmen. Sie diskutierten eine ganze Nacht und den nächsten Tag lang. Dann schien er begriffen zu haben. Doch akzeptieren konnte er es nicht.

»Gala, du musst von Sinnen sein!«, war die erste Bemerkung ihrer Mutter gewesen. Gala hatte ihr die Entscheidung zu Hause in ihrem von der Sommersonne durchfluteten Arbeitszimmer eröffnet. Mutter sah aus, als würde sie gleich in Tränen ausbrechen. Doch Gala wusste, sie würde es nicht tun. Denn Tränen würden ihr makelloses Make-up verderben, ihr Gesicht anschwellen lassen, ihre Mundwinkel nach unten ziehen und verräterische Furchen vertiefen. So aufgebracht sie auch sein mochte, sie würde nicht weinen. Ihr Aussehen war ihr wichtiger als fast alles andere.

Jetzt hatte sie vorm Kamin gestanden, der im Sommer mit Blumen bestückt war, in einem etwas altmodischen himbeerroten Seidenkostüm und einer weißen Bluse, mit ihren goldenen Ohrringen, ihrem goldenen Armband und dem silbrigen Haar, das perfekt gewellt und frisiert war. Sie gab sich sichtlich Mühe, sich ihren Konflikt widerstreitender Emotionen nicht anmerken zu lassen – Zorn, Enttäuschung, mütterliche Sorge. Sie tat Gala leid.

Nach einigem Hin und Her war Mutter einverstanden gewesen, dass Claudius weiterhin in der Firma bleiben sollte. »Wir müssen halt sehen, wie das funktioniert«, gab sie unter Zögern nach.

Lange hatte sich Gala gefragt, welchen unbewussten Einfluss es bei ihrer Gefühlsentscheidung gespielt haben könnte, dass sie Simon kennengelernt hatte. Sie kam zu dem Entschluss: keinen! Sie liebte Claudius nicht mehr. Wenn sie ehrlich war, hatte sie ihn noch nie wirklich geliebt. Und nun war sie kurz davor, möglicherweise die nächste Dummheit zu begehen.

Obwohl sie tief in Gedanken gewesen war, mangelte es ihr nicht an der nötigen Konzentration, um ihr Fluggerät zu beherrschen und übers Land zu navigieren. In hundert Metern Höhe über Grund hielt sie Kurs zweihundertzehn Grad nach Südwesten, unter ihr bewaldete Hügel und schmale Taleinschnitte, dazwischen das eine oder andere Dorf, das sie umflog, und die eine oder andere Hochspannungsleitung, die sie übersprang. Sie wusste, hinter der nächsten Erhebung würde gleich das Hotel Himmelreich auftauchen, eingebettet in Wiesen, in Sichtweite eines Nadelwaldes und der Hundhamer See nicht weit darunter.

Sie verlangsamte die Fluggeschwindigkeit und ging in einen leichten Sinkflug über. Wie auf dem Tablett lag der Hotelkomplex vor ihr ausgebreitet. Sie erkannte die Riesenbuche, die fast die Hälfte des Hauptgebäudes überragte und in der sie beim ersten

Anflug mit dem Ballon hängen geblieben war. Weiter links der Obstgarten mit dem Weinberg, und drüben die Koppeln mit den Tieren. Alles war ihr vertraut. Sie peilte die Wiese an, auf der sie wieder landen wollte – und war überwältigt.

Wie in einem Heimatfilm der Fünfzigerjahre hatten sich offenbar Menschen zu ihrer Begrüßung zwischen Hotel und Landeplatz aufgestellt. Als sie näher kam und schräg über der Gruppe schwebte, konnte sie die meisten von ihnen erkennen. Der Herr Karl mit der Resi und dem Hund, die beiden Buben mit der schrecklichen Familie Blümlein, Carmen vollkommen overdressed … und vorn dran Simon wie ein Botschafter der Liebe. Galas Herz klopfte bis zum Hals, als sie den Steuerknüppel zur Landung nach vorn bewegte. Sanft berührte das Fahrgestell den Boden, sie stellte den Motor ab, die himmlische Ruhe der Berglandschaft wurde nur vom rauschenden Beifall der Menschen draußen unterbrochen.

Als sie ausstieg und vor ihm stand, sah sie den Muskel arbeiten, der von seinem Hals die Schulter entlang verlief, gleich hinter dem Schlüsselbein. Ruhig lag seine Hand auf der ihren. Sie war sich der Wärme seines Körpers bewusst, die sie durch das Hemd hindurch spürte. Wieder einmal war sie über sein dichtes Haar überrascht und darüber, wie es über den Kragen wucherte.

»Willkommen, Gala«, sagte er unter dem Beifall der Menschen. Sportlich sah er aus, der Herr Professor, ja, verwegen. Braun gebrannt, der Wind stellte sein Haar auf, seine Augen strahlten.

Während Gala Sommer den Professor sezierte, fragte sie sich: Soll ich diese freie Nachtigall wirklich zu meinem Hausvogel machen?

# 23

Die Verdachtsidee mit dem Adler und gar die mit der Eule hatte Caruso längst wieder verworfen, als er am selben Tag Bessy vom Bus abholte. »Hi Bessy!«

Selten waren alle Plätze im Omnibus der Ringlinie besetzt. Teils waren es Gäste des Hotels, die mitfuhren, teils Menschen aus dem Dorf, die wegen eines Anliegens zum Himmelreich wollten, und oft auch Touristen, die eine Wanderung von der Endstation aus geplant hatten. Immer stand die Berner Sennhündin im Mittelpunkt jeder Fahrt, an der sie teilnahm.

Bessy war selbstbewusst genug, sich nicht von jedermann streicheln zu lassen, auch gut gemeinte Leckerli nahm sie nicht an. »Ach, ist der Hund süß. Mei, ist der nett.« Eine Ausnahme war Pepi, der Fahrer. Er hielt eigens eine weiche Unterlage für sie bereit, auf die sie sich neben den Fahrersitz legen durfte. Sie verfolgte jeden Schaltvorgang, und bevor er bremste, gab er ihr ein Zeichen oder tätschelte sie am Kopf. Die Fahrt ging über eine windungsreiche Strecke. Bessys Körper folgte wie der Beifahrer im Seitenwagen eines Motorradgespanns jeder Kurve.

»Hi Bessy!«, wurde sie begrüßt. Caruso strich ihr mit der Zunge übers Maul und wedelte und wedelte. Bis der Fahrer in der Tür auftauchte. Nicht dass Caruso etwas gegen den Mann gehabt hätte. Doch der Pepi hatte einen Hund in seinen Armen und trug ihn die Einstiegstreppe herunter. Dieser Hund war Bellheim.

»Ich muss dringend mit Caruso reden«, hatte Bellheim Bessy unten im Dorf angesprochen. Kurz entschlossen hatte Bessy ihm vorgeschlagen, doch auch im Bus mitzufahren. »Den Berg hinauf tust du dich doch schwer«, hatte sie mitfühlend gesagt. »Und du willst schließlich nicht enden wie Monsieur Clochard.«

Bessy redete auf ihre Art mit Pepi. Pepi war einverstanden. Die Stufen hinauf hätte es Bellheim nicht geschafft. Also hievte Pepi den Rottweiler in den Bus, brachte ihn auf der hintersten Bank unter und wuchtete ihn nun wieder heraus. Bellheim war schwer.

»Komm mit«, rief Bellheim Caruso zu, »wir müssen reden.«

Sich beim Fahrer zu bedanken, das kam Bellheim nicht in den Sinn. Bessy war das peinlich. Sie leckte Pepi die Hand und staubte ihm mit dem Schweif die Schuhe ab.

Der Busfahrer schloss für einen Augenblick die Augen, weil die Sonne ihn blendete. Zwei Sonnenstrahlen lugten durch den Blätterwald der hohen Buche, machten sich einen Jux und ließen sich auf Pepis Gesicht nieder. Der eine auf den geschlossenen Augen, der andere auf der Nase, sodass Pepi aussah wie ein Clown im Zirkus. Doch er selbst bekam das nicht mit.

Durch die zahlreichen Besuche bei den Tieren droben auf den Koppeln hatte sich ein schmaler Trampelpfad gebildet. Er führte vom Hotel vorbei am Weinberg über die Wiesen hinauf. Caruso ging voran, Bessy hinter ihm, Bellheim machte den Abschluss. Sie wollten noch einmal mit den Hühnern, den Ziegen, den Lämmern und mit Emilio und Rosinante reden.

Locker trieb Bessy den gesamten Hauszoo so zusammen, dass sie sich nur durch den Zaun getrennt gegenüberstanden. Nur die zwei Esel hörten von ihrem entfernter eingezäunten Pferch aus zu. Der ergraute Bellheim ergriff das Wort mit heiserer Stimme. Er klang erschöpft.

»Also, ihr wollt wirklich nichts gesehen und bemerkt haben? Hört auf mit dem Gegacker, ihr Hühner. Seid ihr denn in der Lage, künftig besser aufzupassen? Es geht schließlich um euer Leben. Vesuvio, hör auf, dazwischenzurufen. Hört zu: Wir beide, ich und Caruso, werden die nächsten zwei Nächte bei euch verbringen. Mein Bauchgefühl …«

»Und ich? Was ist mit mir?«, klagte Bessy.

»Nachher. Wir werden nachher darüber sprechen.« Gut, dass Bellheim an dieser Stelle heftig husten musste.

Caruso war empört. »Was ist mit Bessy? Ich bestehe –«

»Später, später«, wich Bellheim aus. »Rosinante, halt auch du dein Mundwerk in Zaum.«

»Später« hieß, dass Bellheim, der alte Taktierer, sich durchgesetzt hatte. Diese Art von Ermittlung sei viel zu gefährlich für ein weibliches Wesen. Und noch dazu bei diesem Sauwetter.

Tatsächlich: Sturm war aufgekommen. Das war schon am Spätnachmittag abzusehen gewesen, als im Westen Gewitterwolken aufkamen und Caruso sich am liebsten in den nächsten Keller oder Bunker verzogen hätte. So stark und so mächtig er war – Gewitter waren für ihn ein Alptraum. Die geringsten Anzeichen genügten schon, um ihn kräftig durchzurütteln.

Der Sturm legte seine Faust um die Krone der Riesenbuche und schüttelte sie gewaltig durch. Er zwängte die Fichten und Tannen neben Friedas Scheune bis fast an den Boden. Er rüttelte an den Schindeln des Daches, an den Balkonen und schmetterte die lange, brüchige Fahnenstange so lange gegen die Hausmauer, bis sie splitterte. Er heulte durch die Stunden der Dämmerung und später der Dunkelheit. Dieser Sturm war bösartig und unentrinnbar.

Bessy nahm den letzten Bus nach Hundham. Schließlich hatte auch Caruso eingesehen, dass so ein Hexenwetter nichts für Frauen war. Eine Nacht im Freien unter diesen Bedingungen erforderte ganze Männer, sagte er sich schlotternd. Vorsichtshalber bat er Bellheim, ihr Quartier doch bitte wenigstens in der Nähe der Esel aufzuschlagen. Von dummen Hühnern hatte er für heute genug.

Bevor drunten im Haus das Licht in Maximilians Zimmer verlöschen würde, trabte Caruso ein letztes Mal den Pfad hinunter. Den Maxi fand er wie erwartet bei der Frieda zum Gute-Nacht-Sagen. Der Neufundländer erklärte ihm, dass er heute Nacht im Freien schlafen würde, niemand bräuchte sich Sorgen zu machen.

Daumen hoch bei Maxi bedeutete: »Okay, Kumpel. Ich hab verstanden. Mach dich vom Acker.«

Wenige Sturmminuten später waren die beiden Hunde wieder zusammen und bereiteten sich auf ihre Nachtwache vor. Caruso führte Bellheim an eine kleine windschiefe Hütte in der Nähe der Esel. Hier waren sie geschützt, hatten vor allem einen guten Überblick und konnten alles hören. Die Nacht drohte stürmisch zu bleiben, war aber sternenklar und hell.

***

Eine wunderbare Nacht! Zuerst saßen sie auf einen Gin Tonic an der Bar. Dann zogen sie sich etwas über, um einen Spaziergang zu machen. Nach keinen hundert Metern legte Simon den Arm um Galas Schultern und zog sie widerstandslos zum Hotel zurück. Danach gingen sie auf Galas Zimmer, das am Ende des Korridors lag. Dort saßen sie bis in die Nacht hinein zusammen, redeten und räuberten nebenbei die Minibar.

Sie sprachen von Mailand, wo er studiert und sie eine Tante hatte. Sie sprachen von seiner Arbeit, seinem Haus an der Elbe, und sie legte ihr Marketingkonzept für den weltweiten Vertrieb von Christbaumschmuck dar. Sie redeten über Kunst und über das Leben im Allgemeinen.

Aus einem Grund, den sie nicht zu fassen bekam, trat wieder diese Starre zwischen ihnen beiden ein. Am liebsten hätte sie ihn umarmt oder sich ihm auf den Schoß gesetzt. Was er selbst dachte, konnte sie nicht spüren. Als ob sich zwei halb Fremde gegenübersaßen.

Und die ganze Zeit stellte sie sich immer wieder die gleiche Frage: »Soll ich diese freie Nachtigall wirklich zu meinem Hausvogel machen? Will ich es wirklich?« Sie begann damit, dass sie ihm in wenigen Worten offenlegte, dass sie ihre Verlobung gelöst hatte. Dass sie nunmehr wieder frei sei.

»Die Verlobung gelöst?« Simon zog die Augenbrauen hoch und legte die Stirn in Falten. Er schien eine Spur Farbe im Gesicht verloren zu haben. »Und warum?«

Wie nah stand ihr Simon schon? Konnte sie ihm vertrauen? Würde er sich über dieses ernste Thema lächerlich machen? Wie weit durfte sie gehen? »Ich liebe ihn nicht mehr«, sagte sie. »Ich liebe einen anderen.«

Sein Gesicht erstarrte. Simon kam ihr vor wie ein geschnitzter Indianer. Was war der Grund? Wieso war er sauer, wenn sie ihre Verlobung löste?

»Aha«, sagte er leise und rückte etwas von ihr ab. »Du liebst einen anderen.« Er hielt sich die Hand vor den Mund und hüstelte. »Darf man fragen …«

Den zweiten Halbsatz bekam sie nicht mehr mit. Denn sie hatte begriffen. Dieser Mann hatte keine Ahnung davon, was und vor allen Dingen wen sie meinte. Ächzend beugte sie sich vor und öffnete den Mund, um etwas zu sagen. Doch Simon kam ihr mit ungewohnter Ironie zuvor.

»Ich verstehe deine Lage, Gala. Jedenfalls ein bisschen. Danke auch, dass du mich in deine privaten Dinge einbeziehst. Ich frage mich nur, warum. Willst du mich als Eheberater engagieren?«

Sie warf sich in ihrem Sitz zurück, stieß sich das Knie an und einen Schmerzensschrei aus. »Du bist ein großer dummer Junge«, rief sie heftig aus. Das Blut stieg ihr ins Gesicht, und ihr wurde heiß. »Merkst du denn nicht, für wen mein Herz schlägt? Ich habe meine Verlobung nicht wegen dir gelöst, aber …«

Simon war aufgesprungen. Mit langen Schritten, die Hände hinter dem Rücken, durchmaß er den Raum. Von der linken Wand zur rechten und zurück.

Gala hatte gehofft, dass die Botschaft ihn umhaute. Sie wollte in den Arm genommen, beruhigt und geliebt werden. Sie wollte ihm alles ausführlich erzählen, was sie bewegte und was geschehen war. Sie hatte sich gewünscht, dass er sie an die Hand nahm und mit ihr durchs Leben ging. Aber er hatte nichts Besseres zu tun, als aufzuspringen und konfus durchs Zimmer zu vagabundieren.

Ein Damm lange zurückgehaltener Tränen brach. Gala presste beide Hände vors Gesicht, und das Schluchzen, das ihren Körper schüttelte, klang wie das würgende Leid eines Menschen am Abgrund. »Verstehst du nicht oder willst du nicht verstehen?«, quetschte sie mühsam hervor. »Ich liebe dich, du dummer Kerl. Und ich möchte dich heiraten. Ich habe keinen größeren Wunsch, als dass du mein Ehemann wirst.« Sie war erleichtert. Nun war es heraus. Mit großen Augen schaute sie zu Simon hin.

Die Veränderung, die in ihm vorging, war nicht zu übersehen. Von einem Schritt auf den andern blieb er stehen und wendete sich ruckartig Gala zu. Ein Leuchten lag auf seiner Miene. »Wollen wir tanzen?«

Sie sagte nichts. Er hatte ihre Frage nicht beantwortet. Er wollte tanzen und summte auffordernd ein Lied. Mit einem großen Fragezeichen im Gesicht ging sie zögernd auf ihn zu.

Draußen tobte noch immer der Sturm. Es war schwül, weit drüben im Südwesten donnerte es grollend. Motten warfen sich gegen das Fliegengitter und spähten auf der Suche nach Licht zu den Kerzen herein, die am Tisch standen.

Gala, fest an seine Brust gedrückt, überlegte, ob er wohl ihre Brüste durch das Kleid und sein Hemd spürte, und war sicher, dass er es konnte. Er fühlte sich so gut an. Sie wünschte sich, dass es ewig so weiterginge. Sie wollte mehr gesummte Songs, immer weiter tanzen, immer mehr von seinem Körper an dem ihren spüren.

Er schmiegte seine Wange an die ihre, er küsste sie zart und sie ihn, ein endloser, weicher Kuss, ein breiter Fluss langer, weicher Küsse. Sie hörten auf, so zu tun, als tanzten sie, Galas Arme schlangen sich um Simons Hals. Seine Linke ruhte in ihrer Rückenmitte, die rechte Hand strich über ihren Hals, ihre Wange, ihr Haar. Als er sie über ihre Brust stülpte, entzog sie sich ihm. Sie nahm ihn bei der Hand und führte ihn vor das Bett, wo sie die kleine Leselampe anknipste und die Deckenbeleuchtung ausschaltete.

Draußen heulte und rüttelte der Sturm. Während sich Simon über ihr bewegte, fühlte sich Gala an das Liebesspiel prächtiger Leoparden erinnert, das sie einmal im Fernsehen verfolgt hatte. Auch er war ein Tier. Ein anmutiges, männliches Tier, das nichts tat, um sie zu dominieren, und sie doch vollkommen auf eine Weise beherrschte, wie sie es sich in diesem Augenblick wünschte. Mittendrin sagte sie ihm, all ihre Gefühle in einen einzigen Satz packend: »Simon, du bist so stark, dass man Angst bekommen könnte. Willst du mich heiraten?«

Er hielt inne, stützte sich auf und sah sie lange an. Es kam eine Antwort, die sie nicht erwartet hatte und die sie nie würde vergessen können. Eine Antwort, die sie davon überzeugte, dass sie ohne ihn nicht leben konnte. »Gala, deshalb bin ich wahrscheinlich hier in dieser Wildnis und exakt zu dieser Zeit. Nicht um zu reisen, Bergwanderungen zu machen, die gute Luft zu atmen und mich zu erholen. Sondern um dich zu treffen. All die Jahre hindurch habe ich, ohne es zu wissen, auf dich gewartet.«

Die Nacht zog sich hin. Als sie zum Frühstück hinuntergingen, lief die Musik, die er am Abend gesummt und nach der sie getanzt hatten, leise im Lautsprecher. Der Morgen war bereits da, aber die Sonne lag noch unter einer dünnen Wolkendecke. Der Sturm war verstummt.

»Gala, darf ich dich um einen Gefallen bitten?« Er lächelte sie an, während sie ihm den Kaffee eingoss.

»Freilich. Was soll's denn sein?«

»Geh hinauf und zieh dich um, wenn wir hier fertig sind. Schlüpf in die Jeans und das T-Shirt von gestern Abend, sonst nichts. Ich möchte ein Foto von dir machen, so wie du gestern ausgesehen hast. Ein Foto nur für uns zwei.«

Sie ging hinauf, die Beine noch ganz schwach von der Nacht, zog sich um und ging mit ihm hinaus vors Haus und ein Stück hinauf zu den Tierkoppeln.

Zwei Hunde kamen ihnen entgegen. Einer davon war Caruso. Er sah verschlafen aus.

Und vor den Eseln entstand das Foto, das sie zukünftig Jahr für Jahr begleiten würde, jeden auf seine Weise.

***

Sie hatten sich die Nacht hindurch abgewechselt. Ein Hund hatte Wache gehalten, während der andere schlief. Der Sturm umtoste ihr armseliges Schlupfloch, und die beiden Hunde hatten sich eng aneinandergekuschelt, um sich gegenseitig zu wärmen und zu schützen. Der eine knurrte im Schlaf und fletschte die Zähne, der andere jaulte und strampelte mit den Beinen. Es war eine unruhige Nacht gewesen, ständig in Erwartung einer unbekannten Gefahr. Selbst für zwei mächtige Hundsviecher nervenzermürbend.

Einmal hatte Caruso ein verdächtiges Geräusch gehört und Bellheim wecken wollen. Doch der schlief so fest, dass er ihn ins Ohr zwicken musste, um ihn wach zu kriegen. Es stellte sich heraus, dass das Geräusch von einem harmlosen Wildschweinpaar stammte, das aber auch Emilio nervös losblöken ließ.

Insgesamt geschah – nichts.

Bellheim reckte und streckte sich im frühen Morgengrauen. Als er dem leicht spöttischen Blick Carusos begegnete, zog er die Lefzen hoch und murmelte: »Warte die nächste Nacht ab. Es wird passieren.«

# 24

Zum Ausgleich für die stürmische Nacht wurde der folgende Tag einer, wie er im Buche steht. Die Sonne thronte hoch am Himmel, eine sanfte Brise fächelte die Hitze von den Bergen, alle Vögel sangen entzückender als gewöhnlich, dem Hundhamer Echo gelang die öffentliche Probe perfekter als sonst, die Einheimischen begegneten den Touristen mit einem Lächeln auf den Lippen, tranken Bier und teilten ihren Radi mit ihnen. Alle schwitzten ein wenig und waren glücklich. Am engsten ans Glück schmiegten sich an diesem herrlichen Tag Gala Sommer und Simon Feyertag.

»Ja, der Termin für die Hochzeit bleibt«, bestätigte Gala dem Herrn Karl.

Ein eigenartiges Glitzern erstrahlte aus dessen Augen. Doch er schwieg.

»Nur das Personal hat sich geändert«, sagte Simon mit undurchsichtiger Miene.

»Aha«, meinte der Herr Karl. »Denken Sie an Brautjungfern? Wäre kein Problem.«

Galas sanfter Atem wurde schneller. Ihre Nüstern blähten sich. Das, was sie sich vorgenommen hatte zu verkünden, würde ihr Leben für immer verändern. Doch dann legte sich von einer Sekunde auf die andere das entspannteste, reizvollste, strahlendste Lächeln auf ihr Gesicht, das im Himmelreich je gelächelt worden war. Sie hängte sich bei Simon unter, himmelte ihn kurz an und sagte dann zu Herrn Karl: »Nein, wir denken an einen anderen Bräutigam. Wäre das ein Problem?«

Der Himmelreichbesitzer sah auf einmal aus, als wäre er einer Geisterbahn entstiegen. Er machte zwei Schritte zur nächsten Wand und stützte sich mit einem Arm ab. Dann blies er die Backen auf und ließ geräuschvoll die Luft wieder ab. Schließlich dauerte es noch einige Sekunden, bis er sprechen konnte.

Gala und Simon sahen einander belustigt an. Der Professor beugte sich hinüber und gab seiner Braut einen zärtlichen Kuss auf die Schläfe, ließ sie kurz los und deutete Karl gegenüber eine vollendete Verbeugung an. »Bevor Sie fragen, um wen es sich handelt, möchte ich Ihnen die Antwort vorwegnehmen: Es handelt sich um mich.«

Caruso kam um die Ecke gestrichen. Als ob er das Signal verstanden hätte, zwängte er sich an Karl vorbei und platzierte sich demonstrativ zwischen Gala und Simon. Er bellte kurz auf.

»Ja, Caruso, du darfst auch dabei sein«, sagte Gala. »Gell, Herr Karl, der Caruso darf bei unserer Hochzeit auch dabei sein? Sonst bleibt alles wie bisher vereinbart.«

Der Herr Karl stieß sich von der Wand ab und verzog sein Gesicht. Die gesunde Farbe darin war wieder zurückgekehrt. »Der Caruso wird eh dabei sein.« Er täuschte vor, sich zum Gehen zu wenden, drehte sich dann aber noch einmal um. »Ach, übrigens, hätten Sie etwas dagegen, wenn wir eine Doppelhochzeit feiern?«

Vor lauter Überraschung holte Gala mit ihrer kleinen Faust aus und traf den Hund mitten am Kopf. Der wackelte stark mit Vorwurf im Blick.

»Doppelhochzeit? Wer soll denn mit uns heiraten?«

»Die Resi und ich. Hätten Sie etwas dagegen?«

Kurze Pause.

»Dann müssen Sie bei diesem wichtigen Termin ohne Führungspersonal auskommen«, wandte Simon halb ernst ein. »Soll ich dann wieder bedienen wie kürzlich beim Frühstück?«

Die Debatte endete damit, dass die Resi dazukam und alle vier draußen im Entree ein Glas Champagner tranken. Weiß getünchte Wände um sie herum mit winzigen, wie kleine Juwelen strahlenden Landschaftsbildern in Öl nach Art der Chiemseemaler. Eine hölzerne Treppe führte hinauf in den ersten Stock.

»Die Bilder hat meine verstorbene Frau gemalt«, erklärte Karl, als er die fragenden Blicke sah.

»Also dann«, erklärte Resi. »Auf uns vier und auf den zweiten Advent.«

Alle erhoben das Glas und stießen auf eine glückliche Zukunft an. Nur Simon hatte noch einen Kommentar abzugeben. »Die Ehe«, sagte er, »ist eine Lotterie, bei der Männer ihre Freiheit und Frauen ihr Glück aufs Spiel setzen.« Er gab die Erklärung mit todernstem Gesicht ab und tat, als ob er von dem Geschäft etwas verstünde.

***

Windschiefe Holzhütte. Sternklare, windstille Nacht. Halbmond, aufgehend. Zwei Hunde, aneinandergeschmiegt. Schnauben zweier Esel, ab und zu. Gläserklingen und Lachen nicht weit entfernt.

Ein langer Schatten im Mondlicht. Leise Schritte bergauf über Fichtennadeln, Wurzeln, Sand und Gras waren noch nicht hörbar, auch für Hunde nicht. Doch die Schritte näherten sich unabwendbar. Der Weg hatte ein Ziel.

Vom Adler träumte Caruso wieder. Vom Adler, der ihn verfolgte und den er einfangen wollte. Dabei wusste er auch im Traum, dass der Adler nachts nicht fliegt. Etwas hatte der Vogel in den Klauen. Es war kein Tier, jedenfalls kein lebendes. Es war etwas Totes. Es sah aus wie ein Paket. Der Adler bewegte die Schwingen und schwang sich höher, immer höher, bis er fast zum Punkt geworden war. Bevor er im Himmel verschwand, öffnete er die Klauen und ließ los. Das Paket raste senkrecht zur Erde, direkt auf Caruso zu. Mit jedem Meter, den es fiel, verstärkte sich der Geruch, den es mit sich führte. Der Geruch wurde zum entsetzlichen Gestank. Caruso kannte den Gestank. Er konnte ihn nur nicht einordnen. Das Paket wurde größer und größer, der Geruch ekliger und ekliger – da wachte er auf.

Es war nicht klar, ob der Traum ihn geweckt hatte oder Bellheim. Denn der Rottweiler saß mit aufgestellten Ohren knurrend neben ihm, hatte die Lefzen hochgezogen und blickte stur in eine Richtung in die Dunkelheit. »Da kommt wer«, flüsterte er.

Caruso war augenblicklich wach. All seine Instinkte waren geweckt. Er richtete den Blick in dieselbe Richtung. Und er hatte den Geruch aus dem Traum in der Nase.

»Riechst du das auch?«, fragte er.

»Was?«, sagte Bellheim.

Okay, konnte sein, dass im Alter der Geruchssinn dünner wurde oder ganz wegblieb. Doch das, was Caruso deutlich in der Nase hatte, war der Geruch von den Tieren aus der Nerzhütte.

»Wuff!«, machte Bellheim leise und begann zu schnüffeln.

Sie waren auf der Hut.

»Gleich wird's passieren«, prophezeite Bellheim zufrieden. Er begann sich aus der Hütte zu schälen und postierte sich davor.

Die menschliche Gestalt, die sich gegen den Sternenhimmel abhob, war groß und mächtig. Carusos Hundeherz machte einen Hüpfer. Sein Maul war trocken, und sein Magen verkrampfte sich.

Bellheim wollte marschieren, Caruso aber hielt ihn zurück. »Abwarten«, sagte er leise. »Erst sehen, was der vorhat.«

Was der Mann vorhatte, war bald durchschaubar. Zögernd passierte er die windschiefe Hütte, ohne die Hunde zu bemerken, und hielt sich in Richtung Eselsstall. Caruso machte sich klein und niedrig und folgte ihm. Diesen Mann kannte er. Kurze Hosen, Sandalen, lange Haare im Gesicht und auf dem Kopf, unheilverkündende, schimmernde halbmondförmige Gläser vor den Augen. Der Mann von der Nerzhütte! Augenblicklich wurde ihm klar, woher der Geruch kam.

Etwas blitzte im Mondlicht auf. Caruso hangelte sich näher heran. Trotz der Gefahr war ihm ganz leicht ums Herz. Sie waren kurz davor, den Serienmörder zu fangen. Ein Mensch!

Der Mann näherte sich dem Zaun, der ihn von Emilio und Rosinante trennte. Die beiden waren längst erwacht und wurden unruhig. Emilio war es, der mit den Beinen stampfte, die Zähne bleckte und dem Fremden angriffslustig entgegensah.

Doch gegen das Ding, das blitzte, hätte er keine Chance gehabt. Caruso kannte es. Es war scharf, und man konnte damit locker ein Bein abhacken oder den Hals durchschneiden. Wie Schuppen fiel es ihm von den Augen. Die toten Hühner fielen ihm ein, die Ziegen, die Lämmer. Sie waren mit dem Ding getötet worden, das da vorn aufblitzte. Der Mensch hielt es mit der Spitze nach unten über den Kopf und machte Anstalten, über den Zaun zu steigen.

Caruso gab Bellheim ein Zeichen.

Gleichzeitig stürzten beide Hunde los und erwischten den

Mann, als er ein Bein über den Zaun geschwungen hatte. Bellheim packte die nackte Wade, Caruso den Hosenboden.

Der Rest sollte zur Legende werden.

***

»Sie haben meine Nerze getötet«, gab Rosenblatt bei der polizeilichen Anhörung in Hundham an. »Nerze vertragen keinen Lärm und sind unheimlich schreckhaft. Jedes Mal, wenn ein Hubschrauber über die Anlage flog, waren wieder vier, fünf Tiere tot. Die sollen ihren verdammten Flugbetrieb einstellen. Hubschrauber nur so zum Spaß gehören nicht in die Berge.«

Die sichtbare Haut zwischen Vollbart, Augenbrauen und Nickelbrille in Rosenblatts Gesicht hatte sich knallrot gefärbt. Er ballte die Fäuste, stampfte mit dem Fuß auf den Boden und platzte fast vor Zorn – so stark, dass die Polizei ernsthaft überlegte, ihn in Handschellen zu legen. Wenn er in Richtung Himmelreich blickte, spuckten seine Augen Feuer. »Das sollten sie mir büßen«, brüllte er und schickte die geballte Faust den Berg hinauf. »Für jedes meiner Tiere eines von ihren.«

Die Hundhamer Polizei hatte sich anfangs geweigert, den Fall zu übernehmen. »Der Herr Rosenblatt hat keinem Menschen etwas angetan«, wurde es begründet. »Und Tiermorde sind nicht unser Job.« Doch der Herr Karl hatte am Telefon lautstark aufbegehrt, und Professor Feyertag war mit Edith Kirsch, der Tourismusmanagerin, sogar zur Polizeiinspektion hinunter ins Dorf gefahren.

»Sie sind gewiss nicht dumm«, hatte er den drei Herren vorgehalten. »Sie haben nur Pech beim Nachdenken.«

Und die Kirsch setzte noch einen drauf. Sie sagte: »Der Vorteil der Klugheit besteht darin, dass man sich dumm stellen kann. Das Gegenteil ist schwerer.«

So viel Findigkeit und Raffinesse überzeugte. Keine halbe Stunde später hatten sie den Rosenblatt vom Himmelreich zur Vernehmung abgeholt.

»Für jedes meiner Tiere eines von ihren.« Der Mann platzte vor Zorn.

»Und warum haben Sie den Platz mit Ihren Nerzleichen übersät?«

»Weil, weil … weil die merken sollten, wie mir das stinkt.«

Der Rosenblatt schlang die ganze Zeit die Arme wie frierend um den Oberkörper. Er war ein armes Schwein, das stellte sich bald heraus. Er war nicht verrückt, aber von einem hohen Grad intellektueller Unabhängigkeit befallen. Weder war er angepasst, noch war er je eins mit seinen Mitmenschen. Kurzum: Er lebte in seiner eigenen Welt. Außerdem stand er noch immer unter Schock. Interessant war seine eher beiläufig gemachte Aussage, er sei unterwegs dem alten Hund begegnet, der im Dorf unter der Brücke lebte. Er habe ihn angeknurrt, der Hund. Aber was der dort oben zu suchen gehabt hatte, könne er natürlich nicht wissen.

Die beiden Riesenhunde Caruso und Bellheim hatten die Nacht zum Tag gemacht und ihn bellend, knurrend und mit allzeit gefletschtem Gebiss vor sich her ins Himmelreich getrieben, wo ihn der Herr Karl mit der Resi in Empfang nahm. Von da an nahm dieses traurige Kapitel in der Geschichte Hundhams, die endgültige Klärung des Serienmordes im Himmelreich, ihren Lauf und kam zum Abschluss.

Die getöteten Tiere machte niemand mehr lebendig. Doch der Fall war gelöst. Caruso bekam einen ganzen aufgeschnittenen Kalbsknochen und Bellheim lebenslanges Wohnrecht im Himmelreich bei seinem Kollegen und Spezl.

Am treffendsten hat der Maximilian die Gedanken aller Beteiligten formuliert. Er kniete vor seinem Bett nieder und sendete eine Botschaft zum Himmel, die mit dem Satz endete:

*Danke, lieber Herrgott, dass du dich um die Gschicht gekümmert hast. Danke, dass es endlich vorbei ist. Amen. Bussi, dein Maxi.*

# Epilog

Es schien, als würden die Menschen die weiße Weihnacht, die sie sich so sehr wünschten, in diesem Jahr bestimmt bekommen. Das war schon am ersten Advent klar. Als die Resi die erste Kerze angezündet hatte, schneite es fast ununterbrochen. Man sah den Himmel nicht vor lauter Schnee. Nachts war es stockfinster und tags nicht viel heller. Nur ab und zu quälte sich die Sonne durch die wirbelnden Flocken und warf halbherzig ein paar Strahlen auf den zugefrorenen, schneebedeckten See. Der lag mit seiner Insel wie tot an dem Weg, der vom Himmelreich runter ins Dorf führte.

Seit Tagen kam der Benedikt mit dem Räumen nicht mehr nach. Er schnallte Ketten um die Reifen des Traktors, montierte den Schneepflug vor den Bug und schob und schob und schob. Haushohe Wälle aus Schnee türmten sich rundherum auf. Das Hotel Himmelreich erweckte den Anschein einer Raubritterburg, umgeben von unbarmherzigen, leichenblassen Schneemauern.

*Lieber Herrgott,*
*bitte mach, dass es zu schneien aufhört. Schnee ist schön, aber so viel musst du uns nicht grad schicken, okay? Ich mein das nicht bös, aber bei der Hochzeit am nächsten Sonntag können wir so viel davon nicht brauchen.*
*Noch was, ganz kurz: Ich hab nicht absichtlich gelauscht, ehrlich. Aber gestern Abend nach der Brotzeit hab ich gehört, wie die Resi zum Papa gesagt hat: Freust du dich schon auf unser Baby? Das hätte mir doch fast die Festplatte zerstört. Ich krieg ein Geschwisterchen! Ich glaub sogar, ich freu mich. Ein neuer Hund wär mir zwar lieber. Oh, jetzt sei nicht gleich eingeschnappt. Ich wollte dir das nur sagen. Du kannst deine Augen und Ohren ja nicht überall haben.*
*Nix für ungut, lieber Herrgott.*
*Behalt mich lieb, Bussi, dein Maxi*

***

Tatsächlich hörte es auf zu schneien. Ein sternklarer Himmel spannte sich seit Tagen über die schneebedeckte Landschaft und das Himmelreich. Es war krachend kalt geworden. In der Kamin-Lounge roch es nach Glühweinresten und nach Resis Weihnachtsplätzchen. Feuer im Kamin, Kerzen auf den Tischen, Tannenzweige in den Ecken, ein riesiger Adventskranz hing von der Decke.

Die Hochzeitsgesellschaft war wieder abgereist. Stille wie im tiefen Winterwald war eingekehrt. Maximilian saß allein in einer Ecke an einem Tisch, Caruso zusammengeringelt zu seinen Füßen. Dicke Eiszapfen starrten durch die Fenster.

*Lieber Herrgott,*
*ich bin super artig gewesen bei der Hochzeit. Die Heirat von dem Professor mit der Gala war ja okay. Das gönn ich denen. Aber dass mein Papa die Resi geheiratet hat, ist grad, als ob ich mich von der Carmen atoptiren lass oder so. Frag doch mal die Mama, die da droben bei dir ist. Frag sie, wie sie das findet, und gib mir wieder irgendwie Bescheid. Ich sag's dir lieber gleich: Ich find's beschissen.*
*Aber die Hochzeit war klasse. Das muss ich dir erzählen. Zwei Hochzeitsschlitten mit Rössern, die zum Hochzeitskircherl gefahren sind. Ich bin bei Papa und Resi mitgefahren, und der Caruso auch. Die anderen waren schon da, als wir gekommen sind. Viele passen ja nicht rein in das Kircherl, der Rest hat in der Kälte draußen warten müssen. Genau wie die Musiker vom Echo. Die sind fast angefroren, als sie gespielt haben.*
*Die Mädels haben gut ausgesehen in ihren Hochzeitskleidern. Auch die Resi, das muss ich zugeben. Aber wie der Papa der Resi den Ring übergezogen hat, da hat's mich schon ein bisserl gerissen. Aber ich bin kein Spielverderber und hab keinen Protest hineingelegt. Sollen sie ihre Tapferkeitsauszeichnung doch ruhig am Finger tragen!*
*Das Tollste war natürlich das Essen hinterher. Stell dir vor, es gab Gans! Und weißt du, was das Zweittollste war? Ich hab ja meinen Augen nicht getraut, als ich ihn erkannt hab. Da haben sie doch glatt den Rosenblatt (das ist der Mörder, den wir mühsam*

*gefangen haben) in etwas Gscheites gesteckt (damit er endlich aus seinen kurzen Hosen rauskommt) und haben ihn bedienen lassen. Also, dass der das überhaupt überlebt hat, fand ich ja geil. Sie haben nur den Caruso und den Bellheim vorher wegtun müssen, sonst wär ein Unglück passiert.*
*Ja, und der Papa musste unbedingt singen. Aber ich glaub, der hatte ein wenig viel von dem Blubberwasser erwischt. Ich sag's dir, wenn der Professor ihn nicht rausgezogen hätte, wär der Papa total ausgeflippt.*
*Aber warum erzähl ich dir das alles? Was ein richtiger Gott ist, der muss das eh wissen. Also ist es nur vorsichtshalber, dass ich dir das schreibe, damit du bloß nix verpasst.*
*Der Papa und die Resi und der Professor und die Gala, die haben gestrahlt wie vier von deinen Engeln, kannst dir vorstellen. Wie ich, wenn ich einen Einser in der Schule krieg oder wenn die Ferien losgehen. Ich glaub, jetzt, wo ich dir das alles geschrieben hab, hab ich mich an den Gedanken gewöhnt, dass die Resi jetzt meine Mama ist. Sie hat sogar ein bisserl geweint und hat mich in den Arm genommen. Sie ist halt eine Frau. Ein Kamel, das uns hilft, die Wüste des Lebens zu durchqueren, hat der Pfarrer Enzian gesagt. Nachher hat er gar nicht gewusst, warum die alle lachen.*
*So, lieber Herrgott, jetzt hab ich dir alles erzählt. Darum ist dies auch der längste Brief geworden, den ich dir je geschrieben hab. Ach ja, einen Spruch von dem Herrn Pfarrer muss ich dir noch sagen: Eine Ehe, hat er gesagt, ist kein Fertighaus, sondern ein Gebäude, an dem ständig konstruiert und repariert werden muss. Hast du das gewusst?*
*Jetzt ist aber a Ruh.*
*Behalte mich lieb und den Papa und die Resi auch und sei gut zu meiner Mama!*
*Bis bald, Bussi, dein Maxi*

»Das ist aber ein schöner Brief«, sagte der Benedikt. Er war unbemerkt in die Kamin-Lounge gekommen und hatte dem Maxi über die Schulter geschaut.

Als Caruso verschlafen auf die Beine kam und ihn begrüßte,

bückte sich der Bene und zupfte ihm drei Haare aus. »Da schau her«, sagte er. »Du kriegst schon graue Haare. Aber mach dir nichts draus, guter Hund. Graue Haare sind die Urkunden des Lebens.«

emons:
URLAUBS-
KRIMIS

WENN DIE INSEL KOPF STEHT.

Klappenbroschur, 208 Seiten

ISBN 978-3-95451-243-0

DER KOMMISAR BELLT!

Klappenbroschur, 208 Seiten

ISBN 978-3-95451-280-5

# URLAUBSKRIMIS MIT WOHLFÜHL-FAKTOR!

**Was gibt es Schöneres als einen entspannten Urlaub in idyllischer Umgebung? Einen entspannten Urlaub in idyllischer Umgebung *mit einer Prise Nervenkitzel!***

**Genau das bieten die emons: Urlaubskrimis – spannende Kriminalfälle vor atemberaubend schönen Ferienkulissen, ob am Meer oder in den Bergen, ob mit tierischem Ermittler oder menschlichen Tätern.**

## WER WIND SÄT, WIRD TOD ERNTEN …

**Klappenbroschur, 192 Seiten**
**ISBN 978-3-95451-248-5**

Hannsdieter Loy
**ROSEN FÜR EINE LEICHE**
Broschur, 208 Seiten
ISBN 978-3-89705-559-9

*»Ein spannender Krimi, nicht reißerisch oder blutrünstig, sondern eher gemütlich, in dem es dem Autor sichtlich auch darauf ankommt, mit dem Kommissar einen Menschen mit Ecken und Kanten zu entwickeln. Spannende Unterhaltung mit Lokalkolorit.«*
Bayerischer Rundfunk

Hannsdieter Loy
**ROSENSCHMERZ**
Broschur, 224 Seiten
ISBN 978-3-89705-614-5

*»Der Leser erkennt Land und Leute wieder. Sehr oberbayerisch!«*
Bayern 1

www.emons-verlag.de

Hannsdieter Loy
**ROSENMÖRDER**
Broschur, 240 Seiten
ISBN 978-3-89705-686-2

*»Loy versteht es, seinen Figuren dank der authentischen Erzählweise gekonnt Leben einzuhauchen und diese so zu Individuen des täglichen Lebens werden zu lassen. Seine Sprache ist direkt und konfrontiert den Leser unvermittelt mit aufwühlenden Geschehnissen, die Neugier und Lust auf mehr erzeugen.«* Oberbayerisches Volksblatt

Hannsdieter Loy
**SPIEL DES TODES**
Broschur, 224 Seiten
ISBN 978-3-89705-785-2

*»Ein kurzweiliges Lese-Vergnügen, mittendrin Bayerns James Bond.«* Münchner Merkur

www.emons-verlag.de

Hannsdieter Loy
**SAKRAMENTISCH**
Broschur, 208 Seiten
ISBN 978-3-89705-897-2

*»Mit seinem trockenen Humor und einem augenzwinkernden Blick auf Land, Leute und typisch menschliche Eigenheiten reichert Loy seine kriminalistische Handlung mit dem rechten Quäntchen Heimatkolorit an. Eine angenehme Groteske, die gesellschaftliche, private und urbayerische Situationen gekonnt karikiert.«*

Oberbayerisches Volksblatt

Hannsdieter Loy
**GRABMOOSALM**
Broschur, 240 Seiten
ISBN 978-3-95451-045-0

*»Loys Schreibstil – gespickt mit einfallsreichen Wortspielereien, kreativen Metaphern und Vergleichen – wirkt von der ersten Seite an gereift, ja noch ausgeklügelter und geistvoller denn je. Ihm gelingt die Gratwanderung zwischen ausladendem Bilderreichtum und zielgerichteter Direktheit ohne verblümte Umschweife, dafür aber mit der rechten Portion schwarzem Humor.«* OVB online

www.emons-verlag.de

Hannsdieter Loy
**JENSEITS DER ALPEN**
Broschur, 208 Seiten
ISBN 978-3-95451-164-8

*»Nichts für schwache Nerven, aber bester Lesestoff für eingefleischte Krimi-Fans.«* Oberbayerisches Volksblatt

*»Wieder ein starker und harter Kriminalroman, dessen häufige Wendungen die Spannung zusätzlich verstärken. Trotzdem blitzt immer wieder der Humor auf, den man bei diesem Autor so schätzt.«*

Rosenheimer Journal

Hannsdieter Loy
**KIRCHWIES**
Broschur, 256 Seiten
ISBN 978-3-95451-087-0

*»Wer wissen will, wie kriminell unterhaltsam das Landleben ist, sollte sich einen literarischen Ausflug nach Kirchwies nicht entgehen lassen.«* Wendelstein Anzeiger

*»Die Menschen in ›Kirchwies‹ sehen ihren Ort als Fleckchen des Friedens. Der Autor Hannsdieter Loy weiß es besser.«* Rheinische Post

www.emons-verlag.de